中国多民族文学丛书／第一辑

锦上花

秋古墨／著

作家出版社

秋古墨 本名邓荣，哈尼族，普洱墨江人，1985年生，毕业于西北大学，经济学学士，云南省作家协会会员，鲁迅文学院第十九期少数民族文学创作班学员。已出版长篇小说《爱情99° C》、短篇小说集《人间闹剧》，其中短篇小说《绝对零度》《褐色毛衣》《停电的夜晚》收录于《新时期中国少数民族文学作品选集·哈尼族卷》，长篇小说《花重锦城》（现更名为《锦上花》）为2014年中国作协少数民族作家重点扶持作品。另有短篇小说、散文二十余万字散见于报刊杂志，网上连载长篇小说《千年蛊虫》《葬仙》等逾300万字。

作者近照

编 委 会

目 录

第 1 章　花香满城

晨光温柔地洒在南城上空，这座南方的城市像初生的婴儿，总是在阳光照进窗帘的第一时间醒来。南城西大街，一辆淡蓝色的公交车驶过。拥挤的车上，靠着后门边坐着一位围着褐色围巾的青年。他低垂着头咬着嘴唇喃喃自语，偶尔又抬起头呆滞地望着车窗外。

“欢迎大家收看南城早间街巷新闻。”公交车内的电视中，一位声音甜美身穿白色短裙的新闻主持人正在播报，“近来，我市民间街巷之间一直流传着花香古巷的传闻。经过本台记者走访，总算找到了这条传闻的真相。”

青年转过头，目光落在了电视上。有关花香古巷的事情，他有所耳闻。近来位于南城的西街古巷，每到深夜就会散发出一股诡异的淡淡香味，香味在街道上缭绕，持续数个小时，直到天亮才会散去。

这股香味到底来自哪里？众说纷纭。有人说可能是一种夜来香的香味，因为夜来香都是晚上开花，并伴随着香味。但了解西街古巷的人都知道，古巷内根本没有种夜来香，既然没有种夜来香，那么香味来自夜来香也无从谈起。

也有人说这股香味来自花店。近来西街古巷之中开起了一家大花店，花店中花卉众多，香味弥漫到街道上不足为奇。不过也有人提出反对意见，如果香味真来自花店，那么这股香味为什么只出现在深夜中，照理说花店的香味应该不分昼夜存在的。

还有更玄的传闻，有人在西街古巷中看到了花魂。什么是花魂？其实这是一个流传了很久的传奇故事。清末年间，西街古巷中出现了一位叫花花的绝色美女，花花人如其名，不仅貌美如花，更是天生爱花，并在家中种满了各种各样的花卉。由于人美花好，芳名远播，引来无数倾慕者，从而酿成大祸。数路军阀为了得到她，兵临城下。万分危急关头，花花在家中点了一把火。等火光冲天，引来无数街坊后，花花当着众人面纵身一跃，跳入熊熊大火中。事发突然，众人解救不及，只能眼睁睁看着她葬身火海，随着她亲手种下的花草一同焚烧殆尽。

众军阀见逼死花花，带着愧意，纷纷离开，南城之围顿解。花花虽死，但每到夜深人静时，人们会闻到一阵清幽的花香，花香之中隐约藏着花花的灵魂。大家为了纪念花花英勇赴死的气概，把传闻中花花的灵魂称作花魂。可传闻始终是传闻，是否有花魂还得另说，而奇异的花香味却是实实在在存在的。

青年胡思乱想着，公交车到站的声音打断了他的思绪。公交车门咯噔一下打开，他站起来，整理坐得有些褶皱的牛仔裤，然后不慌不忙地走下车。来到站台上，他长长舒了口气，抖了抖衣服，从牛仔裤的后袋中掏出一张纸巾，揩去白色球鞋上残留的鞋底印，直起腰杆，扶了扶有点歪斜的方框眼镜，仔细瞅了一眼玻璃窗内的站牌名——西街古巷。

不错，他要到的正是那条富有传奇色彩的西街古巷。对于西街古巷的历史，因为搞艺术的职业原因，他比一般人了解得多。西街古巷在明清时期曾是南城最繁华的街道，但随着岁月的流逝、时间的洗礼，西街古巷在南城的区位优势已经不再。尤其在二十世纪的战争中，西街古巷遭到日本飞机的狂轰滥炸，许多明清建筑遭到严重损毁，名胜古迹也所剩无几。直到改革开放后，国家开始重视对文化古迹的保护与重建，西街古巷才得以重新翻修更新，一展往昔古典艺术的风采。

这只是他这位年轻艺术家眼中的西街古巷，而在南城大众的心中，西街古巷不仅是南城的历史景点，更是吃喝玩乐一条街。他走进古巷，各种卖饰物、文房墨宝、古玩奇珍的小店已陆续开门。伴随着一阵清脆悦耳的买卖吆喝声，街道两边的风味小吃铺开始热气蒸腾，花生酥、麻油味、芝麻香的味道从小店铺中弥散开来，飘荡在古巷的空气中。

青年顺着青石路，左拐右绕，大约在古巷中走了五百米，最后在一座清代样式的四合院门前停下了脚步。四合院大门张灯结彩，红绸彩花装饰着“百合居”的门匾。门匾下蹲着两尊看守大门的威武石狮子。

青年整理好衣装，迈开步子走进百合居。百合居内院子开阔，从大门到正堂全部由青石铺成，由于年代久远，石板边长满了苔藓。青石道路左边是个小荷池喷泉，喷泉四周种满了许多叫不上名字的花卉，五颜六色，非常喜人。青石道右边种着一棵两围粗的银杏树，刚刚抽枝发芽。树下是一张石雕桌，可容四人就座。

沿着青石路向前走是正堂，那里已经装修成了花店，店中阁台上摆满了各色花卉，争奇斗艳，香气逼人。阁台下，一位妙龄少女正坐在木雕圆桌边沏茶。她短发及肩，上穿短袖紫红色短袍，胸前别着一朵粉白色的兰花，下罩紫罗兰长裙，举手投足之间，动作优美温柔。她回头见青年进来，立刻端着茶壶走出正堂，高兴地迎了出来，“风哥，几天没见，今天怎么来得这么早啊?”少女的话语里带着浓重的闽南风味。

“怎么，不欢迎我啊?”青年脸上露出浅浅的微笑，下意识地用食指顶了顶眼镜架。他的全名叫许易风，南城对外招商局局长许岩之子。

“欢迎！非常欢迎！”少女把许易风引领到银杏树下的八角玲珑大理石桌坐下。

少女把一个百合雕花青瓷杯摆放在许易风面前，“风哥，来！喝一杯普洱古树茶，听说可以养颜!”少女娴熟地拎起紫檀茶壶，一股带着暖气的朱红色的茶水从壶中流出，散发着泥土的香味。

“看来今天我有口福了。”许易风看了一眼茶水的色泽，便知这是古树茶。他端起茶杯，慢慢品了一口。味道有些清香古拙，果然是地道的普洱古树茶。这闽南的女子能这么短的时间内喜欢上西南的普洱，确实花了他不少工夫的讲解。“不喝花茶，改喝普洱啦!”

“风哥整天介绍，换换口味嘛!”这位少女名叫杨紫兰，花店百合居的主管。事实上，她年龄比许易风稍长，只是经常听大家叫许易风为风哥，所以也随着大家一起这么喊了。

“你这里装修得也差不多了，你看看还有什么需要，我好去办。”许易风放下茶杯说。这些日子，怎么把这间老四合院装修成花店，让学艺术的许易风花了不少心思。这是父亲许岩交给他的工作，据父亲说，百合居的原主人是一位姓齐的华侨，在海外有巨大的花卉连锁公司，这次齐家准备回南城投资。在齐家回来南城之前，齐家打算把老宅百合居装修成一家花店。作为对外招商局局长的许岩当然得张罗着这件事。为了表示对齐家的重视，许岩用心良苦地派了自己儿子前来接洽。但打心里讲，许易风并不喜欢接这份工作，尽管他是学艺术的，但主攻方向是音乐，而非什么艺术装潢。只是父亲特别让他照看这件事，自然有父亲的考虑。另外他从小非常崇拜父亲，对父亲的吩咐言听计从，因此他又不能不接。不过总的来说，有杨紫兰这位干事干净利落的大美女在，这份差事做起来也轻松了不少。

杨紫兰扫视了一圈四合院说："万事俱备，实在想不到还需要什么，现在只等待花节到来，齐总来到南城，我就可以顺利交差啦。"

花节是南城传统的少数民族节日，最早起源于一个叫花族的少数民族。不过非常可惜，随着岁月的流逝，花族早已经消失在了历史的浩瀚云烟里，但花节这个拥有美好生活祝愿的习俗却传承了下来。开始的时候，南城政府并不重视这个少数民族的节日，随着南城花卉产业成为南城的主打产业，南城政府越来越重视花节，举办的隆重程度也是一届胜过一届，花节成为花卉产业的一个重要商标。

说到花节，许易风又想到父亲要他创作一首交响曲，参加花节交响曲音乐大赛。现在离花节已经不到一个月时间，交响曲还毫无眉目。想到此，他下意识地皱了皱眉，他知道父亲的期望，不敢掉以轻心。

"风哥，有心事啊？"细心的紫兰早已看出了许易风有心事。

"是啊！三月三的花节将近，老爸要我弄一个有关花节的交响曲，到现在都还没有眉目。"许易风话题一转，"我今天来你这里，就是想告诉你，过段时间我要专心创作，可能没有时间来这里。如果花店还有什么需要，我会尽力去办。"

"你不来了？"杨紫兰双眉一沉，不快一闪而过，复而又微笑道，"百合居一切妥当，风哥只管安心创作，我等着你的佳作。"

杨紫兰一闪而过的不悦神色早被许易风看在眼里。许易风暗想，紫兰也不容易，她本是齐家在台北一家花店的主管，这次受齐家所托，孤身先回南城经营百合居。她在这儿举目无亲，他是她唯一的朋友，想到此，易风忍不住问道，"你在这里还习惯吧？"

“还习惯啦！只是这偌大的四合院，只住我一个人……昨天晚上，我在院子里看到一个白衣女子的身影……我近来听客人说，这古巷中有什么花魂。”杨紫兰欲言又止。

“花魂！”许多问题他都想到，唯独这个问题他忽略了。虽说西街古巷人员来往频繁，但让一个少女独自住在古宅中，确实不妥。但紫兰已经在这里住了一个月，她以往从不提起这个事情，今天说起，恐怕不是害怕的原因。至于说院子里看到一个白衣女子的身影，估计是因为孤单编的吧，所以他忍不住开玩笑般随口说：“是不是要我搬过来陪你！”话才出口，他已觉不妥，他真搬来，与紫兰孤男寡女住一起，成何体统。

“好啊！”紫兰喜上眉梢，她毕竟来自台北，思想更开放，“花魂什么的，以前我并不怕，只是近来，每到晚上，我都会在院子里闻到一股淡淡的花香味，非常奇特。”

“古巷里有三四家花店，有花香很正常。”

“不不！这不是一般的花香，从十八岁算起，我在花店里已经工作了七年。七年和花打交道，就算蒙上我的眼睛，只让我闻一下花的香味，我也能立刻辨出是什么花来。但是夜晚院子里淡淡的花香味，我却闻不出具体是什么花。”紫兰眼中充满了疑惑。

“世界上花草众多，紫兰也不可能把全部花草闻遍吧。”虽然许易风心中也不解，但是真扯到花魂什么的，实在令人有些背脊发凉。他故意岔开话题，“说到花，一直没有仔细关注你卖的花，能不能给我介绍介绍，我好带几朵去看朋友。”

“就是嘛，风哥也真是个粗心的人，你经常来百合居，不看花，那看啥啊？”

“有大美女在，花当然是其次了。”许易风开怀一笑。

“风哥真风趣！”紫兰红着脸，带着许易风走进正堂。

正堂分为内外两层，外层连着外屋，阳光下，摆着种满花草的土瓷盆。内层阴凉，橱窗内、柜台上下，大大小小精致的陶瓷瓶中插满了鲜花，鲜花种类繁多，有玫瑰、君子兰、郁金香、向日葵……其中最引人注目的恐怕是放置在屋子四周的百合花，有洁白的、淡黄色的、粉红色的，等等。在许易风的记忆里，百合似乎只有白色的，五彩缤纷的百合花，还是第一次看到，“真没想到，百合还有这么多的品种。”

“没想到吧，齐家有种植百合的秘笈。”紫兰故作神秘地说。

“秘笈？是高科技培育的品种吧！”许易风将信将疑。

“没骗你，齐家的先祖曾经是皇家御用宫廷花匠。这百合花正是当年供皇帝欣赏的品种。”紫兰一本正经，不像开玩笑。

“宫廷花匠？”这引起了许易风的好奇，“那宫廷花匠怎么变成了花商了？”

“据传，很久很久之前，齐家的祖先曾是大理国宫廷花匠。但为了学到更精湛的种花技艺，他们远离宫廷华贵生活，在一个叫花镇的地方建起自己的乐土，形成自己的族系——花族。后来，齐家为了寻找更新的种花技艺，又离开花镇，再次远走他乡，并在世界花卉市场开辟出一片属于自己的天地。”

“花族？”许易风脑海里灵光一闪，花族早已成为遥远的传说，如果齐家真是花族的后裔，那么这真是一个有趣的事情，不过谁又能证明齐家是花族的后裔呢？想到此，许易风接着问，“你听说过花族的传说吗？”

“当然！你看那里！”紫兰笑了笑，注目看了一眼正堂中央的供桌。供桌上摆放着一尊小小的女神的雕像，雕像用汉白玉石雕刻而成，全身纯白，栩栩如生，似乎出自雕刻名家之手。雕像前面摆着一盆鲜花和一个青铜香炉，香炉中插着三支点燃的细香，大约是紫兰早上上的香，紫兰介绍说，“这汉白玉石雕像很精致吧，她在齐家已经很久很久了，齐家祖先传承下来的。”

看到花族神像，许易风想到了南城云灵寺中的花魂神殿，在花魂殿就有一座很大的花魂雕像，不管是神态还是整体造型和这个汉白玉雕像很相似。

“好一尊花神的雕像！”许易风感慨。

“不不，花族没有花神，只有花魂，这是花族第一代花魂的雕像。”

“第一代花魂？”

“按照花族族规，上一代花魂死后，会在族人中挑选下一代花魂，就像藏人选活佛一般。哈哈，现在知道我为什么不怕花魂了吧。”

“原来如此！”许易风恍然大悟，“真没想到，你知道得挺多的。那现在的花魂呢?”他问出口才觉实在不该问，花族都消失在历史的云烟里了，花魂当然早已不存在。

“现在的花魂，齐家小姐齐梦涵啦!”紫兰毫不谦虚。

“齐家小姐齐梦涵是花魂?”许易风听得蒙住了。

“我猜的，据说当年齐婶梦到一朵七彩花蝶飞进屋中，落到怀里消失了。她醒来后，只感小腹隐约作痛，检查才知道有了身孕。怀胎十月生下小姐时，满屋子的花香，按照花族传说记载，小姐就是花魂的转世，不然怎么可能有满堂花香。”

“齐家大小姐由梦而生，所以取名齐梦涵，这传奇我也有所耳闻。下次齐梦涵来南城时，我一定来拜访拜访，看看你所说的花魂。哈哈!”

“如果我没猜错，花节时，她一定会跟着齐总回来。”

“那我翘首以待!”许易风突然意识到自己是来挑花的，不知不觉讲了这么多，他随手拿起一朵火红的玫瑰，“百合虽好，但看女生，我还是带几束玫瑰吧。”

“风哥这是要去看秦愈的吧!”紫兰不悦的神色再次一闪而过，随手从花篮里拿起三朵百合，“很多人都喜欢送女孩玫瑰，依我看，秦愈的性格，未必喜欢玫瑰，你可以试试送她几束百合，或许会带来更多的惊喜哦!”

“说得也对，那带几束百合!”易风抬起头来，紫兰已经把百合送到了眼前，淡淡的百合香味扑面而来，透过洁白的花蕊的空隙，他发现紫兰正用炽热的眼神深情地注视着他。刹那间，许易风只感觉脸蛋一阵滚烫，如果他能看到自己的面容，必然是脸已经红到了脖子根了。他尴尬地接过紫兰手中的花，不知道如何面对紫兰。

哪想到紫兰扑哧一笑，用带有恶作剧的口吻嘲笑说:“嘿嘿!想不到，风哥脸这么薄。我多看一眼，你脸就红了。”

许易风无地自容，紫兰看似温文尔雅，事实上胆大心细，更极少掩饰对许易风的喜爱之情。关于这点，许易风早已心知肚明。

“秦愈还等着你呢，还不快去!”没想到紫兰竟然下了逐客令。

许易风捧着鲜花，憨笑着由紫兰送出百合居。直到许易风走远了，紫兰才依依不舍地转回百合居。

"紫兰啊紫兰!"许易风一边走，一边叹息。虽然他和紫兰相处不到三个月，但是紫兰的美丽与内涵确实吸引了他，如果说他毫不动心，那是自己骗自己，可这是个错误的时间、错误的地点，认识了错误的人，他只能叹息与紫兰缘分的浅薄。他这次找写曲谱的借口不来百合居只是一个表面的理由。真正的原因，只有他心中清楚，他怕和紫兰相处时间越久，感情陷得越深，最后到不可收拾的地步。对于紫兰，他实在没有勇气去直视自己的内心，他也不愿继续想下去。

不过刚才和紫兰谈到花魂的故事，在他脑海里留下了极深的印象，这是否可以作为一个创作题材，写一个带有传奇色彩的曲谱？他相信如果能写成，一定大受观众欢迎。这突如其来的灵感，让他长长松了口气。他拿定主意，先到南城历史资料馆翻阅一些花族的资料，对花族了解透彻了，再进一步创作。

胡思乱想中，许易风已经走出了西街古巷，西街古巷西北方向坐落着南城省图书馆，西南方向为南城省级疗养院。许易风看了一眼手中捧着的鲜花，先朝疗养院的方向而去。

这座疗养院建成已经有几年，疗养院采用开放式花园结构，它背靠着南城翠雨湖，北临南城历史文化保护区，南依云灵山风景名胜地，风景优美，环境幽静，是一处难得的旅游胜地和疗养胜地。

许易风一直向前走，他太熟悉这里的环境，穿过一片带有观赏性的思茅松林，便看到了疗养院中心大楼，中心大楼藏在翠雨湖畔的阔叶林中。如果是外地人，不仔细观察，根本发现不了这里是一处疗养中心。疗养中心的牌子并不醒目，仅有一米高，一尺宽。爬山虎肆无忌惮地爬满了疗养中心的大门和牌子，遮住了"疗养"两个字，只留下一个"院"字。大约疗养院本身是幽静之处，所以疗养院的工作人员对此也不以为意。

还没走进门，许易风就听到一阵悠扬的笛声从疗养院传来，笛声时高时低，时快时缓，偶尔像一阵和煦的春风，偶尔又像夏天的暴雨。循着笛声看去，在疗养院前门的大榕树下，一个身穿白色长裙、扎着麻花辫的少女正专心致志地吹着笛子。在榕树周围休息的人们，都把目光集中到了少女身上，专心地听着演奏。这一刻，时间就像静止了一般，没有人说话，也没有人弄出噪音，许易风也止步不前，生怕打扰到这优美的笛音。

一曲笛声过，少女放下手中的笛子，她缓缓抬起头来，一双水汪汪的大眼和有些苍白的脸孔形成了鲜明的对比。她突然看到了门口抱着百合花的许易风，严肃的脸孔立时露出一轮新月般的微笑。一对甜甜的酒窝，像盛满了陈酿的米酒，实在令人沉醉。这少女就是许易风来看望的病人——秦愈。

“嘿！我们的大才子哥哥，你来啦！”秦愈走上前，用笛子敲了敲易风的头。

“我刚才听你的笛声入迷了。”许易风揉着被敲痛的头，傻笑着。这位纯洁的雪公主，在阳光下更像天宫中白衣仙子，许易风看得呆了，都忘记上前把手中百合送上。

“这是我师父最得意之作！”秦愈自信满满，爱惜地摸着手中的长笛。说起秦愈的师父，还有一个有趣的故事。很久之前，这家疗养院里住了个老艺术家，每天下午，老艺术家会带着笛子来疗养院前的小花园吹笛子。孩提时的秦愈常被老艺术家悦耳的笛声所吸引，她总是站在老艺术家跟前，听老艺术家吹奏，天长日久，老艺术家和秦愈成了忘年之交。老艺术家便收了秦愈做弟子，把全部吹奏技巧教给秦愈。秦愈富有音乐天赋，再加上兴趣所在，学得很快。老艺术家逝世前，又把衣钵全传给了秦愈，秦愈得到老艺术家的真传，音乐修为更进一步。等秦愈长大后，才知道教导她的这位老艺术家是一位国内外著名的民族音乐家，他生前一直不肯收亲传弟子，可世事难料，机缘巧合之下，秦愈成为他唯一的亲传弟子，大概这也是冥冥中注定的缘分。

“你刚才吹的那首曲子，好动听，以前从未听你吹奏过。”许易风夸赞说。

“算你有点眼光，这首曲子叫《花魂》，我师父压箱之作，以前我一直未能很好掌握它的吹奏技巧，所以你当然未听过。”秦愈想起师父教这首曲子时谈过一段不为人知的经历，“说起这首曲子，当年我师父年轻时候为了更多地了解民族音乐的元素，走访了很多偏僻的少数民族地区。有一次，他到了一个叫花镇的地方，在花镇的一个古老神庙里发现了许多古老的文字，上面记录了一群花匠和花魂的故事，师父从这些故事中找到了灵感，从而创作了这首富有少数民族特点的《花魂》。”

“什么样的故事?”

“师父没有说，如果你有兴趣可以去找找师父走访过的花镇。”秦愈说着，看到许易风手中捧着一捧洁白的百合花，百合花在阳光下，绽放出最傲人的花姿。秦愈欣喜地上前闻了闻百合花的花蕊，深深吸了口气感叹说:“好清香的百合花!”

许易风这才意识到手中的花还没有送出去，他递到秦愈身前，说:“送给你!紫兰说你一定喜欢百合，果然被她说中了。”

秦愈幸福地捧着百合花，小心翼翼地说:“紫兰真是一个有心人呐!”

许易风和秦愈相处日久，非常了解秦愈敏感的性格，尤其是对待感情上。他怕秦愈多想，所以装作傻乎乎的样子，乐呵呵地说:“卖花的人，业务当然熟练。”

“才子哥哥，你来看我，不会就是要送百合花吧?”秦愈倒也没再过多地试探。

“几天没见你，想你了嘛!”许易风目不转睛地注视着秦愈。

“贫嘴!”秦愈红着脸，低下头。

“哦!也有点事，我老爸要我在花节时候出个节目，我想听听你的意见。”易风忙岔开话题。

“那你的想法呢?”秦愈仔细端详着手中的鲜花问。

“《花魂》这个题材怎么样?刚才听你的曲子，感觉这个主题不错。”为了避免不必要的误会，许易风当然不会说这个想法萌发在百合居紫兰那里。

“好啊!这确实是一个不错的题材，不过我可要帮师父收版权费的哦!”

“啊!要收多少版权费?”

“师父的大作嘛，不说几百万，几十万还是要的嘞。”

“你这是打劫啊!”

“我就打劫，怎么的!”秦愈仰望着天空，斜视着许易风，“不收版权费也行，你要答应让我上台演出。”

“这……”许易风打量着秦愈有些单薄的身体，他清楚地知道秦愈有先天性心脏病，是不能参加太激烈的活动的。

“怎么，不同意?”秦愈双手叉着腰，怒目注视着许易风。尽管她想表现得很生气的样子，但是说实话，她的表情那么可爱，令人有些忍俊不禁。

“哈哈，同意！怎么敢不同意！”许易风开怀一笑，实在不忍心拒绝。

“这还差不多。”秦愈脸上再次绽放出会心的笑容，她瞭望着远处深蓝的长空，“师父，把民族音乐发扬光大，是你一生未完成的夙愿，这一次你就保佑徒儿，让徒儿来完成吧。”秦愈的话语里有几分的壮志，又有几分对自己身体的担忧。

第2章 花族花曲

三月初三，南城花节。南城体育广场的音乐大厅，一支国内一流的交响乐乐队正在前台调试着乐器，做最后的演出准备。大厅的台下坐满了听众，“花节原创交响乐大赛”是花节最重大的演出，同时又是观众最瞩目的节目，大家都在翘首以待大赛隆重开场。

舞台后场，许易风穿着燕尾服，戴着白色手套，神色凝重地不断踱着步。他嘴唇轻微地抖动着，右手食指有节拍地敲着大腿，他正对自己新创的乐谱做演出前的最后一遍练习。练习过程中，他偶尔也会抬起头来看一眼前台的乐队。尽管他以前也参加过一些大赛和演出，但是这一回却有些不同，这一次“花节原创交响乐大赛”邀请了全国原创音乐人来参加。要和全国原创音乐人同台竞技，许易风不免有些紧张。

有个人比许易风更紧张，在许易风的右手边塑料椅子上，坐着穿着粉色长裙的秦愈。秦愈脸上画了浓浓的彩妆，雪白的脸颊上多了一层粉红。可这层彩妆完全无法遮挡住她内心的不安。她铁着面孔，手中紧紧抱着一个紫色的檀香木长盒子，空灵的眼神盯着前台中央的乐队。许易风回头看了一眼秦愈，深深吸了口气，宽慰地拍了拍秦愈的肩膀。秦愈回过神来，投之会心的一笑。

许易风本来不愿意秦愈参加演出，但是他又不好拒绝，所以他把这个球踢到父亲许岩那里。他以为一向以大局考虑的父亲一定会为他阻挡秦愈参加比赛，但父亲不但没有反对，竟然同意了，这实在超出了许易风的意料。当许易风向父亲问起原因，父亲回答，当年他和夜语老人是朋友，他知道夜语老人一生的夙愿，夜语老人生前不能实现夙愿，就让夜语老人的弟子继承遗志，因此他没有理由拒绝。另外，父亲一直受朋友所托照顾秦愈，秦愈有先天性心脏病，恐怕时日无多，每个人都有追求理想的权利，既然这是秦愈的理想，他又怎么能拒绝，所以让秦愈参加演出成了板上钉钉的事情。

许易风回过神来，这时候主持人出现在了前台上，表演将马上开始。他又再一次在心中默默演奏了一遍自己的曲目《花魂》，对于《花魂》他还是非常有信心的，这首曲目里，他借用了夜语老人《花魂》的一些题材，并把这些题材加以完善和创新，让这富有民族特色的音乐变得更加艺术化和国际化。严格意义上讲，他能创作出《花魂》，是因为站在了夜语老人的肩膀之上。父亲许岩对《花魂》的创作赞赏有加，《花魂》一方面继承了传统少数民族文化，另一方面又把传统民族文化推向了更广的世界，达到一个更高的艺术高度。想到父亲的赞誉，许易风对《花魂》信心倍增，心中的不安减弱了几分。

许易风再次回头看秦愈，秦愈已经打开了手中的檀香木盒子，并从盒子里取出了一支碧绿色的玉笛。玉笛在灯光下散发着幽暗的荧光，玉笛的末端用红绳挂着一朵纯金打造的小山茶花，秦愈盯着轻微晃动的小山茶花渐渐入神。她又想起师父夜语，这支玉笛是夜语生前最珍爱的宝贝，直到夜语逝世前那一刻，他才把玉笛郑重地交到秦愈手中。玉笛背后的故事，年幼时的秦愈曾听师父谈起过，师父说这是他年轻时候一位像山茶花一般美丽的少女相送，只可惜少女红颜命薄，过早逝世，只给师父留下一段美好的回忆。也就是这个美丽少女，师父立下永远守护的誓言，并履行了誓言，师父一生以音乐为伴，终生未娶。也正因为师父没有子嗣，秦愈作为唯一的弟子，才继承了这笔丰厚的遗产。年幼时候的秦愈不懂师父和这位山茶花般少女的感情，等她长大了，才明白师父用情至深，她更视这玉笛如珍宝，也只有在这样重大的场合，才会把玉笛拿出来。

“今天的原创交响乐大赛正式开始，第一个出场的节目是具有南城少数民族特色的《花魂》，下面有请《花魂》的创作者许易风先生，以及长笛演奏者秦愈小姐上台。”台上主持人的话语打断了秦愈的回忆，表演开始了，秦愈从桌位上站了起来，深深吸了口气，拍了拍胸口，缓和了下稍微有些激动的心情。她知道自己的先天性心脏病不能过于激动，一旦激动过度倒下，所有的努力都将前功尽弃。

“没问题吧！”许易风不放心地问。

“嗯，没问题！”秦愈双手紧握着玉笛，坚定地注视着许易风的眼睛。

许易风不再说什么，他抖了抖衣服，脸上展现出自信的笑容。他带着秦愈走出后场来到前台。主持人把许易风引领到乐队指挥台上，而把秦愈安排在乐队前排中央。许易风最开始只负责创作曲谱，并没有指挥乐队演奏的打算。尽管他大学时代学过指挥乐队，指挥过一些演出，但这并不是他的擅长方面。用他自己的话来说，他可能是年轻一代交响乐创作者中的佼佼者，可在指挥方面绝对是三流的指挥家。一个三流的指挥家，指挥一流的国内交响乐团，确实是一个非常不切实际的问题。但最终他还是坚持指挥演奏自己谱写的曲谱，根本原因是秦愈。从他知道秦愈一定参加演出的那一刻起，他明白这时候秦愈最需要他，他必须和秦愈一起把《花魂》演奏完成。

许易风站在乐团的指挥台上，向所有观众鞠了一躬，转过身，拿起指挥棒，翻开摆在架子上的曲谱，然后扫了一眼交响乐团，所有演奏者都正注视着他。他把指挥棒扬起来，提醒交响乐团的演奏家们演奏就要开始。演奏者们聚精会神，注意力都集中到了他手中的指挥棒上。许易风心中有一念划过，仿佛有一种君临天下的感觉，他正统率着一支强大的“军队”，他将带着这支“军队”向艺术的国度征战。战斗之前，他还是又转头看了一眼秦愈。秦愈此刻也全神贯注地看着他。许易风眼角闪过温柔一笑，手中的指挥棒快速滑下。

指挥棒滑落的刹那之间，整个音乐大厅里只听到战鼓擂动的高音调。一些等待节目许久、懒洋洋的观众在这样高音调之下，精神为之一振，热情值突然飙高，都直起了腰杆，眼神中散发着震惊的神色。

这是《花魂》第一乐章《迁徙》，《迁徙》讲了花族为了寻找心中的乐土，开始了漫长的迁徙。一开始的高音调，代表了花族向远方进军的豪情壮志。高音之后，曲子音调缓缓降低，但是越来越雄壮。许易风的指挥也渐入佳境，他虽然只是三流的指挥者，可这毕竟是自己谱写的曲子，对每个音符都烂熟于心，拥有任何指挥家都无法拥有的特有的感受和解读，对曲谱的深刻理解让他填补了指挥技巧上的不足。

在雄壮浑厚的音调里，许易风脑海中掠过一幅宏伟的画卷。画卷中，花族敲着战鼓，载着亲人，排成一个长队，在夕阳之下，浩浩荡荡地朝着远方开去。在那云雾苍茫的远方，等待着他们的是希望之光，抑或是磨难之河。漫长的旅途，花族一路走来，《花魂》交响乐的音调由雄壮转向了低沉和悲凉。

随着音调的转变，《花魂》交响乐步入第二章《历程》。这是一个悲壮的历程，那低沉的音调里，许易风仿佛看到花族的族众在这艰辛的旅途中一个个倒下，有的人死于饥饿，有的人死于疲惫，有的人死于疾病……一路的哀鸿，这群面黄肌瘦的旅行者像一群失败的逃兵，虚弱而悲凉。乐调的演进，让整个乐曲散发着前所未有的绝望。绝望的乐调充斥着整个音乐大厅，听众的眼角里闪着晶莹的泪花。

绝望的乐调继续着，音乐的强度在不断地减弱，此刻的音乐就如一个垂死之人的呼吸，只有出气，没有进气，而喘息声越来越弱，随时都有停止的危险。这时候，完全投入到指挥之中的许易风突然抬起头来，他把手中的指挥棒指向了秦愈。一直坐在乐队中央的秦愈早已心领神会，她扬起了笛子。秦愈的笛声虽然音调不高，但是清新欢快，它夹杂在绝望的乐调之中，和整个乐调形成鲜明的反差。这一刻起，《花魂》交响乐进入第三章《希望》。秦愈的笛声就是希望所在，秦愈的笛音由弱转强，由低转高。与之相衬托的乐调，随着笛音由低沉转为平缓，又由平缓转向了欢快，这是整个乐章的转折。

把秦愈的笛音作为《花魂》交响乐的转折，可以说是许易风最匠心独运的地方，如果说那股低沉的乐调代表的是绝望的花族族众的话，那么这笛音就代表着花族的第一代花魂，也就是花族第一代花魂的出现，才带领着整个花族族众走出了困境。这故事并非许易风的创作，而是许易风从花族残留下来的迁移史诗里找到的脉络。许易风很敏感地把握住了这点，并把它创作成交响乐。

在秦愈笛音的引领下，乐曲一扫低沉和沉闷，变得欢快。欢快的音乐里，许易风仿佛看到花族族众在花魂的带领下，走出了艰险，他们到了一个富饶美丽、鸟语花香的地方。花族族人总算找到了心中的乐土，大家在一块空旷的场地里架起了篝火，人们围着花魂载歌载舞。这是《花魂》

交响乐第四章《乐土》，也是交响乐的最后一章。在这一章中，许易风让乐调由欢快转向了雄壮和豪迈，代表着花族过上了幸福的生活，在交响乐末，音乐又回到了第一章开头的高音调。到此，《花魂》交响乐形成一个环状结构，表演圆满地结束。

音符止住的那一刻，整个音乐大厅爆发出雷鸣般的掌声。所有演奏者都站了起来，跟着许易风向观众鞠躬致谢。掌声足足持续了一分钟，许易风直起鞠躬的腰杆，回头看秦愈。灯光下，秦愈咬着嘴唇，已经热泪盈眶。一切都如想象一般的顺利。

也就那么刹那间，许易风看到秦愈用右手杵着脑门，她身体似乎快要失去平衡般摇晃起来。许易风见情况不妙，赶快冲过去要扶住秦愈。还未等许易风赶到，秦愈双脚一软，瘫倒在地上。这场演奏实在耗去秦愈太多的体力和情感，她之所以能坚持到演奏结束，完全是因为内心深处的信念。当演奏结束，随着信念的消失，她自然支撑不住自己的身体。

“秦愈!”许易风冲到秦愈跟前，一把抱起了秦愈，奋力朝着舞台后场而去。大厅中的观众见到这一幕，都吃惊地站了起来，等主持人上前解释秦愈的情况之后，观众们都不禁为秦愈的故事动容，大厅里又响起了支持秦愈的掌声。

秦愈在许易风的怀中，她吃力地睁开眼睛，看了一眼身后的舞台，舞台离她越来越远，但是在她的心底却又是那么近。她总算达成师父的夙愿，哪怕现在闭上眼睛，她都不会再有任何遗憾。她又回过头，看着许易风紧张的脸，一种温暖的感觉浮上她的心头，她把头轻轻靠在许易风的怀抱中，微笑着闭上眼睛。她的脑海中又回旋起刚才优美的旋律，旋律里，她看到了师父站在花海中，手持着玉笛正在吹奏，师父的跟前是那位山茶花般的美丽的女子，她舞动着长袖，如彩蝶一般在花丛中翩翩起舞……

“秦愈，秦愈，千万不要睡着……”秦愈蒙眬的意识里，听到许易风焦急的呼喊，她已经不知道自己身在何处。她突然闻到一股淡淡的花香味，清新的花香味弥散在她的心肺里，让她感觉有些舒服和畅快。她又想起师父临终之前的话，师父说他们之间的师徒缘分，只因她身上流着花族的血液。

“花族!”那宛如来自遥远天际的民族，就如秦愈身世一般，让人捉摸不定。秦愈已经没有心力再去思考这些问题，这时候，她突然又听到天空中传来飞机降落的轰鸣声，在飞机的轰鸣声中，秦愈怀着翱翔天空的梦想沉沉睡去。

秦愈睡下去的同时，一架飞机呼啸着划过夜空，降落在南城飞机场。

候机厅里，杨紫兰背着手站在航班航次电子公告栏前，她低头看了看表，八点十二分，离她所等的航班到达已经超过了十二分钟，但是航班还没有到达，机场播音通告，航班因为天气的原因晚点半小时。

紫兰来回又踱了几步，舒了口气后在候机厅中找了个位置坐下。她在公司处事干练，动作麻利，同时她又是一个缺少耐心的人，等待对她而言无疑是个痛苦的过程。可她必须等，因为她等的不是别人，而是齐家大小姐齐梦涵。

说起齐梦涵，齐梦涵和她表面上是上级和下属的关系，但私下里她们都以姐妹相称。其中原因还得从十多年前讲起，紫兰九岁的时候父母双双早逝，她只能与年老的奶奶相依为命。就在她人生困顿时，齐梦涵的姑姑齐合出现，在生活和学业上给了她巨大的支持，使她得以顺利大学毕业。她大学毕业之后，进了齐家公司，为了报答齐家的恩情，这些年她把所有心思都花在齐家公司经营上，并视齐家为自己的亲人。齐家也明白她这份感恩的心，所以没把她当作外人，不仅公司业务方面委以重任，自小没兄弟姐妹的齐梦涵更视她为亲姐姐。

这时候，候机厅又传来机场播音，她所等的航班已经到达南城。紫兰实在坐不住了，她又从座位上站了起来，她向机场人员出口扫了一眼，出口依然没有乘客出站。其实她自己心中也清楚，飞机虽然到达，出站还是要一些时间的，只不过她实在没有耐心而已。

百无聊赖里，她抬头看挂在墙壁上的电子屏幕。电子屏幕上正播报着南城晚间新闻，新闻主持人说道：“随着花节的到来，南城中那股诡异的花香味越来越浓重，一个月之前，花香味仅仅在西街古巷一带弥漫，而现在整个南城都几乎被花香味包围。这股花香味到底来自哪里？南城百姓都在猜测。是不是政府为了庆祝花节到来，在空气中播撒香料？又或是花节四处的花卉造成的香味？为了得到这个答案，本台记者采访了南城市市长，市长回答政府没有在空气中播撒香料。”电视里的画面切换，南城市市长出现在了新闻里……

紫兰深深吸口气，果然空气中有一股淡淡的香味，到底这股香味来自哪里呢？她闭目再深深吸了口。想到自己多年和花打交道，如果这香味只是花，不可能闻不出香味的来源。至少目前她可以确定，这绝对不是人工合成的香味，因为这种香味并不浓烈，似乎它的香并不来自鼻息，而是来自心底。一个念头随之冒出来，这种香味是自然之香。

什么是自然之香？恐怕没有人比紫兰更了解自然之香，那宛如一个人站在开满鲜花的大草原上，闭上眼睛，深深吸一口，你就会立刻嗅到自然之香，夹杂着泥土、水分、氧气分子、阳光、花粉、绿叶的淡淡气息，这种气息伪造不了，现在她嗅到的香味正是这种味道。所以问题也就出现在这里，南城毕竟不是开满鲜花的大草原，也不是长满绿树的森林，这座水泥钢筋林立的城池，从哪个方面讲都不应该存在自然之香。

紫兰沉思间，“叮叮”清脆的经轮的声音吸引了她的注意力。她朝着经轮声音传来的方向看去。候机厅里不知何时出现了三位僧人，这三位僧人统一穿着褐黄色的僧袍，脚踏麻鞋。穿着尽管相同，年龄却很悬殊，老僧人胡须已经发白，他闭着双目手挂念珠。另一位二十岁左右的僧人跟在老僧人之后，立着单掌，手持着念珠，眼睛始终注视着机场的出口方向；年纪最小的僧人，大约七八岁模样，他的僧衣宽大，和他瘦小的身材形成鲜明的对比。他用好奇的眼神环视着候机厅里的所有一切，手中下意识地摇动着黄色的经轮，“叮叮”的声音正是出自这里。

三位僧人引起了紫兰的好奇，僧人一般身在名山大川高阁寺庙中，极少会出现在闹市区，更关键的是她极少看到僧人接机的场面，难不成迎接佛骨舍利？紫兰觉着自己的想法有些好笑，也说不好某位高僧到国外交流，寺中僧人在此等待而已，自己想多了。

正胡思乱想时，机场出口陆续有旅客涌出，紫兰目不转睛地注视着出口，她在人群里搜寻齐梦涵的身影。十年之前，她就认识齐梦涵，她还记得和齐梦涵初次相见的情景。那是她第一次随齐合到齐家，在一栋花园式的别墅里，齐梦涵身穿白色连衣裙，扎着麻花辫，坐在花园中一张小木椅上，正专心致志地在画板上描绘一棵百合花。齐梦涵见到她进来，立刻从木椅上站起来，把手中的画板藏到了身后，脸上同时浮现出羞涩的笑容。这恐怕是这个世界上最纯净的笑容，如阳光般熠熠生辉，温暖地照进了紫兰因失去父母而寒冷的心扉……

紫兰看着旅客同接站人带着亲人朋友陆续离开，她依然没见到齐梦涵出站。百无聊赖中再回头，三位僧人闭着眼睛默念着佛经，耐心地等待在出站口，小和尚有节奏地摇动的经轮，“叮叮”的声音伴随着佛经，传到紫兰耳中，她焦躁的心灵在佛经的净化中平静下去。紫兰对自己内心的变化深感诧异，她又深深地吸了口气，再次感觉到空气中飘荡的香味比刚才更加透彻和凝重，自然之香的味道在改变，变得古拙凝重，宛如泡了一杯千年古树茶，腾腾而起的蒸汽弥散在整个空间里；又宛如打翻了一瓶陈酿百年的老酒，洒了一地，十里飘香。

“梦涵！”紫兰总算在出站人群最末处看到拉着一个大旅行箱的齐家大小姐齐梦涵。自齐梦涵出国留学之后，她们已经三年未见。三年时间，齐梦涵除了稍微成熟一点，没有多大的变化，依然是一身白色的长裙，只有衣领处绣着粉红的花边。这套白色为底、粉色为纹的服饰是齐家祖传的服饰。如果不知情的人，一定会认为齐家是白族。

人群中的齐梦涵也看到了紫兰，她纯净的微笑，又再次照耀着紫兰的内心，宛如她当年第一次见齐梦涵时一般。一个人的微笑，经历了十多年未变，这样的微笑恐怕只有齐梦涵才拥有。这也是有原因的，齐家为了培养齐梦涵，不惜重金高薪聘请了世界一流的家庭教师对齐梦涵进行单独教育。封闭的教育环境，让齐梦涵得以保持一颗纯真的花季少女的心，所以她的微笑，就如湖水一般清澈透亮。

“梦涵，你长高了！”紫兰冲到齐梦涵跟前，拉着刚出站口的齐梦涵的手，仔细地打量着她。齐梦涵确实长高了不少，比紫兰还高了一个手掌。她站在紫兰面前，宛如刚出水的芙蓉，亭亭玉立，不要说男生，紫兰都看得有些心动，“不仅长高了，还长漂亮啦！我都快被你迷死了！”

“嘿嘿！迷死你！迷死你！迷死你！”齐梦涵欢快地笑着，低下头，用头顶了顶紫兰的头。

“走吧，这里人多，我们边走边聊！”紫兰从齐梦涵手中接过行李箱，拉着齐梦涵往外走。

“紫兰姐，你小心我的行李箱，我们家的传家宝装在里面呢！”

“传家宝？难道是……”紫兰欲言又止。

“嘘！”齐梦涵神秘地微笑着向紫兰点点头。

紫兰心领神会，齐家的传家宝，其实就是花魂花种。花魂花种是什么宝贝？紫兰具体也搞不懂，她只是听说过有关花魂花种的传闻，据说种下花魂花种，等花种长大开花时候，向着花朵许个愿望，愿望就能实现。这个传闻过于匪夷所思了，很难判断真假，不过有一件事她可以确定，那就是装花魂花种的瓶子，经专家考证为唐三彩，专家说这唐三彩历史非常悠久，价值连城。换一个角度看，装花魂花种的瓶子都这么昂贵，里面装着的花魂种子的价格根本无法估量。

令紫兰不解的是齐家为什么把如此贵重的传家宝交齐梦涵独自带回来？这未免太危险了。因为花魂花种一直保存在齐家的私人博物馆中，许多商家大贾为了得到它，不惜花费重金。国际顶级的盗贼也为了得到它，不惜铤而走险。要不是齐家私人博物馆防盗系统完备，花魂花种早被偷盗了无数次。想到这里，紫兰强打十二分精神，紧握着手中的行李箱提把。

“紫兰姐，不用紧张啦！”齐梦涵神情轻松，她根本不把花魂花种太放在心上，谁能想到她会随身携带着这么贵重的东西？最关键的地方在于齐家为了确保花魂花种安全到达南城，采用了“明修栈道，暗度陈仓”的计策。外界从齐家的官方处得到的消息是三天之后才会随着庞大的安保团队飞抵南城。所以谁会想到，花魂花种三天之前就和齐梦涵到达南城了。到时候哪怕盗贼盯上了花魂花种，也构不成威胁了。

“齐梦涵姑娘！请留步！”齐梦涵和紫兰刚到出站口，一位男子的声音从身后传来。

齐梦涵和紫兰停下脚步回头看，原来是刚才机场的三位僧人。说话的是青年僧人，他走到紫兰和齐梦涵跟前，立掌道：“小僧云灵寺僧人普惠，现随家师临缘大师、小师弟景慧在此等候多时了。”

“临缘大师！”齐梦涵对临缘大师并不陌生。父亲每次到南城，都会到云灵寺找临缘大师，“常听家父说起大师，今日相遇真是缘分。不知大师在这里等候我为了什么事？”

“阿弥陀佛！”普惠僧人合掌道，“按照所约，家师正是为了花种而来。”

“花种！”一边的紫兰大吃一惊，暗想这个僧人好厉害，连齐家这么机密的事情都知道。紫兰想到这里，提高了警惕，齐家的传家宝绝对不能有任何差池。

齐梦涵和紫兰情况相反，她并不紧张，反而开心地笑了，因为遇到临缘大师是意料之外情理之中的事情：“家父说得没错，临缘大师果然是得道高僧，知道花种已经到了南城。”齐梦涵说着，环视一眼四周，压低声音道，“这里人杂，我们借一步说话。”

“请！”惠普说着，带着大家快步走出机场等候出口。

这僧人为什么会在这里？这其中的故事还得从齐百说起。当年齐百回南城，和临缘大师相见后谈起花魂花种，临缘大师断言花魂花种一定会回到云灵寺，花魂花种回来的时候，临缘大师承诺亲自前往迎接。

当时齐百还没有回南城的打算，更没有把花魂花种带回南城的计划。但几年后，事情发生了巨大的变化，这时候他又想起临缘大师的话，因为他当年还答应了临缘大师，如果花魂花种回到南城，临缘大师真亲自来迎接的话，他就把花魂花种供奉在云灵寺内。也正因为有这种隐情，他才让女儿齐梦涵独自带回花魂花种，他更想知道临缘大师能不能猜到花魂花种什么时候到南城，结果临缘大师又对了。他“明修栈道，暗度陈仓”的计策在临缘大师这里失效了。

齐梦涵、临缘大师等人来到候机厅一个偏僻安静的角落后，齐梦涵对临缘大师道：“家父所托，如果临缘大师亲自来接花魂花种，就把花种供奉在云灵寺。”

“你父亲是一个守信的人。”临缘大师合掌道。

“守信是商人的本分！”齐梦涵淡淡一笑，她内心深处此时充满了疑问，“我还有一些事情想请教大师，望大师开解。”

“定知无不言！”

“大师当年怎么断定我父亲会把花魂花种带回南城？”

“因为你！”

“我？”齐梦涵一下子蒙了，这事情怎么扯到自己身上了。

“花魂花种自古有灵性，只有转世花魂才配拥有它。”

“难道我真是花魂?”齐梦涵皱了皱眉，一直以来，她家族中就有流传，她是花族的花魂，但是她自己从来不相信这样的话，这个世间又有什么能证明她就是转世的花魂，“退一步说，如果我真是花魂，这和花魂花种回到南城有多少联系?”

“因为花魂传说记载，所有转世花魂毕生只能独自终老!”临缘大师合掌道，“阿弥陀佛，可怜天下父母心，你父亲想必没有把这件事告诉你。”

“只能独自终老?”齐梦涵听得有点瞠目结舌，意思就是说，她这一辈子都不能嫁人了。难怪父亲要把传家宝带回南城，原来是为了自己，但她对这事情不是太在意，“大师，独自一个人终老，也未尝不可!”

“只可惜你是女儿身，不然家师愿将你招在佛门之下!”普惠僧人在一边说道。

“就算独自终老，也不一定要做和尚嘛!”紫兰在侧有点愤愤不平。

“普惠，此言差矣，佛讲众生平等，不分男女，只要心中有佛，自然在佛门之下，梦涵姑娘前尘今世佛缘极深，超出你我，不可妄言。”临缘大师批评道。

“师父教训的是，谨听教诲!”普惠僧人被批评后，闭口不言。

“受教了!”齐梦涵笑道，“大师真是有道高僧，知家父一定会为我的幸福彻底解开花魂花种的谜团，所以大师断言花魂花种一定会回到南城。”

“正是此意!”临缘大师答道，“只可惜老僧也没有破解花魂花种的办法，世界上很多事情，解铃还须系铃人。”

“我就是那位系铃人吧!”齐梦涵苦笑着。

“听齐梦涵姑娘几句话，已经智慧不凡，定可以找到解铃之法。”

“唉!”齐梦涵舒了口气，人生有时候就像在黑夜中飞翔的萤火虫，要继续飞翔，探知黑夜中的真相，全靠自身的荧光，“那大师怎么知道我今天要把花魂花种带回南城?您又怎么确定我就是齐百的女儿齐梦涵?我们似乎从来没有见过面。”

“百年前，军阀起，硝烟尽，魂玉殒;百年后，香满城，云中来，无尘埃!”小和尚景慧摇动着手中的经轮念道。

“阿弥陀佛，这是当年流传下来的民谣！”临缘大师说。

齐梦涵大约猜到了这段话的意思，百年之前，军阀混战，硝烟弥漫，花魂香消玉殒；百年之后，当城池飘满浓香的时候，就是花魂回来的日子，花魂将从云中而来，来时没有一丝尘埃。

紫兰恍然大悟，兴高采烈地拍着齐梦涵的肩膀说：“梦涵，难怪这满城飘香，原来是你要回来啊！想想花魂从云中而来，还没有一丝尘埃，除了坐飞机，确实也没有其他的办法了。哈！大师真聪明，从这童谣里竟然猜到你要回来。神了！”

巧合还是缘分？齐梦涵一下子无言以对，她心念一动，沉默不语，对于这些话，她有种似曾相识的感觉，她也说不上为什么会有这样的感觉，大约世界中有种冥冥之中的巧合或者缘分吧。

尽管齐梦涵没有追问，但是临缘大师还是解释道：“这不是一般的童谣，这童谣是一百多年前花魂葬身火海时候传下来的，十几年前，贫僧从一本破损的经书中找到了。”

“愿听详解！”齐梦涵聪慧过人，立刻听出临缘大师话中还有很多故事！

“这个故事有点长，就让小僧来讲吧！”普惠接过话头，“这得从云灵寺和花魂之间的缘分谈起。一百多年前，那时候军阀混战，民不聊生，尤其北方大量的难民逃到南方，当时云灵寺住持源真大师怀好生之德，大批救济难民。可是难民太多，云灵寺独木难撑。最大的问题是南城瘟疫蔓延，极有灭城的危险，在这危难关头，南城的医生都站了出来，免费给大家医治。”

“患难之处见真情！医者父母心！”齐梦涵赞许道。

“但瘟疫来得太凶猛，全城医生虽有心，但无力遏制瘟疫的蔓延，这时候有人提出，在哀牢山大山深处有个与世隔绝的少数民族！”

“花族！”紫兰立刻答了上来。

“没错，就是花族，有老中医说，他们到山中采药遇到过花族的族众，曾见识过花族对植物方面研究特别深刻，中医方面的知识也是一般医生望尘莫及的！”

“这是当然！”紫兰瞅了齐梦涵一眼，想到齐梦涵就是花族的后裔，立时有一种自豪感。她早就听过花族这方面的能力，毕竟花族祖上也是宫廷花匠，对植物特性了解颇深，这其中涉及大量的医学知识。其中，还有一个有趣的传说，花族祖上正是给皇帝医治顽症，才成为宫廷花匠的，这正应了那句话，“不想成为好医生的花匠，不是好花匠啊！”

“从老中医那里得到信息后，云灵寺住持派了一位年轻的僧人前往哀牢山深处寻找花族，这年轻的僧人不负众望，找到花族，花族的第二十一代花魂花花为了救治难民，带了两个族人来到这里。”齐梦涵接过普惠的话头，款款而谈，关于这段历史，齐梦涵并不陌生，这些年来她尽可能地收集有关花族的资料，虽然资料零星，但是大约了解了一些情况。

“想不到齐梦涵姑娘对花族历史了解这么多！”临缘大师也忍不住夸赞道。

“大师见笑了，只知道一些皮毛，还请普惠师父继续！”齐梦涵突感打断了普惠的话，惭愧地低眉一笑。

“齐梦涵姑娘说得没错，为了救治难民，花族第二十一代花魂花花姑娘带了两个族人来到南城，这两个族人估计齐梦涵姑娘也知道，因为其中一个就是你们齐家的祖先。”

齐梦涵点点头：“那是我祖爷爷！”

普惠转过话，继续道：“花族第二十一代花魂花花到了南城后，把瘟疫压制住了，救了全城的百姓。”

“阿弥陀佛，花花姐姐只种下了一颗花魂花种，就救下了全城的百姓，阿弥陀佛！”一直转经轮的小和尚带着崇拜的口气念叨着。

听小和尚可爱口气，引得齐梦涵等人笑声不止。传说中花花只种下了一棵花魂花种就治疗了全城百姓，听上去有些匪夷所思，真实历史已无从考证。但是用什么方法治疗全城百姓显然不是重点，重点是花花靠着精湛的医术治疗全城的人。至于这点也不足为奇，一个久居哀牢山中的民族，如果没有点医疗手段，又如何能面对山中险恶的环境呢？

“只是我一直不明白，当年花魂花花治好全城百姓后，为什么不回花镇？”齐梦涵端详着临缘大师，她知道临缘大师是一个真正的智者，这个世界上如果还有人知道这个答案的话，非临缘大师莫属。

“一段孽缘！这也是我云灵寺不愿提起的往事！”临缘大师意味深长

地看了一眼深黑的天空。

“不会是花花爱上云灵寺的和尚吧？哈哈，如果这样真是孽缘了！”

“阿弥陀佛，正是！”临缘大师低下头，这确实是云灵寺不光彩的故事！

“啊！”紫兰惊呼一声，立刻涨红了脸，她都没想到随口说说竟然一语说中了。

“唉！果然孽缘，一个宿命中要孤独终老，一个是出家僧人，这段爱情又如何能抵抗住世俗的偏见，就算他们能忽略世俗的偏见，又怎么能超越自己！”齐梦涵长长感叹着，她自小读书极多，深知世俗以及大义，“后面的故事大概这样吧，由于花花太漂亮，又有精湛的医术，引得军阀兵临城下，花花自知爱情无望，又要救全城百姓，她只能舍生取义，葬身火海！”

“齐梦涵姑娘果然见解非凡！”临缘大师再次称赞道。

“大师谬赞了！”齐梦涵暗想，按照佛家轮回说，那就是她的前世，她怎么能见解不深刻呢？

“花花舍生取义后，两位跟随花花而来的族人被连天的战火冲散，其中一个就是你们齐家祖先，他带走了花魂花种。”普惠大师补充道。

“那么另外一个呢？”紫兰好奇地追问着。

“他带走了花族的图腾！”

“花族图腾？”

“没错，家师翻阅云灵寺留下的一些古籍，找到一些蛛丝马迹，据说花魂种子和花族图腾放在一起，花魂种子才能生根发芽。”普惠合掌回首看临缘大师，向临缘大师征求最后的意见。

“古书记载是这样！”临缘大师点点头。

“今天收益颇多！我就按照家父临行前交代，把花魂花种交给大师，至于后续的事情，家父说他到南城再与大师详谈。”齐梦涵说着，示意紫兰将装有花魂花种的箱子交给临缘大师。

“真的给他们啊！”紫兰小声嘀咕着，有点为难的样子。

“当然，家父的嘱托！”齐梦涵确定地回答。

“姐姐，这位漂亮的姐姐已经说了，把花种交给我们，给我吧！”小和尚景慧把经轮装在怀里，很不客气地上前来接紫兰手中的箱子。

紫兰张望着齐梦涵，她希望齐梦涵拒绝，但是齐梦涵完全没拒绝的意思，她又回头看小和尚景慧，景慧已经到了跟前，不给又不对，最后咬咬牙，只能很无奈地把箱子交给景慧。小和尚景慧得到箱子，拉着行李箱回到了临缘大师身后。

“临缘大师，那就拜托了！”齐梦涵向临缘大师拱手作一个礼，“还有一件事，我虽然猜了八九分，但还是想向大师问个明白！”

“阿弥陀佛，既然齐姑娘猜了八九分，以齐梦涵姑娘的智慧，也无须贫僧作答了！”临缘大师带着两个弟子向齐梦涵回了一个礼，“贫僧今日却之不恭，将花魂花种带回云灵寺，其他事情就如齐梦涵姑娘所言，等令尊来了再谈。”

“今日夜色将晚，齐梦涵姑娘旅途奔波需要休息，改日欢迎齐梦涵姑娘前往云灵寺一叙！”惠普也作别道。

“定会拜访诸位大师！”齐梦涵说完，目送临缘大师步出候机厅，临缘大师走在最前面，惠普大师走在左侧，小和尚景慧拉着巨大的行李箱屁颠屁颠地跟在最后，还不时回头和齐梦涵、紫兰挥手作别！

“哈哈，这三位师徒！”紫兰望着小和尚消失的背影，忍不住道，“真搞笑，竟然让最小的小和尚拿最重要的东西。”

“或许在临缘大师眼中，花魂花种未必是最重要的东西！”齐梦涵意味深长地说。

“齐家的传家宝还不是最重要的东西？”紫兰惊讶地问道。

“没错！对于蜜蜂来说，花蜜是最重要的东西，但对于屎壳郎来说，花蜜却不是最重要的东西。”齐梦涵哈哈大笑起来，她都没想到自己会用这样一个恶俗的比喻。

“服了你了，哦，刚才你问大师猜了八九分的问题是什么问题？”

“临缘大师为什么要把花魂种子供奉在云灵寺？”齐梦涵诡异地一笑。

“为什么！有话直说，不要和我打哑谜，你不是不知道我最没耐心！”紫兰催促道。

“因为……我就不说，就让你急！哈哈！”齐梦涵逗着紫兰，大笑着朝候机厅外而去。

“这梦涵！还和我玩这个！”紫兰呆立片刻，看着齐梦涵离去的背影皱了皱眉头，有点急了，她大踏步朝紫兰追去，“今天你不说，看我怎么教训你！”

第3章　梦境轮回

第二天清晨，齐梦涵坐在百合居的银杏树下，一边品味着紫兰为她泡的古树茶，一边思考一个有趣的问题，当年花花到底爱上了一个什么样的和尚？可以让一个独自终老的智者奋不顾身地抛开了一切，去爱一个不该爱的人？古树茶在杯底打着旋，对齐梦涵而言，要回答这个问题实在太难了，借用紫兰的话说，她目前的情商还停留在十四岁的阶段，以她的情商怎么能思考出这么一个深邃的问题呢？

齐梦涵无奈地笑了笑，鬼知道爱情是什么东西呢。此刻，古树茶的清香在她身边缭绕开了，她深深吸了口，沉郁古拙的香味果然非常浓郁，茶香里她又想到那个遥远的几近消失的花族。这个民族经历近代战火的摧残，他们的家园是否还如百年前一般屹立不倒呢，如果它还存在，又在什么地方？

“请问店主在吗？买花！”齐梦涵沉思时，一个爽朗的声音从门外传来，打断了齐梦涵的思绪。齐梦涵恍然回过神抬起头，一位短发俊朗的年轻小伙站在了花店门口。

齐梦涵看着小伙突然顿住了，并不是因为这个小伙帅到让她倾倒，而是这小伙给她一种似曾相识的感觉。她也说不上这是一种什么样的感觉，人与人之间的感觉有时候就是这样奇妙，如果真要解释的话，那么只能用佛家的前世今生去解释。

年轻小伙的反应比齐梦涵还强烈。齐梦涵自小没有受世俗太多的污染，拥有纯净之美；她又是花魂的转世，还富有神性之美；再加上齐梦涵学识渊博，她身上散发的人格魅力也非一般少女能够比拟。如果在山巅云海之间遇到齐梦涵，定有人将齐梦涵惊为仙人。

齐梦涵自知失态，红着脸低下头站了起来问："你要什么花？"

小伙看齐梦涵看得呆了，猛然回过神来，镇定了一下情绪说："去看望一个病人，什么样的花合适呢？"

紫兰在里屋听到说话声，快步走出来回答："看望病人，自然是百合花了！你要什么样的百合，看一看吧，这些都是，种类很多！"紫兰指着庭院中摆满的鲜花，微笑着向客人介绍，"送给年轻人，适合白百合；如果是恋人的，自然是粉百合；送给长辈，淡蓝色的百合比较好……"紫兰滔滔不绝地介绍着，推销花是她最擅长的工作。

小伙环顾四周，才发现百合居庭院中摆满了花卉，又打量紫兰几秒钟尴尬地说："你就是紫兰姐吧！"

紫兰停下介绍，惊诧地问："啊！你认识我？"

"你的大名常听易风说起，是易风给我介绍的百合居！"小伙笑道。

"敢问贵姓！"

"免贵姓古，名彦清！"

"哈哈，你就是古彦清！"紫兰笑得诡异。古彦清一时半刻摸不着头脑，紫兰为什么听到他的名字就笑得这么开心。紫兰解释道，"我听易风说起过你，鼎鼎大名的南城最年轻有为的摄影师嘛。"

"称不上鼎鼎大名，只是业余！业余！"古彦清红着脸，还从来没有像许易风这样夸兄弟的。

"你也不用谦虚，听许易风说你为了拍出音调的节奏，无所不用其极！"紫兰逗乐的笑容背后，是因为她从许易风那里听了很多有关古彦清和许易风年少时候的有趣故事，"我听说当年许易风为了配合你拍出钢琴中散发出来的音符，整日坐在钢琴边一遍又一遍地弹奏钢琴。"

"真有摄影师拍音乐的音符啊？"一直沉默不语的齐梦涵忍不住问道。

"姑娘见笑了！确实有个二愣摄影师准备拍出飘荡在空气中的音符。"古彦清自嘲地耸耸肩问，"这位姑娘是……怎么从未听易风兄说起百合居还有一个貌若天仙般的女神呢！"

"哦！她是我家的公主齐梦涵！昨天刚到！"紫兰上前拉住齐梦涵的胳膊说。

“原来是齐家大小姐，真是百闻不如一见!”

“我倒很想听听你是怎么拍出音符来的!”齐梦涵好奇心在作祟。

“这个嘛！让梦涵姑娘见笑了，其实要拍出音符也并非什么难事，我们生活中能看到许多相关的例子。比如音乐喷泉会随着音阶的变化有规律地变化。还有水的波纹也和声波一样，摄影师都是可以借助的，所以只要找到合适的媒介，就可以拍到音乐的音符了!”古彦清在摄影方面颇有研究，这些小问题自然不在话下。

“原来如此，那也是非常匠心独运的想法了!”齐梦涵赞许地说。

“我想紫兰姐笑的不是这个吧!”古彦清尴尬地说，“是这样的，当年我为了拍出一组动感十足的照片，专门找了易风兄来帮忙，易风兄在音乐方面是个天才，但在摄影方面却是个小白，所以我们花费了好大劲都没有拍到满意的作品！最后我把他惹生气了，他摔坏了两把吉他、三把二胡，我才拍出一组满意照片。后来这组照片被我取名为《愤怒的音乐》。”

紫兰笑着补充说：“哈哈，我还听说易风还差点为此摔了一架钢琴，幸好你拦住了，不然就赔大了!”

齐梦涵有所思地说：“这么说来《愤怒的音乐》想必是一组有趣的照片，改日有机会一定拜阅一番!”

古彦清谦虚地说：“随意之作，恐怕难登大雅之堂，让你见笑了!”

齐梦涵和古彦清又相视一眼，竟然接不上话了。紫兰何等聪明，早把这一切看在眼里，她连忙打圆场说：“你俩就不要客气啦！彦清兄弟，你不是说要买花嘛，随便看看，定给你打上几折。”

“哈哈，我也这么想！你们新店开张，不打几折是不行的了!”古彦清性格爽朗，立刻转变话锋，一扫和齐梦涵的尴尬氛围。

“你买花去看谁啊?”紫兰一边为古彦清挑选花卉，一边随口问。

“秦愈啊！秦愈昨天参加交响乐演出后昏迷被送进了医院，我也是早上才接到易风的消息，唉！这易风兄也真是的，明知秦愈有先天性心脏病，还让她上台演出，万一有个三长两短，恐怕他是要自责一辈子的啊!”古彦清和许易风是好兄弟，关心的话脱口而出。

“哦!”紫兰无数思绪闪过脑海，她一反常态，低头继续为古彦清挑选花卉。古彦清毕竟是搞摄影的，观察力比一般人强许多，一个简单的语气，他立时感觉到紫兰的语气不对，再看她表情有种茫然若失的状态。他心念转动，想到每次许易风在他面前讲紫兰的神情，立时感觉到自己失语。

正当古彦清发愁之际，齐梦涵问道："你说的易风兄就是那位帮我们翻修百合居的朋友吧！"

"就是他！"紫兰为古彦清挑选了最好的百合花，直起腰说，"易风兄帮了我们巨大的忙，现在他女朋友病危，我们也该去看看。"

"哦！这秦愈是易风的女朋友啊！确实该去看一看！只是百合居新开张，店中太忙，你脱不开身。我虽然有时间，但对南城的人和地都不熟悉，尤其我这样的路盲，去了恐怕就回不来啦！"齐梦涵自嘲说。

"这简单！如果你们觉得我还靠谱的话，我可以做向导！"古彦清拍拍胸膛，"我自小在南城长大，对南城了如指掌！"

"这……"紫兰不放心地看了齐梦涵一眼。

"好！有人做向导自然最好啦！我在这百合居中也闷得慌，不如出去走走！"齐梦涵自小和人接触较少，没有紫兰那么多防备心理，她率性地一口答应了。

"那好吧！"紫兰想到自己确实没有太多时间陪齐梦涵，再加上古彦清是许易风的好兄弟，她虽然以前没见过古彦清，但从许易风平时的谈话中知古彦清为人还不错，所以她也放心地接受了这位早不来晚不来、来得非常合适的"向导"。

"作为聘请向导的费用！这篮花钱，就算在我的账上啦！"齐梦涵爽快地对古彦清说。

"这不大好吧！"古彦清有些为难。

"我家梦涵说算她账上就算她账上，没啥不好的！"紫兰太了解齐梦涵的性格，她决定的事情，就算天塌下来也改变不了的。

"既然这样，那却之不恭了！"古彦清只能硬着头皮接受了。

为了让齐梦涵看望秦愈，紫兰为齐梦涵又准备一大篮子鲜花，足足有古彦清所购花篮三个大。这派头做得十足，毕竟是齐家花店送花，她与易风关系又不错，不能不心意重一些。紫兰自然不会让齐梦涵提着花篮去医院，她直接找了一个跑腿的快递人员，按照古彦清所说的地址送到医院。紫兰又细致地给古彦清嘱咐了一番，这才放心地让齐梦涵随古彦清一起离开百合居。

出了百合居就是西街古巷，古彦清和齐梦涵并排坐在西街古巷的街道上。此时太阳上了三竿，西街古巷街道两边的柳枝已经抽条了，微风吹过，柳絮飘扬，好一番惬意。街道的商铺里满是富有南城特色的小物品，琳琅满目。齐梦涵伸直腰，放开胸怀，像一只飞出钢丝笼的金丝雀，心情大好。

“这西街古巷不错嘛！”齐梦涵走在西街古巷的石道上，皮鞋踏过石板时有清脆的回声，石道两边是明清时期的古建筑，充斥着古色古香的味道。石道外侧流着一渠清溪，清溪顺着石道向前流淌，不远处三架小小的水轮车慢悠悠地转动着，都市匆忙的时间似乎在水轮的转动之间一下子慢了下来。

“西街古巷是这座城池的灵魂。”古彦清意味深长地回答。

“为什么是这座城池的灵魂？愿听详解！”齐梦涵停下脚步，西街古巷确实环境不错，但是相较于南城这庞大的建筑群，这条小街道实在微乎其微，西街古巷又怎么能上升到一座城市灵魂的高度呢？

古彦清严肃地说：“说它是这座城市的灵魂，原因之一，这西街古巷历史悠久，在明清时期，它是南城最繁华的街道，尽管抗日战争期间它受到巨大损坏，但是这也改变不了它在南城的历史地位。原因之二，很多年前，城市管理者为了建设现代化大都市，把南城古建筑拆毁不少，许多老建筑遭到了灭顶之灾。幸好当时一批有识之士通过艰辛努力，才把西街古巷建筑群保存下来，大家慢慢认识到古建筑的文化历史意义之后才得以翻新，这其中包含了太多人的心血，和一个时代的人对文化理解认识程度。原因之三，一个城市无论怎么发展，都需要一些属于自己文化特色的东西，西街古巷就是这类文化的代表。”

“真没想到一个摄影师能讲出这样的大道理来！”齐梦涵突然有种对古彦清刮目相看的感觉。

“哈哈，我胡诌乱吹！梦涵姑娘见笑了！”古彦清憨笑着搔搔头，他也没想到自己的话会得到齐梦涵的赞许。其实这些知识是他为了拍摄西街古巷照片，特别查询西街古巷的相关资料得到的。

“我觉得你说得对，在我们同龄人中，有你这样见解的人可不多。”齐梦涵也说得很中肯，如果从学识方面讲，齐梦涵自小博览群书，一般年轻人恐怕难与之相提并论，但今天同龄人古彦清能说出一番独到见解，她已经觉得太不容易了，当然她不知道这些话是古彦清从文化研究专家的书本里借来的。

“我经常来西街古巷取景，所以对西街古巷的了解稍微多些。”面对齐梦涵的赞誉，古彦清也大感兴奋。

“你这么老实！”齐梦涵扑哧一笑，话锋一转说，“听你的话，似乎对摄影特别有兴致，我想听听你对摄影的见解。”

“一点小爱好而已，真不知该从何处谈起！”

“主题确实有点大！”齐梦涵眼珠一转，切中要害地问，“你觉得什么样的摄影师是好摄影师?”

“这个嘛！一个能把静态画面拍成动态画面的摄影师，才是好摄影师。”古彦清不假思索，立刻答了上来。

“哈！我觉得和你讲话挺有趣！据我所知，世界上所有的摄影图片都是静态的，你又怎么把静态转变为动态的?”

“不！静态只是表象，真正好作品都是动态的。比如有些照片里，你可以看到人类精神贫瘠，而有些照片里，你能读到人情的冷漠。一个真正的摄影师是把自己灵魂和思想拍到照片里的，所以这样的照片必然也是动态的。”古彦清确实对摄影研究颇深，他的语气非常专业。

齐梦涵忍不住拍手称好：“说得好！你真是摄影师里最年轻的天才，以你这个年龄对摄影有这么高的悟性，将来前途不可限量。”

古彦清惭愧地摇摇头说：“恐怕要让你失望了，摄影仅仅是爱好而已，我本想开摄影工作室，但父亲并不支持，我将来需要继承他的公司和产业。”

齐梦涵皱了皱眉：“可惜了，一个伟大的摄影师就这样被消灭了！”

“哈哈！你真幽默！”古彦清故作轻松抖抖肩膀，“其实也没有什么啦，毕竟摄影这个行业真要做好，做到大师的水平，需要走很长的路，能不能成为摄影大师还是个未知数啊！”

“你说得也对。”齐梦涵点点头。

“那你的爱好呢?”古彦清反问道。

“我的爱好?”齐梦涵停顿了片刻，仰望天空，无数思绪在脑海中掠过，最后得出一个连她都不相信的答案，“我能说我没有爱好吗?”

“你怎么可能没有爱好呢?”古彦清自然也不相信。

齐梦涵又在脑海中搜索了一遍说：“我确实没有什么特别的爱好。我自出生死了娘亲，父亲在我的身上倾注了巨大的心血，他找了世界上著名的家庭教师给我传授知识，所传授的知识涉及宽泛，包括文学、音乐、绘画、书法……我不知道这些哪一个算我的爱好！后来到日本留学，我选择了法律，但说实话，我对法律并没有太大兴趣。”

“我的天啊！你岂不是全才！”古彦清忍不住惊呼道。

“哈！很多朋友都说我是全才，但是他们不知道世界上根本没有全才，全才都有缺陷！就说摄影吧，尽管我也了解摄影，但是要达到你对摄影了解的高度，还是非常难的。有句话说得对，通才都是废材，术业有专攻才对，哪怕就如达·芬奇那般大师级的全才式人物，最杰出的作品依然是绘画。”齐梦涵侃侃而谈着，古彦清并不知道，在齐梦涵经历中，还没有一个同龄人能达到和齐梦涵对话的高度，齐梦涵的知识确实太丰富了，丰富到一般人望尘莫及的地步。

“我感觉你是一个智者，如果在古代，你是国家祭司级的大人物。”

这句话古彦清说者无心，但是到齐梦涵耳中，却别有一番意味。如果说祭司的话，世代转世的花魂在族众中就充当了祭司的角色，她上知天文，下知地理，可占卜可医术，无所不通。

“唉!”齐梦涵长长叹了口气，岁月轮回，她总感觉自己背后有一只巨大的手，正转动着她命运的轮盘，而她自己毫无选择的余地。因为“为花族而生，为花族而死”，是花魂最终的职责，她是否又能改变这样的宿命?

齐梦涵无数念头闪过，古彦清却不知道齐梦涵为何发出如此长的叹息，这一刻，古彦清隐隐约约感受到另一个齐梦涵，只是古彦清无法猜透，这位才貌绝伦女子背后站着的另一个齐梦涵到底是一个怎样的齐梦涵。

齐梦涵和古彦清之间还算投缘，所以不知不觉中，他们早走出了西街古巷。秦愈所在的疗养中心离西街古巷并不太远，大约半个小时的工夫，两人已经到了疗养院的门口。一个短发戴着牛仔帽的少女不断在大门前徘徊着，她见古彦清来，立时上前一把揪住古彦清的衣领，指着手腕上的手表暴喝道："姓古的，你也不看看时间，让本爷在这里等了半个小时，找死啊！"

"喂！喂！礼貌点！礼貌点！有人，有人！"古彦清压低声音，用眼神示意他身后还跟着齐梦涵。

少女放开古彦清的衣领，透过古彦清的肩膀看到齐梦涵站在身后，她狠狠踩了古彦清一脚，压低声音骂道："你这个臭小子，哪里骗来这么漂亮的女生？"

少女这一脚太重，只踩得古彦清呲牙咧嘴。少女整理了下齐肩膀的牛仔衣，把帽子轻轻拉歪一点，很潇洒地走到齐梦涵跟前，像痞子一般，围着齐梦涵欣赏地打量了一圈，然后一只手扶着齐梦涵的肩膀问道："敢问美女贵姓？"

"齐梦涵！"齐梦涵不动声色，她嘴角露出淡淡的微笑，她第一次看到这宛如男孩一般的少女，就被少女独有的性格吸引住了，她想看看对方到底想干什么。

少女想了想，抬头望着天空说："梦涵？'梦话'的'梦'？'寒冷'的'寒'？我喜欢这个名字！"

"是'整齐'的'齐'，'梦想'的'梦'，'涵义'的'涵'！"齐梦涵纠正道。

"那也不错！你是这臭小子的女朋友？"女孩竖起拇指指了指身后的古彦清。

"不是！"

"我就知道不是，他怎么可能找到这样漂亮的女友！"

"你也很漂亮！"齐梦涵这时候近距离看少女，少女浓眉大眼，唇红齿白，只不过全身牛仔衣、牛仔裤、牛仔帽，一副男孩打扮，遮挡住了她本漂亮的容颜。

“本爷这不叫漂亮，叫帅！”

“对，尤其修长的腿，实在太帅了！”齐梦涵称赞道，盯着少女短牛仔无法遮挡的雪白的长腿，“这双修长的腿洁璧无瑕，肥瘦刚好，完全有资格去做腿模了。”

“别这么色好不好，盯着本爷的大腿看！”少女自信满满地调侃道。

“你不是也色，对我动手动脚的。”齐梦涵说着看了看少女扶在她肩膀上的手，“你对我毛手毛脚，我只是盯了下你的腿，我感觉还是你赚了！”

“哈！美女，我喜欢你的性格！”

“其实我也喜欢你的性格。”齐梦涵附和着。

“相见恨晚，我们做兄弟怎么样？”

“我们还是做姐妹吧！”齐梦涵暗暗一笑。

这时候，古彦清缓过神来，忙提醒道：“希音，你对梦涵客气点！”

少女回过头，又骂古彦清道：“姓古的，你给我滚一边去，我和美女谈话，没有你的事情。”

古彦清只喊头痛，忙上前给齐梦涵解释道：“齐姑娘，不好意思啊，这是我好兄弟沈希音，她就这样的性格，你不要和她一般见识。”

“原来是你好兄弟，我还以为你女朋友呢！”齐梦涵忍不住调侃道。

“哈哈！她？我女朋友？”古彦清笑弯了腰，“就算全世界女人死绝了，我也不会找她做我女朋友！你见过这么凶悍霸道的女友吗？”

“去你的！”沈希音又狠狠踩了一脚古彦清，古彦清痛得直接抱腿蹲下了，只想满地打滚。

“实在不经打啊！这样的沙包太软了！”沈希音摇摇头，回头对齐梦涵说，“美女，想必你是来看望秦愈姐的吧，不如随本爷一起进去吧！”

“好！”齐梦涵简短地答了一声，看了一眼地上痛苦难当的古彦清，“古兄，走吧，有句话说得好，世界上什么人都能得罪，唯有女子不能得罪。孔丘都说了，唯小人和女子难养也！”

古彦清强忍着痛站了起来答道：“齐梦涵姑娘教训的是，但是你看她像个女孩吗？”

“像！”齐梦涵望着沈希音的背影，斩钉截铁地说，“忘了告诉你，我还有心理学学士学位！从心理学角度看，她绝对是一个女孩！”

面对这样的答复，古彦清只能有苦自己咽了。说起他和沈希音之间的交情，还有一个有趣的故事。当年古彦清刚上小学的时候，因为身体较为羸弱常常被同学欺负。有一天在放学回家的路上，他又被小伙伴欺负，这时候半路杀出一个“穆桂英”——沈希音。沈希音几下功夫把所有欺负他的小伙伴教训了一顿。从此之后，沈希音就成了他的保护神。两人一同长大，青梅竹马。因为沈希音性格极像男孩，所以两人一直称兄道弟，感情上不是兄弟胜似兄弟。

“感觉你们交情很好！”上楼梯的时候，齐梦涵看着沈希音的背影对古彦清说，“有一个敢随便揍你的好兄弟真难得！”

“是的，我们一起长大。大约她母亲不想她被人欺负，所以在她六岁的时候就送她到柔道学院学习柔道。”

“真没想到希音竟然会武术。”齐梦涵忍不住又笑了，“你不学少林金钟罩，恐怕难免要受一些皮肉之苦了！”

“唉！别提了，学少林金钟罩也没用。读书时候，她是南城中学生武术大赛冠军，而现在她是柔道八段，南城一家柔道培训班的老师。”

“哈哈，这样说来，你不是惨了，还好她下手不重，不然你岂不是要弄个骨折什么的，可见她对你还是手下留情了！”

“哈哈，毕竟是兄弟啊！”古彦清畅怀一笑，他早已习惯了沈希音的拳脚相向。

“难怪她的腿那么修长漂亮，大约是练习柔道的原因吧。”齐梦涵再一次盯着走在前面的沈希音修长的腿看了半分钟，感叹道，“我确定，这是我看到过的最美的最修长的腿。”

古彦清一下子傻眼了，虽然他自小和沈希音一起长大，但是还真没有仔细观察过沈希音的腿，今天被齐梦涵一说，他以一个摄影爱好者的角度来看，齐梦涵所言确实不差。古彦清突然想起那句富有哲理的话，人总是容易忽视太熟悉的东西，哪怕你身边的丑小鸭变成天鹅，你也会习惯性地把天鹅看成丑小鸭。哪怕他这个以观察著称的摄影专家也不例外。

不知不觉中，齐梦涵等人到了秦愈病房的门外。他们看到许易风靠在病房外的长椅上休息，他见古彦清等人到来，立刻高兴地走上前迎接。

“易风兄！看你这个状态，秦愈情况应该还不错吧！”走在最前面的沈希音朝着许易风的胸口打了一拳。

“好痛！”许易风揉着胸口骂道，“希音，知道你是柔道八段，但我又不是你的沙包，不要见面动手，要揍就揍你的沙包去！”

“好吧！”沈希音惭愧地用手杵着额头，“风哥，你说的是！”

“沙包你也来啦！”许易风和跟在沈希音后面的古彦清打招呼。

“扑哧！”齐梦涵忍不住一下子笑了出来，她这才知道“沙包”是古彦清的绰号。

“我晕！哪有你这样当着外人的面羞辱兄弟的。”古彦清朝着许易风胸口又加上一拳。

“兄弟不就是用来羞辱的么？这是希音大爷的至理名言啊！”许易风被打了两拳依然谈笑风生。

“易风兄，今天齐梦涵姑娘来看你和秦愈，不要让她笑话了。”古彦清说着，指了指站在最身后的齐梦涵！

许易风忙作礼道：“梦涵姑娘好，刚才接到了你送的花篮，紫兰也给我打了电话，非常感谢你百忙之中抽空来看秦愈！”

齐梦涵听许易风说话太客气，随和地说道：“易风兄不用客气，你为百合居操心不少，我来看秦愈是应该的。你们兄弟也只管放怀畅聊，不要因为我在一边拘束了，虽然我们初次见面，但不要把我当作外人！”

沈希音开玩笑道：“哈哈！大美女，我自然不会当你是外人，我早就当你是内人啦！说不定某人也是这样想的。”沈希音说着，斜眼瞅了一眼古彦清。

齐梦涵被沈希音呛白得面红耳赤，只有迟钝的古彦清摸不着沈希音的调，他深知沈希音喜欢开玩笑，但是像今天这样，具有攻击性和针对性的玩笑还是第一次遇到。

许易风察觉到氛围有些不对，立刻带着自嘲的口吻大笑道：“希音大爷说的是，其实我也是这样想的！”

沈希音挥舞着拳头喊：“你也敢这样想，小心秦愈姐把你放锅里油炸了！”

借着沈希音的话，齐梦涵立刻转到正题道：“秦愈姐现在情况咋样？”

许易风宽慰众人说：“大家放心吧，现在秦愈情况稳定，已经渡过了危险期，她正在休息。哎！你们不知道，她昨晚确实把我吓个半死！”

古彦清责备道：“那你不早点通知兄弟！”

许易风不屑道：“就算早点通知你，有个屁用，你又不是医生，能帮上什么忙？”

沈希音拍着许易风的肩膀道：“喂喂！你这话是怎么说的，也太不把我们当作自家兄弟了吧。虽然帮不上忙，但多一个人多一份担当！”

古彦清也附和道：“沈爷今天总算说了句像样的人话！”

沈希音回过头瞪着古彦清：“你是不是欠扁啊！本爷哪句说得不像人话了？”

齐梦涵为许易风辩解道：“易风大约是怕你们担心，所以才晚一点通知兄弟们的吧！”

许易风感慨道：“唉！还是齐梦涵姑娘善解人意啊！你俩还自称我的兄弟，连齐梦涵姑娘这点觉悟都没有，实在令我寒心！”

古彦清和沈希音这次忍不了了，异口同声地骂道：“喂！你这话是怎么说的，今天不把你打成沙包，当我们是病猫了！”古彦清和沈希音说着就要动手，许易风条件反射地抱上头，这两兄弟的手段，他见识过太多了。

“好了，你们就不要吵了，进来吧！”古彦清和沈希音还未动手，病房里传出秦愈的声音，原来秦愈醒了。

“秦愈！你醒啦！”许易风第一个冲进病房，上前拉住秦愈的手。古彦清等人陆续走进病房，站在了病房门口。

秦愈努力支撑着身体，把身体变成靠着的状态笑道：“你们兄弟见面就吵吵嚷嚷，就算是死人都被你们从棺材里吵醒过来了，我还能不醒？”

“哈哈！”许易风和古彦清等人尴尬地相视一笑，确实刚才说得有点过火了。

“你们不要站在门口，进来说话吧，我也好久没见你们两兄弟了！”秦愈打量着古彦清和沈希音，又把目光落在齐梦涵的身上，她的眼神在齐梦涵的身上顿住了，虽然她从未和齐梦涵见过面，但是齐梦涵身上散发着一种令她无可名状的熟悉感，这种熟悉感就如数十年未见的两位亲人再次相遇。

齐梦涵很主动地和秦愈打招呼："秦愈姐好，我是齐梦涵。"

秦愈莞尔，说出了一句令所有人都吃惊的话："我在梦中遇到过你！"

齐梦涵走到秦愈跟前说："可能是缘分吧，你也给我一种亲人的感觉！"

秦愈拉着齐梦涵的手说："我曾听易风说，你们齐家供奉着花族花魂雕像，不瞒你，我也是花族，我身上流淌着花族的血液！"

"真想不到，秦愈姐姐竟然也是花族的后代！"同一个民族的血液，让两人初次见面的陌生感一扫而光。话匣子也一下子打开了，在茫茫人海里，遇到一个几近消亡的花族的族人，那确实是莫大的幸运。

因为病房太小，古彦清和许易风知趣地离开病房，让三位女子方便聊些属于女人的话题，许易风也想和古彦清聊一些男人的话题。古彦清和许易风下了楼，来到疗养院的后院。

疗养院的后院就如一个小型的花园，专供病人们散步休息用，环境幽静，正是说话的好地方。许易风背着手，站在一棵桂花树下，望着东面，东面一团黑云正朝着南城上空压来，给本来晴朗的天气带来了一丝阴霾。

许易风指着黑云对身后的古彦清说："沙包，你是不是觉得自己的生活就如这天气，晴朗的天空中有一团黑云正压过来。"

古彦清仰头看了一眼天空，他不明白许易风这话什么意思："三月下一点春雨也是正常的嘛！"

"真的正常吗？"许易风拍了拍着古彦清的肩膀，"不是兄弟说你，你的情商基本为零。哦！为零还高抬了你，应该为负数才对。"

"你就不要调侃兄弟了，有话直说，有屁快放！"

"你没觉得今天希音有什么不对吗？"

"她有啥不对的？"古彦清不以为意地说，"你是不是想多了，她什么时候不是那样的任性。"

"你是真不懂，还是假不懂？"

"又怎么啦！搞得神经兮兮的！"古彦清越来越摸不着头脑，许易风到底要说什么。细想今天沈希音的表现，似乎确实和往常有些不同，但是他觉得还算正常，并没有太出格的地方。

“你不知希音一直都暗恋着你吗?”许易风一语道破天机。古彦清这局内人不知道沈希音的内心，但是许易风这局外人早已看穿了一切。

“哈哈！你不要逗了好吗？相信希音暗恋我，我更相信母猪会上树!”古彦清又笑弯了腰。

“唉！你不懂。”许易风却没有笑，确实，说沈希音暗恋古彦清这样的话为时过早，就算沈希音本人恐怕都不会承认。但是他心中再清楚不过，古彦清和沈希音从小一起长大，青梅竹马。当有一天他们发现在彼此心中的重要性，那么这份感情才是最致命的。他现在担心的不是他们不会发现在彼此心中的重要性，他担心的是他们发现重要性的时候悔之不及。他之所以有这样的想法，是因为他与秦愈之间也是青梅竹马。

“易风兄，我们不能谈一点别的吗？这么搞笑的问题就不要说了!”古彦清实在不把许易风的话放在心上。

“那你想说什么?”许易风反问道。

“我们来说说百合居的紫兰!”古彦清不怀好意地笑了。

“紫兰？紫兰有啥好说的!”许易风故作糊涂道。

“少给我装了！今天我去百合居买花，每次紫兰提到你都精神百倍，再说你这一个月来，整天泡在百合居和她一起搞装修，不擦出一些爱情火花鬼才相信呢。不要忘记了，我可是搞摄影的，对人物细节把控最好了。”

“切!”许易风很不屑地瞟了古彦清一眼。

“好吧，你不承认，我等会儿和秦愈姐说说在百合居的见闻吧!”古彦清威胁道。

“喂！开玩笑归开玩笑，这绝对不可对秦愈说。”许易风深知秦愈的敏感，如果古彦清信口开河，那他可得吃不了兜着走。

“那你还给我装蒜!”

“我和她确实没什么，或许她暗恋我。”许易风扶了扶眼镜，抹了一把头发，挺着胸膛说，“再说我这样玉树临风的帅哥，有几个美女暗恋也是正常的嘛!”

“是，是！很正常，等会儿我把你的原话转述给秦愈姐。”古彦清深知秦愈是对付许易风的撒手锏，每次搬出来都能立刻见效。

许易风正要讨饶，突然看到沈希音握着手机匆匆从楼上下来，许易风喊住沈希音："希音，什么事情这么着急?"

沈希音挥了挥手中的手机，跑到许易风和古彦清的跟前，"易风兄，刚才我妈给我打电话，说家里有事，要我赶回去！明天或者后天我有空了再来看你和秦愈姐。"

许易风点点头："好！那你先走吧！秦愈这边你放心吧，有我呢！"

沈希音道别后，转身准备走，走了几步她又停了下来，回过头对古彦清道："沙包，今天踩了你两脚，没事吧！"

古彦清挥挥手道："没事啦，小意思，作为你的沙包，这点揍都受不了，还敢自称是沙包么?"

"没事就好，那我走了！"沈希音又回头看了古彦清一眼，快步走出疗养院漫长的沙石小道，消失在古彦清和许易风的眼中。

古彦清注视沈希音背影，想到她临走时候的眼神，他心中一颤，突然有了种失落的感觉。

"沙包，你在想什么呢?"许易风问出神的古彦清。

"没什么！"古彦清微微一笑。

"你看看希音，临走还问你把你打痛了没有，可见她非常在意你！"

"呵！呵！"古彦清干笑了两声，如果今天许易风不和他说沈希音暗恋他这样的话，他根本不会在意这些细节，但是许易风特别提起后，他无论愿意还是不愿意，都意识到了这些细节，扪心自问，沈希音确实非常关心他的。他又想到今天当着齐梦涵的面说，就算天下女人死绝了，都不会找沈希音做女朋友的话，才发现自己玩笑确实有点开过头了。

"好了！兄弟，希音走了，我们上去吧！"许易风把发呆的古彦清甩在桂花树下，他独自上了楼！

"喂！等等我啊！"等古彦清回过神，许易风早上了楼梯。古彦清狠狠拍了一下脑袋，自责了一声，朝许易风追去。

第4章　三月花事

古彦清回到病房中时，看到齐梦涵从秦愈卧着的床上站了起来，原来她也准备离开。毕竟打扰的时间有些长了，秦愈也需要休息，齐梦涵深知这一点。齐梦涵握着秦愈柔软的手说："秦愈姐，你多注意休息，我改日再来看你！"

"随时欢迎，可怜我拖着病躯，不然一定带着你到南城风景好处转一转，尽点地主之谊。"

"秦愈姐劳心了，不是还有希音姐和古哥么，我要出去闲逛时，一定找他们。"

"喂！彦清，你还站在门口做什么，进来啊！"秦愈向站在门口的古彦清招招手，"刚才我和齐梦涵妹妹的话你都听到了吧，你要尽地主之谊哦，别忘记到时候喊上希音。"

"这是必须的，我一定做一个合格的向导。"古彦清拍拍胸口保证着。不过古彦清想的却是秦愈话中别忘记喊上希音这句话的深意。

"那我就不留你了，让彦清送你回去吧！"秦愈有些疲惫地平躺下，她确实需要更多的休息。

齐梦涵向许易风道别之后，快步出了病房，古彦清紧随其后。到了大楼门口，许易风从楼上追了下来，手中持着一把粉色的油纸伞，他喊住古彦清和齐梦涵："秦愈说看天似乎要下雨，让我给你们送把伞！"

古彦清仰头望东面的天空，确实有一团黑云压了过来，他从许易风手中接过伞。

齐梦涵在一边感谢道："秦愈姐真细心，非常感谢！"

“好！那你们路上小心，我就不送了，秦愈还需要照顾，我回病房了。”许易风匆匆给了伞，又匆匆地赶了回去。

古彦清和齐梦涵带着油纸伞，往西街古巷回走。这一路，齐梦涵走在前面，古彦清跟在后面，齐梦涵低着眉，陷入了沉默。古彦清一下子也不知道该和齐梦涵谈什么，所以只是默默地跟在她的身后。

突然东面的天空一道闪电，接着一声低沉的雷鸣，打破了两人的沉默。齐梦涵停下脚步，望了一眼乌黑的云团问古彦清：“南城的三月经常下雨吗？”

“春雨，会下一些！”

“今天非常感谢你，让我认识了不少的朋友！”

“不用客气，你这样才貌绝伦的女孩，大家都很喜欢的！”

“正因为才貌绝伦所以没几个朋友！你却很幸运，有易风这样死党兄弟、希音这般青梅竹马的朋友，还有秦愈那样细心的姐姐。如果你我的位置可以调换，我宁愿不做才貌绝伦的齐梦涵，做沙包一般的古彦清。”齐梦涵的话总是与众不同，古彦清对她的话竟然无法反驳，他隐约听出齐梦涵心底深处的忧伤。

“以后我的朋友就是你的朋友了嘛！”这是古彦清的心底话，“你喜欢他们就好了。今天希音说话冒犯的地方，还望你不要往心里去，她就这样的性格，一直大咧咧的！”

“当然不会！希音蛮好的啊，想想柔道八段，就很有安全感啊！可惜她是个女的啊，不然我倒要考虑要不要做她的内人！”想起希音的话，齐梦涵也忍不住自嘲了一番，引得古彦清大跌眼镜。

“今天刚见到希音，我还以为她是你的女朋友在那里吃醋呢！”

“哈哈！”古彦清干笑了几声，“她都会吃醋？”

“唉！想必你一直把她当作好兄弟，而没把她当作一个女子！”

“要我把她当作女子，有些难！”

“如果她穿上女装，你立刻会发现她变了一个人，你就把她当作女子了！”齐梦涵想了想说，“以我女人的直觉，加上心理学的知识，我敢断定她喜欢你。”

“哈！不可能！”古彦清听齐梦涵所言和许易风不谋而合，心中虽然觉得齐梦涵说得对，但嘴依然是那么硬。他岔开话题道，“那你呢，有没有男朋友？”

“我说没有你一定不相信！”齐梦涵微笑着，很多人问过她这个问题，但是从来没人肯相信。她这样漂亮的女子，怎么可能没有男朋友呢？但事实上，她确实有很多仰慕者，但也仅仅是仰慕者，要靠近她实在太难。

“我相信！一般的男子根本配不上你！而那些配得上你的男子，早就一群女人围着，最终你曲高和寡了。”

“好一个曲高和寡！”齐梦涵叹了口气，“一个算命的先生曾经给我算命说，我这一生命中带着孤星，注定要孤独度过一生，所以谁还敢要我啊！”

“你这位才高八斗的才女也相信迷信？”

“当然信！我是宿命论患者！”

“哈哈，如果真没有人，我倒想拾个漏！”古彦清话才出口，就突感说得不妥，他话锋一转，“开个玩笑，你别生气！”

“没关系！”齐梦涵低下了头，她没法告诉古彦清，她第一次见古彦清似曾相识的感觉，她的内心深处对此有种莫可名状的恐慌，她却找不到恐慌根源到底在哪里。

这时，天空又一声惊雷滚过天空，黑云压到南城的上空。不一会儿的工夫，整个南城被黑云笼罩，中午仿佛一下子步入了黄昏。片刻之后，瓢泼大雨从黑云中倾倒下来，古彦清为齐梦涵打开手中的油纸伞。可惜油纸伞有些小，只能罩住齐梦涵，古彦清大半个肩膀露在了伞外。

古彦清为齐梦涵撑着伞走进了西街古巷。此时西街古巷两边的商贩都收起了摊位，到一边的房屋中避雨。古彦清和齐梦涵漫步在雨中，齐梦涵心事满满地低着眉头，古彦清也不知道到底该说些什么才好。雨下得大，靠得近了，古彦清闻到齐梦涵身上散发出一股淡淡的百合香味，香味让人迷醉。也仅仅是迷醉，却产生不出更多的非分之想。他低下眉，又注意到齐梦涵青丝上别着两朵百合花银饰发坠。

“你头上的银饰好漂亮！”古彦清话语刚落，天空又一道闪电，巨大的雷声响彻云空。

“你刚才说什么？再说一遍！”齐梦涵停下了脚步，如梦初醒地问古彦清。

“你头上的银饰好漂亮！”古彦清感觉有些莫名其妙，又重复了一遍。

“我明白了！”齐梦涵闭上了眼睛！她的嘴角又露出了诡异的笑容。

“你明白什么了？”面对这位高深莫测的齐梦涵，古彦清实在摸不着头脑，齐梦涵到底在思考什么，她就如电视剧里的破案高手，一句我明白了，似乎所有真相都要浮现出水面了。

那到底齐梦涵明白了什么？这是齐梦涵内心深处一个最隐秘的梦。很多年来，齐梦涵都在做一个相同的梦，她总梦到一个和尚撑着伞，陪着她走过一个狭长的雨巷，走到雨巷的中央，和尚停下脚步对她说：“你头上的银饰好漂亮！”

一直以来，齐梦涵都不明白自己的梦中为什么会出现一个和尚，和尚又为什么要和她说“你头上的银饰好漂亮！”直到遇到临缘大师，说起第二十一世花魂花花爱上了一个和尚，她才意识到她梦中的和尚恐怕就是花花当年爱过的和尚。花花一些刻骨铭心的记忆又在她梦中重现。过了一百多年，同样场景、同样的话又从古彦清口中说出，难道这就是佛家的轮回？她是当年的花花的灵魂转世，而那位和尚就是古彦清？也正因为有了前世的羁绊，古彦清才给她一种似曾相识的感觉。这就是齐梦涵明白的所有答案。

“如果你喜欢的话，就把它送给你！”齐梦涵从头上摘下一枚百合花银饰，送给古彦清。那一位梦中的花花，也同样把一枚百合花银饰送给了和尚。说起来这百合花银饰确实不是一般的礼物，那是齐家特有的标志，在花族风俗中，少女头上的花饰都是定情之物，只有遇到心爱的人才会相送。齐梦涵虽然深知这一点，但是她还是不假思索地把百合花银饰送给了古彦清。一切的因果，恐怕依然是齐梦涵心灵深处挥之不去的宿命枷锁。

古彦清目瞪口呆地握着齐梦涵送给他的百合花银饰。他说银饰漂亮，并不是想要的意思啊。他实在摸不着头脑，齐梦涵为什么要莫名其妙拿下银饰送给他。这一刻，他感觉齐梦涵一下突然变了一个人。齐梦涵也不给他解释，眼看百合居就在眼前，齐梦涵低下头，逃离了古彦清的伞，快步躲进了百合居。只留下古彦清一个人撑着伞，傻愣在街道上不知所措。

不一会儿，紫兰打着伞从百合居出来，她见古彦清依然呆头呆脑地站在街道中央，走到古彦清跟前说："古兄！梦涵要我和你说，刚才对不住了，她突然想到一个曾经的往事，所以精神有点失常，你不要放在心上。"

"哦！"古彦清拍拍自己脑瓜，原来事情是这样啊，他把百合花银饰递给紫兰，"这是梦涵的银饰，你还给她吧！"

紫兰看着古彦清被雨水淋湿的肩膀说："你可能不知道梦涵的性格，她送出去的东西是不会再收回来的。"

古彦清只能小心地把银饰放在上衣袋里。紫兰又说道："古兄，我还要告诉你一个不为外人所知的秘密，我家梦涵她还从来没有主动给男孩送过礼物，你可是第一个哦！"紫兰说完暗暗一笑，又把古彦清甩在古巷里。

古彦清注视着紫兰的背影，皱着眉头一言不发。他再抬头看天空，这雨来得快，去得也快，不知不觉中，天空又放晴了，西街古巷中又开始热闹起来。他有些失落地穿过热闹的人群，消失在西街古巷的深处。

这一夜，古彦清做了一个漫长的梦。他梦到自己站在一座残垣断壁的墙上。离自己不远处背对着他站着一位撑着油纸伞的婀娜的少女。高墙之下是熊熊的烈火，少女的脚步正一点点挪向高墙外，他想上前阻止，却被一股无形的力量牵扯住了，眼看女子走到高墙边就要摔到火海里了，他大喊不要跳，可是哪怕他用尽全身力气，都喊不出半点声音，他眼睁睁看着少女纵身一跃跳向了火海，就在少女跳入火海的瞬间，古彦清总算看清了少女的脸——泪水婆娑的齐梦涵。"海寂，别了！"少女最后的诀别响彻他的脑海，他跪倒在城墙上，只感到一阵撕心裂肺的心灵剧痛。

"彦清！彦清！"一个熟悉的声音在古彦清耳畔呼唤着，把他从噩梦中唤醒过来。

"海寂！"古彦清睁开眼睛，发现自己躺在自家床上，他床边坐着拿着湿毛巾的沈希音，沈希音身后是戴着老花镜的奶奶。

"怎么了？"古彦清只感到全身无力，像虚脱了一般，头昏沉沉地隐隐作痛。

"你昨晚发高烧，烧了一晚上！"古彦清的奶奶摘下老花镜，拖了一把椅子坐下，长长舒了口气，闭着眼睛祈祷道，"佛祖保佑，彦清总算过了这一劫!”

“奶奶，你说什么啊?”古彦清暗想，发高烧恐怕是昨天送齐梦涵时不小心淋了昨天的春雨。真是红颜祸水啊，第一次送齐梦涵就病得失掉了三魂，如果这说出去，还不被大家笑掉大牙。

“哦!奶奶说，在你出生的时候，云灵寺的临缘大师要收你做出家弟子。大师还给你算了一个命，说你如果不出家，二十四岁有一劫。”

“一个和尚的疯话怎么能信，我这不是好好的么?”

“彦清，不得瞎说，临缘大师是得道高僧，他说要让你渡过这一劫，必须广积善德，那剩下的就要看命，说你前世夙缘中有一个女子，如果她肯救你，方能躲过灾祸!”

“奶奶，你就不要搞迷信这一套了!什么夙缘，这里哪有什么前世夙缘的女子。”古彦清暗想，老人就是迷信多，现在都什么时代了，还相信这样的鬼话，这代沟实在太大了。

“希音不就是女子!”奶奶提醒道，“昨天晚上她知道你发烧，照顾了你一个晚上，一夜没合眼。”

“奶奶!”沈希音红着脸要奶奶不要再说。

“哇!沈兄，我没有看错吧!”经奶奶的提醒，古彦清这才发现沈希音今天确实与众不同。她一改往日男装打扮，竟然穿上了淡蓝色的摆裙，衬衫也变成了紧身齐袖圆领衣，再加上脸上淡淡的装，以及婀娜的散发着青春与力量的身姿，让古彦清大跌眼镜。

“怎么，难道我这穿着不妥吗?”沈希音自己打量所穿的衣服，“我妈昨天给我买了这套衣服，我也觉得怪怪的!感觉太阳从西边出来的，在我记忆里，我妈就没有给我买过裙子。”

“哈哈，沈兄，挺好，挺好!”古彦清又想起齐梦涵的话，他确实一直没有把沈希音当作女孩看，当有一天沈希音穿上少女的衣服，他才意识到身边这位青梅竹马的兄弟具有秒杀所有男人的魅力。

“哼哼!不要老盯着我的衣服看，喝药，喝药。”不知什么时候，沈希音已在保温杯里灌了一壶药。

希音把药端到古彦清面前，古彦清从冒起的蒸汽里闻到了浓浓的苦味，他皱着眉头说:“能不能不喝，一闻就知道，这药比黄连还苦!”

希音把药送到古彦清的嘴边，温和地像哄孩子般哄道：“乖，喝了病就好了！”

“不喝！”古彦清紧闭着嘴巴，把头扭到一边。

“哼！看来你是吃硬不吃软了！”希音眼角的温柔一扫而光。

“你想怎样？”古彦清不安地问，他突然意识到，希音虽然换了一身女子的衣服，露出少女的美丽和漂亮，但是她骨子里的一些东西却不会因为换了一套衣服发生改变。

“不想怎样！”沈希音话音未落，朝着古彦清后背穴位戳了一指头。

“啊！”古彦清只感后背一阵麻痛，忍不住喊了出来。古彦清刚张口，沈希音眼疾手快，一把抓住古彦清的腮帮，端起药就朝古彦清口中灌。

只听咕咕的喉咙吞药的声音，古彦清还没意识到怎么回事，药被沈希音灌下了喉咙。灌完了，沈希音轻轻一掌，把古彦清推到床上睡下，然后把保温杯朝桌面一摆，拍了一下巴掌，舒了口气说：“好了！”沈希音这一套灌药办法一气呵成，看得坐在一边的奶奶伸出了大拇指，连声对沈希音大声夸赞道：“小音，以后小清喝药这事情，还得请你来。”

“乐意之至！”沈希音微微一笑。

“喂！侠女，能不能给我点水，这药真的好苦！”古彦清这是口里苦，心中更苦啊！

沈希音端来白开水让古彦清喝下后，古彦清的口中的苦稍微好了一些。沈希音又找来毛巾为古彦清揩去溅到衣服上的药渍。揩到上衣口袋的位置时，沈希音突然感觉到古彦清的口袋里有一个硬物。她把硬物掏出口袋一看，是一朵银百合。

古彦清看到希音掏出银百合，暗叫不好，如果希音问起这银百合饰物哪里来的，他该怎么回答？总不能说是齐梦涵送的吧！

沈希音把银百合放在手中把玩了片刻，不明何物。古彦清才发现这银百合和昨天不一样，昨天还是纯白的，而今天整朵银百合都变黑了，失去原本的光泽，变得暗淡无光。古彦清并不知道齐家的银百合不是一般的银器，它除了是齐家标志物外，还有另外的特殊作用。每朵银百合中间都是空心的，里面放着上百种上等珍贵的药粉，所以把银百合戴在身上，不仅能散发出淡淡的幽香，还有治疗百病的功效。昨夜古彦清发烧，水毒攻心，正是这枚银百合吸走他身体中的大量毒素，逃过了一死。因此齐梦涵送古彦清一朵银百合，这一切恐怕冥冥中已经注定，临缘大师所言前世夙缘的女子，指的正是齐梦涵。只可惜古彦清并不知道这点，就算古彦清的奶奶也不明白这一点，她一直把古彦清夙缘中的女子当成了沈希音，因为她一直在古彦清身边照顾他。

“这么脏的东西，你哪里捡来的?”不明白原委的沈希音把银百合丢到一边。

“路边捡的!”古彦清见银百合没有引起沈希音的注意，总算松了口，不然希音追问起来，确实令人头痛。他又转念一想，自己怎么会这么怕希音知道银百合是齐梦涵送的呢?如果在以前，他早就拿着东西说某某美女送的礼物向她炫耀了。古彦清暗叫不好，难不成自己心底喜欢上了这柔道八段的女汉子。他摇摇头，心底暗暗说：“这怎么可能!”

“你在嘀咕什么呢?”沈希音打断古彦清的思绪。

“没什么，没什么!”古彦清连忙掩盖自己的心思。

“一定有问题!”沈希音自小和古彦清长大，古彦清那点小心思，怎么能逃得过她的眼睛，“你到底有什么事情瞒着我!”

“女侠，我还能有什么事情瞒你的啊！就算有，我也不敢啊!”古彦清讨饶道。

“哼！知道你不敢!”沈希音重重拍了一下一边的桌子，沈希音手掌力道太大，险些把桌子劈开了。桌子剧烈地颤抖起来，桌子上的银百合也随着桌子抖动着位移到了桌子边。就在银百合要落下桌子的刹那，古彦清的奶奶一把按住了银百合。她拿过银百合，对着老花镜，耐心地研究了起来。

“奶奶！你看啥!”古彦清心中有鬼，怕奶奶看出破绽来。

“好奇怪啊!”奶奶说着，从抽屉里抽出了一个放大镜，又仔细查看银百合，看了许久，奶奶在放大镜下发现银百合发饰的最里面刻了几个小小的字，她慢悠悠地把字念了出来“齐……梦……涵!”

“齐梦涵!”沈希音好奇地走到放大镜前一看，果然是“齐梦涵”三字。原来齐家在制作每朵银百合时，把佩戴者的名字都刻在了银百合之上了。古彦清哪里能想到这点。

“你……”沈希音皱着眉头，指着古彦清想说什么，但是还是咬牙忍住了，她长裙一甩拂手而去。

“喂！希音！”古彦清想叫住沈希音，但是沈希音双耳不闻，头也不回地走了。古彦清眼看着沈希音生气地出门而去，不知哪里来了力气，从床上跳了起来，穿起鞋子朝门外追去。

“喂喂！你们这是做什么？”古彦清的奶奶还不明白怎么回事，古彦清和沈希音都出门了，“现在的孩子，变脸就如变天一样！”奶奶也不管这些年轻人的事情，她又拿着放大镜，细心地研究起了这枚银百合。

古彦清追到门外，看到沈希音已经过了马路，在马路对面的站台上，上了一辆公交车，古彦清追到公交车的对面，朝着公交车里的沈希音大喊：“希音，你别走，听我解释啊！”沈希音把头侧向了另一边，根本不理古彦清。但就在公交车开动的刹那，古彦清透过公交车的玻璃窗，看到沈希音揩眼泪的动作。

古彦清注视着渐行渐远的公交车，他有些无奈地蹲在人行道边上，沈希音哭了，这是他做梦也想不到的事情。他和沈希音自小一起长大，沈希音都是一个非常坚强的女孩，无论是她男子般的性格，还是拥有柔道八段，她都是一个比一般男子还男子的女子，这样的女子怎么可能会哭呢？但现在事实摆在眼前，古彦清就算不相信也必须相信。

“青梅竹马的兄弟！”无数个念头在古彦清脑海中闪过，这一刻古彦清才意识到，他和沈希音都已经长大了，他不能再把沈希音当作兄弟来看了，她毕竟是一个女孩，而且是一个漂亮的女孩。

这时，又一辆公交车在站牌的地方停了下来，古彦清强打精神站起来上了公交车。他很明白今天的事情非同小可，如果他今天不给沈希音解释清楚，恐怕以后就不会有解释的机会了。他实在无法想象，这生活中突然消失了沈希音会是什么样子。

坐在公交车上他又把思绪重新整理了一遍，沈希音一切的巨大变化都发生在齐梦涵出现之后，首先是希音对齐梦涵的针锋相对，其次是今天希音穿上了从未穿过的少女的服饰，似乎就是为他而穿的啊！他想起那句古老的谚语：“士为知己者死，女为悦己者容！”第三是沈希音发现那朵银百合是齐梦涵的银饰，才发生了刚才的那一幕。分析到最后，古彦清得出一个让他无比头痛的答案，沈希音在吃齐梦涵的醋。他心中直喊冤，他和齐梦涵昨天才认识，怎么就让沈希音吃醋成这样子啊，这也太夸张了吧，女人心海底针，他果然是猜不透的啊。

“南集胡同到了，请下车的乘客从后门下车……”许久之后，公交车的语音把古彦清从沉思中拉了回来。他看了一眼窗外，随着其他乘客一起下了车。他走到站牌下，看了一眼站牌，“南集胡同”的站牌名特别的醒目。

目前南城还有两个地方善存着古建筑群落，一个位于西街，一个位于南集。如果回溯明清时期，南城的区域划分是西街、南集、东府，北河。西街就是西街古巷，主要集聚的是南城的商家大贾，经济商贸最为发达。南集又叫南集胡同，南集胡同在古代是贫民区，聚集了各种三教九流之徒。东府为官宦的住宅，而北河指的是北面的护城河。到了当代，东府和北河早被夷为平地，建起了现代化的高楼大厦，唯有西街和南集苟延残喘地延续南城的古老血脉。

当然今天的南集胡同也不是明清时期那个南集胡同了，十几年前这一片地区和西街古巷一起划作了古建筑物文化保护区，但同样是保护区，南集的建筑从设计艺术和历史长度方面都没办法和西街相提并论。恐怕也正因为这点，南集的商业化程度远没有西街商业化程度高，如果细心点的话，游客还能在南集胡同看到四世同堂的景象，当然也能尝到比较正宗的南城小吃。所以民间流传着这样的话，“旅游观光在西街，研究文化到南集。”这可能说得有些夸大，但站在文化角度客观点说，西街古巷代表的是曾经南城富裕阶层文化，而南集胡同代表了南城贫民阶层文化。

打心里讲，相较西街古巷，古彦清更喜欢南集胡同。这倒不是古彦清更喜欢贫民文化，而是小学时，他就在南集胡同上的小学，这所小学叫“南城第一民族小学”。那个时候，他每天都会经过南集胡同，他和沈希音的友谊也是从那时开始的，这南集胡同留下了多少他童年时代的快乐故事啊！

古彦清一步步走进南集胡同，小学毕业了这许多年，这南集胡同和外面翻天覆地变化的城市相比，并没有太多变化。眼前依然是那垂暮之年的土木瓦房，还有长满苔藓的狭窄的青色石阶，随意摆着身姿有点霸道占住路边的高大梧桐树……跨进南集胡同的瞬间，仿佛一下子远离了繁华的都市。

古彦清沿着有些狭窄的梧桐道一直向前走，在梧桐道拐角的地方，他总算看到他寻找的小店“碧溪凉粉”。小店外，沈希音就坐在碧溪凉粉店前的大树下，桌前摆放着一大碗凉粉，她正拿过辣椒罐朝凉粉里撒辣椒。

古彦清快步上前，抢走沈希音手中的辣椒罐：“少吃点辣椒！”

沈希音抬起头，见是古彦清，狠狠瞪了古彦清一眼，回了一句：“要你管！”

古彦清在沈希音对面坐下，把辣椒罐放回原来的位置：“我不管你谁管你啊！你看你眼睛都红得像红枣了！”

“要你管！”沈希音噘着嘴，捏着筷子，木然地戳着碗里的凉粉。

这时候，卖凉粉的大娘走到古彦清和沈希音的座位前说道：“小兄弟，来一碗凉粉是吧，要大碗还是小碗。”

“大碗的吧！”

“你是不是惹女朋友生气啦！”大娘偷偷瞅了一眼沈希音，又和蔼地说道，“小兄弟，这样漂亮的女朋友，你可不能把她惹生气咯，要多哄哄！”

“是是！”古彦清尴尬地朝大娘笑了笑。

“鬼才是你女朋友呢！”沈希音沉着脸说。

“嚯！不是我女朋友，怎么会吃醋成这样子！”

“你说谁吃醋啦？”沈希音拍了一下桌子，险些把桌子拍倒，幸好旁边没有路人，不然一定引来围观。

“对对，你没吃醋！”古彦清故作无奈地说，“哎！我觉得齐梦涵确实才貌绝伦，只是人家都有男朋友了，挖墙脚这事情做起来总不好吧？”古彦清为了让沈希音消火，只能编了一个鬼话。

“哼，你去挖啊！”听古彦清说齐梦涵有男朋友，沈希音的无名之火瞬间就浇灭了，但是碍于面子，她还依然气鼓鼓的样子。

“人家是大美女，哈佛大学的高才生，我就算想挖也挖不动啊！”古彦清这样说，只是为了证明他和齐梦涵根本没有可能，让沈希音打消不必要的误会。而事实上也是如此，他和齐梦涵之间确实不是一个世界的人。

“你这小子还有些自知之明!”沈希音语气缓和了不少，下意识里，她又伸手去拿辣椒罐。

“喂！不能再吃辣椒了!”古彦清握住沈希音的手。

“哦!”沈希音红着脸，缩回了手。

古彦清也有些尴尬，他强忍住激烈跳动的内心，又把辣椒罐放回原位置，从这一刻起，他再也没办法把沈希音当兄弟了，因为只有面对一个女孩的时候，古彦清的内心才会如此的不安。

“你怎么知道我在这里?”沈希音不解地问。

“你忘记啦！你以前和我说，你每次伤心的时候，都会到南集胡同吃一碗辣到心眼里的碧溪凉粉，那么所有闷气都会被辣椒驱赶出体外了。我看你上了来这里的公交车，就知道你要到南集胡同吃凉粉了。”

“我什么时候和你说的?”时间太久，沈希音都忘记了自己曾经说过的话。

“初二，那届南城武术大赛，你没拿到冠军!”古彦清暗想，希音确实是个太好强的女子啊，那次比赛只拿了亚军就来这吃了一碗凉粉，他还记得当时她一个人倒完一罐辣椒粉，把所有周围吃凉粉的人看得瞠目结舌。

“谢谢你还记得!”沈希音语气温婉，低下了头，眼睛中又噙满了泪花，这一次是感动的泪光。

“怎么又哭啦！你终于变回了一个爱哭的少女了!”这一次古彦清真有些摸不着头脑了。

“还不是因为……”沈希音抹了一把眼睛，最终还是把“你”生生和凉粉一起吞到肚子里。

“小兄弟，你的凉粉好了!”这时，店主大娘为古彦清端上凉粉说，“小兄弟，这就对了，女朋友要多哄哄，你看这不立刻开开心心的了!”

“大娘说的是!”古彦清捧着装凉粉大碗向沈希音做了个搞怪的鬼脸。

“真坏!”沈希音扑哧一笑，险些把口中的凉粉喷了出来。

“感觉你这身新装备也不错嘛!”古彦清往凉粉里一边添加作料，一边端详上沈希音。淡蓝色的裙子和粉色的紧身圆领装，确实勾勒出她完美少女的身材，如果她的头发是齐肩长发的话，那就更完美无缺了。

“我妈买的!”希音也低头看了一眼今天的穿着，这套衣服比起男装的话，有些让她不自然，不过习惯了，她觉得自己会喜欢，她从来不想做一个强势的女子，这一切只是母亲对她的愿望罢了。追究其原因，还是那位从未谋面的父亲惹的祸，父母当年感情的破裂，让母亲发誓一定要做一个强大的女子，这份愿望灌输到女儿这里，她所以成了柔道八段，这非她所愿。

“是不是太阳从西边出来了?”古彦清吃了一口凉粉。

“悄悄说!”沈希音把头凑过来，压低声音道，“我妈说要带我去见我爹。所以给我买一套新衣服!”

“什么!”古彦清差点把凉粉喷了出来，一个对男人疾恶如仇的女人和丈夫重新复合确实是一件幸运的事情。

“有啥奇怪的嘛，我妈也是女人，也需要丈夫!”沈希音很鄙视地看了古彦清一眼，“只是我一直不明白，我爹到底是个什么样的人，为什么我妈从来不愿说我爹是谁。”

“这个!”古彦清摸摸头，“这问题只能问你老妈，不过无论怎么说，你爹妈重新复合，是一件值得庆幸的事情。”

“对!”希音幸福地一笑，“哦，那你爹和你妈现在咋样了?”

“唉，不咋样，真是几家欢乐几家愁啊!”说起父母，古彦清再没心思吃凉粉了，父母之间的恩怨他从奶奶那里听来一些。

事情还需要从二十多年前谈起，当年古彦清的父亲古博在知青下乡的过程中认识了一个美丽的女青年，并相恋了三年，后来，古博调回到南城，就在他回南城的时候，父母为他准备了一桩婚事，女方就是古彦清的母亲萧函，萧家只有一个女儿，并在南城拥有大量的商店，这样的富家小姐成为许多青年爱慕的对象，按照常理说不可能和古家挂上关系，可萧家看上了古家的种植茶花的技艺，古博本人知识丰富一表人才。而古家看重对方的经济实力，如果有萧家的帮助，一定可以让种植茶花的技艺发扬光大，各有所需，两家长辈一拍即合，完全没有考虑到两家儿女的感受，而古博迫于父母的压力，最后离开自己的恋人和萧函结婚，结婚后虽然相安无事，但是埋了祸根。二十年来，古博靠自己的努力和萧家的强大经济实力，成立了在南城屈指可数的大企业："古博实业"，事业的成功让古博想冲破自己不幸的婚姻牢笼，终于沉寂二十年后感情"火山"爆发了，古博和萧函已经分居三年，恐怕离离婚的时间不会太远了。

对古彦清而言，父母这些陈年旧账，他实在不愿提起，时间久了，他也渐渐习惯了父母之间的状态。

等古彦清和沈希音再次回到家时，古彦清的奶奶还在研究百合银饰。只不过这次百合银饰旁边放了一本蓝书皮装订线装书籍。奶奶正拿着银饰对着书页中的一幅图案，奶奶的专心致志也吸引了古彦清和沈希音，两人挨过头去看，奶奶这才发觉两个孩子回来了。

"哎哟！吓了我一跳，什么时候回来的？"她把手中的放大镜朝书页上一放，直起腰板摸着胸口责备说。

"我们刚才回来时候敲门了啊，看你专心的样子，没有注意到我们。"古彦清解释着，拿过奶奶放大镜下的书，只见封面上写着《族谱》。

"哇！《族谱》啊！"沈希音叫了起来，"想不到奶奶还保留着这么古老的东西。奶奶拿族谱做什么呢？是不是有新发现？"

"这族谱可不是一般族谱，当年你爷爷留下给我的，我一直没有搞懂，你爷爷曾经和我说，古家原来是一个快消失的少数民族。"

"什么少数民族？"

"花族！似乎你爷爷这么说的，我当年也没在意，今天看到这银饰，突然想起这族谱上的图画，所以拿出来对比对比。"

"花族！"古彦清和沈希音面面相觑，因为昨天他们刚听说齐梦涵和秦愈是花族的后裔，而现在古彦清家传下一本涉及花族的族谱，这一下子勾起了两人的好奇心。古彦清慌忙翻开家谱图案书页，并和百合银饰对比，果然这家谱上的图案和银百合一模一样，"怎么会这样？难道我们家也是花族？"

"是的，你爷爷是这么说的，这族谱上还记录了你爷爷的遗言。"奶奶从古彦清手中抢过族谱，翻到族谱的最后一页，最后一页果然有爷爷的遗言。遗言写道："我古家本是花族族众，百年前随花魂前往南城救治百姓。不幸花魂舍生取义于南城，我古家难逃其咎，自此我古家受到诅咒，流亡四海，古家只有寻到花魂转世，才可重回家族，后辈子孙勿忘家族遗志。”

“诅咒？花魂？”古彦清读了半天爷爷遗言，有些摸不着头脑，他再朝下看，遗言又写道：“古家藏有花族图腾一块，此花族圣物，如寻到花族花魂，望交回圣物。”

“奶奶，圣物在哪里？”古彦清总算看到一点能拿出来研究的东西。

“这个嘛，你爷爷说，当年他怕圣物遗失，所以放在云灵寺临缘大师那里！”奶奶一下子想起这些老爷子说的话，今天看来似乎有几分深意，她还以为老爷子是一直胡说的呢。

“临缘大师？”

“对！喊你去当和尚的临缘大师。”奶奶又想了想说，“哦，还有，你爷爷说到时候拿着这本族谱去见临缘大师，一切就明白了。”

“好！我们去云灵寺找临缘大师！”古彦清拿起家谱就要走。

“不要急！”奶奶一把拉住古彦清，“事情还没有搞清楚，也没找到花魂，去找临缘大师也无济于事，不如再研究研究这本家谱。还有你那枚银饰哪里来的？家谱上记载，这是齐家的饰物，难道物主是花族族人？”

古彦清心念一转，看了一眼沈希音，解释说：“对！齐梦涵落下的，她是花族传人。”

“我们还是不要先找临缘大师，我应该去找齐梦涵，问问她花魂的事情，恐怕这事情她知道些。”希音建议道。

“你们去吧，我还是先研究族谱吧，有什么重大发现再告诉你们。”奶奶抢过族谱，又用放大镜对着族谱的字，耐心地研究起来。

“好！那么我们去找齐梦涵问问情况。”古彦清和沈希音告别奶奶，出了门，朝西街古巷的百合居而去。

此刻，齐梦涵正飞驰在南城郊区的高速公路上。

开车的是一个中年女子，这女子已经年过四十，但依然风姿卓约，全身穿戴着高档的服饰，华丽而不失庄重，从她身上展现出来的是高贵，仿佛是一朵牡丹，因为高贵而让人望而却步。后排座位上坐着齐梦涵，她的身边放着一大把黄白相间的菊花。

“小姑，真没想到你会回南城这么早！”齐梦涵注视着车窗外快速掠过的风景。南城郊区的风景确实迷人，这座新兴的旅游城市，空气污染较少，一眼望去，蔚蓝色的天空延伸到远处的山脉，宽阔的原野种满了油菜花，一片的金黄，人在其中仿佛步入了巨大的花园。

“因为你父亲暂时回不来，他要我先回来去见云灵寺的临缘大师。”这中年女子正是齐梦涵的姑姑齐合。她戴着墨镜，齐梦涵从后视镜里看出齐合说话时没有半点喜悦心情，似乎父亲遇到了什么麻烦。

“父亲怎么了？”齐梦涵担心地问，说好三日后回南城，这变化也太大了。

“投资南城的资金出现了一些问题。”齐合低沉着声音，“你父亲在南城花卉产业投资几千万，但是现在爆出黑幕交易的问题。”

“什么黑幕交易？”齐梦涵大吃一惊，这事情听上去有些吓人。

“现在还在查，如果情况属实，我们恐怕会离开南城。”

“事情严重到这地步了？”

“涉及上千万的黑幕交易，你也知道我们齐家一直把诚信看作商人第一准则，等事情真相浮出水面，你父亲恐怕会撤资。”

“哦！”齐梦涵没有再说话，她看着车窗外，南城对于她而言，确实只是一座路过的城市，走就走吧，也没有多少留恋，只是真要离开南城的话，父亲一定非常伤心。因为这里是她母亲的故乡，父亲回南城投资，除了经济的因素外，其实还有这层情感的因素。她看得出来，母亲虽然逝世二十多年，父亲依然怀念着母亲，也眷恋着这片母亲出生的故土。

车离南城越来越远，齐梦涵突然问道：“姑姑不是现在要去云灵寺吗？但这似乎不是去云灵寺的路吧，我记得紫兰说云灵寺在西街古巷的南面。”

“先去看一个故人。”

“故人？”齐梦涵真还没有听说过姑姑在南城有故人，再看身边黄白菊花，去看故人送菊花，也真亏姑姑能想得出来。

“是，故人，到了你就知道。”

汽车高速地在高速路上行驶着，大约半小时的时间，齐合把车开出高速路口开到一处公墓停车场，齐梦涵这才意识到齐合所说的故人是指已故的人，还真看不出严肃的姑姑竟然能讲这么调皮的话。

齐合下了车，齐梦涵也抱着菊花一起下了车。齐梦涵抬头朝公墓山上看去，落叶松一排排整齐地像列兵一样站着，守护着公墓的道路。一个年老的扫墓人悠闲地打扫着石道两边的落叶，看到齐合和齐梦涵到来，友善地微笑打量着两人。齐梦涵向山上走去，石道两边立满墓碑，很多墓碑上长满苔藓，陵墓两旁的栅栏也锈迹斑斑。

陵墓中部，耸立着一座高大的烈士纪念碑，正面写着“永垂不朽”四个大字，字下面密密麻麻刻满姓名，记录着烈士们的名字。看得人心中充满景仰之情。

烈士墓两边矗立着两栋巨大的浮雕，浮雕上表现着解放战争时期人民军队英勇无敌的形象。军人们拿着钢枪冲在前面，农民在后面推着推车，拿着提篮送水送饭，感人泪下。

齐合一直顺着林荫小道往内走，最后在一处偏僻的角落里，一块杂草丛生的坟墓前停下脚步。齐梦涵看到墓碑上刻着“蔡有成”。齐合从齐梦涵手中接过鲜花，把花放在墓碑前敬了三个礼，齐梦涵也跟着齐合敬了三个礼。

看着墓碑，齐合的回忆回到了二十年前，二十年前，自己正值青春年华，在一次和哥哥在外面做生意的过程中遇到一位叫蔡奇的年轻商人，两人一见钟情。齐合和哥哥做完生意，回到南城，蔡奇对齐合念念不忘，追到南城，哥哥齐百也看中蔡奇的才华和品德，所以为妹妹做主媒，有情人终成眷属。一年后，齐合和蔡奇有了一个女儿，并取名蔡玉，正当一家人处在幸福之中的时候，蔡奇的父母从家乡寄信到南城，要求在外做生意的蔡奇赶回家去，蔡奇匆匆赶回家里，没想到家里等待着他的是一场父母安排的婚姻，蔡奇在结婚的当天，逃婚回到齐合的身边，又过起了一家人幸福的生活，几个月后，蔡奇接到父亲的信件，信件上说，父亲在战争中受了重伤，生命垂危，要他赶回去，蔡奇以为又是父母设计诓自己前去完婚，所以也没把这件事情挂在心上，几个星期后，蔡奇又接到信件，说父亲逝世，而母亲在悲伤的同时自杀了，蔡奇感到事情似乎不对劲，连夜带上女儿蔡玉赶回家乡去，这一去就不复返。齐合想丈夫一定服从了父母的婚姻安排，因此对蔡奇爱恨交加，一发狠，随着哥哥离开了南城，这一去就是二十多年。

齐合想到这些，有些伤感，想到丈夫带着女儿抛弃自己，二十年来都没有音信，女儿是否还知道有自己这样一个母亲？如果丈夫有了新欢，又是否会对自己的女儿好呢？太多的未知数，搅着齐合的心。

“姑姑，他是谁?”在齐梦涵的记忆里，似乎姑姑从来没有提到过这个人。

“他是我丈夫蔡奇的父亲。”

“你这次带我来这里的目的是什么呢?”

“我打听过了，每到清明时节，蔡奇会来这里祭拜父亲，先来看看，到清明时节希望能看到女儿。”齐合不再说什么，纵然见到女儿，二十年了，又怎么知道是否是自己的女儿呢，她这个不速之客如果闯入丈夫平静的生活，谁知道会发生什么大的波折呢。

齐梦涵不能理解齐合此时心中的惆怅，她风华正茂，哪里能体会人生的沧桑，在齐梦涵的眼中，这里不是墓地，而是公园，读着每个英雄的墓志铭，仿佛读故事一般。在齐合发呆时，齐梦涵独自一个人一直往墓陵深处走，阳光透过高大的树木斑驳地投在地面上，加重了神秘和阴森的感觉，在小路的尽头，有一间典雅的木制小屋，小屋门站着一个头发花白的老奶奶。齐梦涵仔细一看，原来也是扫墓人，看老人吃力地打扫着，齐梦涵上前帮助老人。

老奶奶看着美丽而好心的陌生人，很愉快地把扫帚给齐梦涵，齐梦涵放开手扫起来。但她自出生以来，就从来没有干过扫地的活，所以笨手笨脚。老人看这美丽的女子有一副好心肠，却从来没干过粗活，她笑着又从齐梦涵手中拿回了扫帚。

齐梦涵只能尴尬地站一边问：“奶奶，你这么大年纪了，怎么还在这里扫地啊！这里埋着这么多人，白天还好，晚上真的很恐怖的啦!”

老奶奶听齐梦涵说后，大笑起来：“我都大半个身体入土的人，又怎么会怕死人呢。”这同时触及老奶奶心中往事。原来，老奶奶和老伴每天都来这里扫陵墓，四十多年前，老奶奶的两个儿子在战争中死去，埋葬在这里，老人退休后，主动要求来这里做一个守墓人。

齐梦涵听了老奶奶的故事，一时间陷入了沉默，她看着老奶奶一点点把地上的树叶扫成一堆，她宛如正在扫去时间的尘埃，又仿佛在梳理沉重的思念。她不禁又回头看了一眼姑姑站的位置。

不一会儿工夫，木屋周围的树叶扫干净，老奶奶松了口气坐在石阶上，打量着齐梦涵："如果我有孙女，也像你这样大了！"

"是啊！奶奶！"齐梦涵立刻明白了这是一份多么沉重的思念，她又想到姑姑，无论如何她都要劝自己的姑姑去见见她的女儿，哪怕她怎么害怕见自己的女儿。

齐梦涵和老奶奶谈话期间，她的老伴也拿着扫帚回来了，他后面跟着的是齐合，齐合想到齐梦涵一个人溜达怕出事情，所以也就过来了。

她看到齐梦涵安然无恙地和老奶奶谈着话，松了口气说："你到处乱跑，下次不再带你出来，免得我为你担心。"

齐梦涵微笑着连忙道歉，她知道这么多年姑姑把她当亲女儿一般看待，这也填补了姑姑作为母亲心中的一些缺憾。齐梦涵告别两个老人，和齐合一起下了山。在台北的时候，齐梦涵每次祭拜先人，都觉得这是件愉快的事情，因为她都以郊游的心情来面对这些祭拜。另外在城市里住惯了，出来欣赏大自然的风光当然是件欣然的事情。

"姑姑，我们下一步去哪里？"下山的时候，齐梦涵问齐合，她确实不喜欢待在百合居里，想找紫兰作陪游览一番，紫兰又抽不开身。想找古彦清，似乎又不妥。今天姑姑回来，她总算有个作陪的"伙伴"了。

"我今天刚来，有点累，先回别墅休息了。"齐合不大习惯百合居的吵闹，所以在城郊找了一栋别墅住下。当然还有一个重要的原因，哥哥齐百也喜欢安静的地方。因此百合居虽然是老宅，有种家的感觉，但是真要住到里面，那只能是齐梦涵这样喜欢热闹的年轻人，谁让西街古巷现在是最热闹的古建筑商业一条街呢。

"哦！"齐梦涵有点失望，姑姑还是不能陪她到处转转。

"你这孩子，什么时候玩性这么大了！"齐合见齐梦涵不开心的样子，又说道，"你一个大美女就不要愁眉不展了，明天我带你去云灵寺怎么样？"

"云灵寺啊！我知道姑姑最好！"齐梦涵像一个得了糖果的孩子，上前抱住齐合的胳膊，快乐地拉着齐合朝山下走。外人看来，还以为她们是母女呢。

第5章　花族图腾

第二天早上，太阳还未升起，齐合带着齐梦涵前往云灵寺。

云灵寺在南城的南面，是南城著名的旅游景点之一。它初建于明代，开始仅是一个小寺院，后来随着南城人口增多，云灵寺的规模也渐渐扩大。到了清代，它已经是南城最大的寺院了。但时代的动乱，云灵寺几经战火摧残，明清建筑基本毁坏殆尽。改革开放后，南城政府为了加大南城旅游的发展，不惜巨资打造南城古建筑群，云灵寺也因此得以重生。现在的云灵寺已经颇具规模，它主体建筑分为三个部分，分别是前殿、正殿和后殿。除了三大殿，周围还有许多小殿，这些小殿已经被南城政府打造成集合宗教文化、民族文化、商业文化为一体的古建筑群。

齐合和齐梦涵进了前殿，映入眼帘的是一座高大的花魂的雕像，尽管雕像是用坚硬的大理石雕刻而成，但栩栩如生，没有半点生硬的感觉。她的左手中提着的花篮里装满了盛开的花朵，右手握着一朵山茶花，她的眼睛凝视花朵，似乎在考虑着苍生，她身后是轻柔的丝带，随着肩膀一直垂落到地面，遮住了赤裸的脚踝。

“你觉不觉得这雕像太像你了！”齐合把雕像和齐梦涵对比了一番，无论从神采和五官轮廓看，这雕像都和齐梦涵有几分神似。

“没有吧，这雕像怎么可能太像我呢，应该说我太像雕像才对。”齐梦涵忍不住笑了，她又想到刚到南城时，临缘大师等人一眼认出她来，原因大约都在这里吧。

“你这丫头还和我开玩笑。”齐合走进前殿，在前殿的门口立着一块石碑，石碑上清晰地记录着雕像的历史和建设时期。这雕像建在民国年间，南城人为了感谢花魂的救命之恩，在此竖了一个雕像，算一算这花魂的雕像已经历经百余年。

走过石碑，前殿里面是出售祭奠花魂用的香火纸钱等，还有一些提供旅游者的纪念品，齐梦涵抬头看了看屋檐，上面雕刻着许多绚丽的花纹，以及神女撒花的图案，大约这些雕纹也出于能工巧匠之手。

在前殿之内，又立着一尊花魂的塑像，正中央的花魂盘卧在莲台上，左手握着鲜花，右手拿着花瓶。花魂两旁站着两位男童，分别提着两个花篮。齐梦涵买了三炷香，来到花魂之前，合掌跪下向花魂拜了一拜。一般人都拜三拜，但是齐梦涵只有一拜。因为花魂在她心底是一个缭绕不散的梦，她如果真是花魂的转世，她拜的是百年前的自己。对于那个一百年前的自己，她充满了敬意，而这种敬意随着她来到这里浓重了几分，归其原因齐梦涵体会到百年前花花所有的努力是那么伟大。为花族而生，为花族而死，这是花花的使命，但花花已经超越了自己的使命，她为所有人而生，也为所有人而死。也正因为这样，百年之后依然有人祭拜花花。

当齐梦涵拜完抬起头来看花魂的雕像，她突然感觉花魂的眼睛似乎也在慈祥地微笑着注视着她，这一份普度众生的微笑，在齐梦涵心底一闪而过，她仿佛与百年之前的花花心灵相通了。

齐梦涵站起来，环视了四周，发现齐合正在大殿一侧和一个小和尚说话。不一会儿，小和尚转到殿后带来了普惠僧人。

普惠僧人亲自来迎接齐合和齐梦涵，两人随着普惠僧人出了前殿，朝正殿而去。正殿比起前殿来，幽静了几分，七棵一抱粗的银杏占住了前正殿的广场，按照树木的排列顺序，大有北斗七星的味道。齐梦涵暗想，这佛家寺院确实布局大为讲究。她又深深吸了口气，寺院弥漫着一股奇异的香味，似乎和当日她到南城时候的香味相似，似乎又是香火的味道。她的嗅觉毕竟没有紫兰好，如果是紫兰的话，定然能辨别出香味来处。

“齐施主，家师已经等候数日，你们终于来了！”普惠在前面引着路说道。

“让临缘大师等候太久，深表歉意。”齐合惭愧地说道。

“近来花魂花种每到夜间放出奇异的光芒，花族图腾的香味也在晚上散发出更沉郁的香味。”普惠收住了话，他突然想到师尊的告诫，话不可太多。

“花族图腾?”齐梦涵对花族图腾并不陌生，令她没想到的是花族图腾竟然也在云灵寺，这样说来，花族图腾和花魂花种全部集齐了。

普惠不再回答，他只管前面引着路，齐梦涵满腹狐疑地跟在身后。经过几道门，来到正殿大堂，这正殿大堂供奉的是如来尊者的佛像，两边排列着十八罗汉，香烟缭绕在大堂之内，庄重严肃。临缘大师面朝大门坐在草垫之上，他身旁站着的手持经轮的景慧小和尚，下首还坐了一老两少三位客人。

这三位客人中，年轻的是古彦清和沈希音，老的是古彦清的奶奶，今日他们正为花族图腾而来。正好和齐合、齐梦涵遇到了一起，这是巧合，还是冥冥之中的安排，又有谁能说得清呢。齐梦涵见古彦清和沈希音和临缘大师在一起，也吃了一惊。再想到当日古彦清送自己回家的经历，她心中不免有些尴尬。

临缘大师依然气定神闲地安坐在草垫上，见齐合和齐梦涵进门，他平和地说道：“人总算都到齐了!”

齐合上前合掌道：“见过临缘大师，我哥俗事太忙，脱不开身。他要我向临缘大师问好，等有空时，他必登门拜访大师。”

“阿弥陀佛！老衲知齐百施主百事缠身。”临缘大师示意普惠僧人为齐合和齐梦涵搬两个草垫过来，然后又为齐合和古彦清奶奶介绍了他们彼此的身份。两人客套了一番，齐合和齐梦涵这才坐下。齐梦涵坐定后，立刻向古彦清和沈希音打个问好的手势，两人脸上流露出会心的微笑。原来他们先来时，临缘大师就介绍了齐家和花魂花种的一些基本情况。

“老衲经过几年潜心研究，终于破解了花族图腾的谜团。”临缘让普惠僧人把装有花魂花种和花族图腾的两个檀香木箱子搬到众人跟前。当两个箱子近在眼前，众人只感一阵清香扑鼻而来，这清香让人精神为之一振。大家嗅着这香味，总算明白弥漫在西街古巷的香味原来全部来自这里——花族图腾。

装花族图腾的箱子和装花魂花种的箱子一模一样，唯一的差别是，装着花魂花种的箱子雕着的是百合花花纹，而装着花族图腾的箱子雕刻着山茶花的花纹，这两个花纹正是齐家和古家的标志。可以试想，当年齐家和古家先祖一同随花花来到南城，他们随身携带的就是这两件宝贝。

齐梦涵等人以为临缘大师会让人打开箱子，可临缘大师始终没有要开箱子的意思，齐合忍不住问道："还望大师解答花魂花种和花族图腾的谜团。"

"我们从花族图腾说起吧。"临缘大师顿了顿，"这花族图腾的材料并非玛瑙金银，也非木材玉石，它由花木精华压制而成。"

"花木精华？"大家异口同声地问道。

"正因为是花木精华，所以它会散发出令人无法想象的清香，同时它还有祛毒健体的功效。"

"那岂不是神药？"古彦清惊叹道。

"老衲认为，当年花花救治南城百姓用的正是这味药。"临缘大师命普惠打开装着花族图腾的箱子。

箱子打开的刹那，香味弥散到整个大殿中。众人看清楚了花族图腾的样子，它如压干了的普洱茶，不过只剩下了半块。齐梦涵暗想，临缘大师说得没错，恐怕当年花花就用了这半块花木精华遏制住了瘟疫。

临缘大师惋惜地说："可惜制作花族图腾的秘方已经失传！老衲从各种古籍中查询，花族所有技艺都是口口相传，花魂花花当年一死，这制作秘方永远成了谜团。"

众人惋惜不已，沈希音提醒说："至少现在还剩下半块。"

临缘大师摇摇头："这剩下的半块药效已经到最后的时间了，所以它的香味才会爆发式地扩散开来。"

众人不语，这就如同人之将死的回光返照，这图腾保存百年已经是奇迹，如果它真有灵魂的话，它在花魂重新回到南城时候绽放出它最迷人的香味，这也就是它最后的使命，而剩下的它只能静静躺在这里再安睡百年，重温那曾经美丽的梦。

"那花魂花种的谜团呢？"齐梦涵问道。

"老衲没有答案。"临缘大师建议道，"如果要破解花魂花种的谜团恐怕需要前往花镇，花族虽然几近消亡，但是他们的后裔还存在着。"

"真的还有花镇？"这出乎齐梦涵的意料，齐梦涵一直以为花镇和花族一样已经消失在历史的长河中，毕竟那百年的屈辱时光，战火纷飞，国破山河碎，一个古老的小镇要保存下来也算巨大奇迹。

“没错，我这里还有一个花族的后裔。”临缘大师答道。

“谁?”古彦清问道。

“景慧!”临缘大师喊了一声一直站在一边的景慧小和尚。

“师父!”景慧小和尚停下手中的经轮，向众人鞠了一躬道，“我就是花族的后裔。”

众人都吃了一惊，谁也没想到景慧小和尚竟然也是花族的后裔。临缘大师道出了原委，这个故事还得从百年前说起，当年花花死后，齐、古两家先祖无法向花族族人交差，成了花族的流亡者。而花族也因为失去花花和花魂花种，派了两个使者前来寻找花花和花魂花种。两位族人死后，这两位使者的后代秉承先人的遗志，一直寻找花魂和花魂花种，景慧的父亲正是这使者的后代。

三年前，景慧的双亲为了寻找花魂花种到南城拜见临缘大师，但很不幸地发生了车祸，景慧的双亲在送往医院的途中不治身亡。景慧的双亲在南城举目无亲，便把了景慧托付给了临缘大师。临缘大师见景慧因为失去双亲心灵受到巨大打击，便收在门下，成为临缘大师最小的弟子。这三年来，临缘大师以佛法教导景慧，这才让景慧从失去双亲的悲痛中解脱出来。

众人听了景慧的故事，都不禁重新打量了一番这不起眼的小和尚，这孩子自小经历如此大的打击，又被临缘大师引入空门，确实与众不同。

“一定要去花镇吗?”沈希音不解地问。

“是的!一定!”景慧顿了顿，“我爸爸生前常说，我们花族所有的磨难从丢失花魂花种那刻开始，如果找不回花魂花种，花族会不断遭到诅咒，不幸会不断地发生。”

众人沉默不语，景慧不会撒谎，他本身就是不幸者。同样，齐梦涵依然是不幸者，自出生就死了亲娘；古彦清的爷爷早逝，父母感情破裂；秦愈病入膏肓。似乎所有花族的族人都受到了命运之手的掌控，任谁也无法跳出诅咒本身。

“那么就去吧!”沈希音突然意识到自己是唯一和花族没有关系的局外人，她又看了一眼齐梦涵和古彦清，心中有种莫名的感觉。

“是不是要把花魂花种送回花镇?”齐合皱了皱眉。虽然说花魂花种是花族的圣物，但是它毕竟作为齐家的传家宝传承百年，严格意义上说，现在花魂花种是齐家的财产，这样价值连城的财产怎么能说送回去就送回去?就算想送，又有谁来接?谁能把它保存完好?这些都是她要考虑的。

“花魂花种要从长计议，花魂花种的众多谜团还有待解开，老衲也需要些时间。”临缘大师把从古彦清奶奶那里拿来的花族族谱递给齐合，“花族族谱，拿着这本族谱追本溯源，定会事半功倍。”

“去花镇的事情就让年轻人去吧!”一直沉默不语的古彦清的奶奶说话了，她虽然秉承逝去丈夫的遗嘱，但一直没有把这件事太放在心上。

“奶奶说的是，这事情就让这些年轻人去办吧!”齐合看了一眼齐梦涵、古彦清、沈希音。年轻人富有热情，喜爱探险，有这种事情，他们心里还不乐开花。

齐梦涵喜形于色，这确实是一次有趣的旅行，景慧也很兴奋，出来三年，虽然和家里的亲人还有通信往来，但毕竟不像亲自回家这么畅快。只有沈希音低着头，面无表情。古彦清内心尽管也喜欢探险拍照，但看沈希音并不是很高兴的样子，所以把喜色收住了几分。

“我看时间不早了，也耽搁临缘大师时间太久，我就先回去了。”古彦清的奶奶带着古彦清和沈希音站了起来，她需要的花族图腾的谜团已经解开，有这点她就知足了，剩下的正如她所言，都是年轻人的事，她这行将就木的老人也没心力再思考这些东西。

临缘大师和齐合起身把三人送到正殿门口，三人正准备离开，沈希音突然停下脚步，回头拉着齐梦涵的手道:“梦涵，难得相遇，不如我带你去周围转一转吧。”

齐梦涵面对这突如其来的邀请，有些措手不及，她回头看了一眼齐合，齐合点点头说:“梦涵，云灵寺风景确实不错，你们都是朋友，一起去转转也好。我和临缘大师还有一些重要的话要谈。”

“好!云灵寺离西街古巷不远，到时我自己回去。”齐梦涵拉着沈希音的手，笑吟吟道，“走!沈爷，我们去玩去了!”齐梦涵一下子像脱开鸟笼的金丝雀，少女的情怀立刻得到释放，这一点大出沈希音的意料。

“喂!希音!希音!”古彦清看着沈希音和齐梦涵远去的背影，要叫住她俩，哪里还能叫得住。

“你也去吧，两个女孩子家需要照顾！”古彦清的奶奶拍拍孙子的肩膀，“我自己会打车回家，你加油！”古彦清的奶奶话显然是双关语。

“奶奶你能行么？”古彦清不放心地问。

“行，快去吧！”奶奶催着古彦清赶紧走。

古彦清辞别奶奶，朝齐梦涵和沈希音追了上去。很快，古彦清看到齐梦涵和沈希音牵着手走在前面，古彦清只能像个跟屁虫一般地插着裤包跟在后面。云灵寺游人如织，他虽然被齐梦涵和沈希音撂在一边，却落得一个轻松。

“南城给你的印象咋样？”沈希音首先打破沉默，随意问了个问题。

“回到故乡的感觉，这里是我娘亲生活过的地方，一直以来我都想回来看一看，但是都没有机会，这次总算如愿以偿。”

“听古彦清说，你已经有男朋友了。”

“男朋友？”齐梦涵一愣，回头看了一眼古彦清。古彦清正在向她比划乱七八糟的手势，齐梦涵是何等聪明的人，立时会意了古彦清的意思，她随口回答，“是的，我有男朋友了。我在日本读书时候认识的，人还不错。”

“那太好了，我们绝对不会是情敌了！”希音性格爽朗，是任何心事都藏不住的人，“我想我们会成为好兄弟的。”

“情敌！”齐梦涵又是一呆，她才意识到希音今天这么主动约自己，并问自己有没有男朋友的原因全在这里。

“怎么？不想做我好兄弟？”希音调侃道。

“姐妹吧！”齐梦涵暗暗一笑，她突感希音是一个非常有趣的人，敢爱敢恨，恩怨分明，当知道齐梦涵对她不会构成威胁的时候，态度一百八十度地转弯，和她柔道八段的性格相匹配。如果她知道了古彦清和齐梦涵合伙欺骗她，估计情况大为不妙。

“嘿嘿，姐妹也行了！”

“听说你和古彦清一起长大，青梅竹马！”齐梦涵也试探着问。

“青梅竹马还谈不上吧，从小一起玩到大的哥们儿。”沈希音脸一下子红了，压低声音悄悄说，“不知道为什么，我第一次看到你，就特别的不安，就像你要夺走我什么东西一样。或许你实在太漂亮了吧！”

“放心，我不会做你的情敌！”齐梦涵话虽然这样说，但是脑海中奔涌过无数的思绪。沈希音的担心也许是对的，她与古彦清之前确实有些夙缘，她无法解释这种超乎寻常的感觉，来得那么强烈，甚至无法掌控。不过从这一刻起，她决定无论如何都该成全沈希音这份充满勇气的爱。

“你在想什么？”沈希音打断了齐梦涵的思绪。

“你和我们一起去花镇吧？”齐梦涵连忙转移了话题。

“理论上应该能去吧。”沈希音咬着牙齿说。

“哈哈，理论上我也希望你去。”齐梦涵学着沈希音的口吻，有些夸张地说。

三人在云灵寺游玩了一下午，直到傍晚，希音才告别齐梦涵和古彦清。

希音回到家，母亲西琳早做好饭菜在桌前等待了许久。西琳是很不错的母亲，尽管公司很忙，但是为了女儿，她从不忘记回家做饭。所以希音尽管从小没有父亲但依然感受到家的温暖，因此无论回家有多么迟，她都会回家，因为她知道母亲一定等着她。

西琳给女儿舀了碗饭，问是否同古彦清一起出去了。希音感到奇怪，她和古彦清从小玩到大，母亲从来没这样问过。

西琳顿了顿，又轻声问：“你是不是喜欢上古彦清了？”

希音咬着筷头回答：“你看你说到哪里了，我以前不是说了吗，我和古彦清是哥们儿。”

西琳叹了口气，夹了块肉放到希音碗里：“今天爱心协会给你来了一封信。”西琳从围裙口袋掏出一封信递给希音。

希音接过信暗想，怎么爱心协会会给她来信，难道是几天前在柔道学院参加了个爱心签名活动留下自己的住址，爱心协会给她发了信件？希音拆开一看，爱心社团邀请她到偏远地区支教。

“你不会真想去支教吧！”西琳关切地问希音，她只有一个宝贝女儿，连家里的活都不愿让女儿干，支教这事情也太难为她这位做母亲的。

“我要去花镇。”希音放下了邀请函。

“花镇?”西琳有些惊诧。

“老妈应该知道花魂传说，这次我们就要去调查出真相。”

西琳陷入了沉默，她拨了几口饭又问：“是不是和古彦清一起去?”

“是啊！怎么了?”

“我不希望你和古彦清过多接触。至于花魂传说，仅仅是传说，一个美好的故事，我不相信。”

希音不知道母亲为什么突然说出这样的话，多年来，母亲就没有反对过自己和其他人的交往。可她今天反对的正是自己多年来的好朋友古彦清，希音觉得母亲越来越不可理解。

“我相信那个传说，还有古彦清是我从小的朋友，难道你不放心我和他在一起，你应该了解他，他很正直，再说我是柔道八段，而且这次同去不仅仅是我们两人。”希音坚持道。

西琳没有说可以，也没有说不可以，她从来没有拒绝过女儿，她很想说不，可是又说不出口。

“你老实回答我一个问题，如果我满意了，答应你。”

“什么问题?”希音不知道母亲葫芦里卖的是什么药。

“你是不是喜欢古彦清?”

希音怔住了，如果在往常，她一笑而过，今天母亲严肃的样子，她不得不考虑这个问题。最终她点点头，又摇摇头。

母亲看着希音满脸的茫然说：“你们小孩的事情，我不想管太多，不过有些事情应该和你讲一讲，你也长大了。”

希音不知道母亲想说什么，这些年来希音和母亲相依为命，无话不谈，感情一直很好，母亲西琳是南城显赫的花商，她一直为此骄傲。如果有什么隐瞒的话，那就是希音的父亲，西琳从没有在女儿面前提起过。

“你准备把父亲的事情告诉我?”希音试探着问。

“我仅仅给你讲个真实的故事。”西琳的表情非常严肃，似乎她要讲一个惊天动地的故事。

“讲吧！好多年没听您给我讲故事了。”希音专注地看着母亲。

沈西琳的故事是这样的：二十多年前，沈家是南城花卉种植世家，以种植牡丹而闻名。当年独生女沈西琳并不喜欢花卉种植，而是喜欢文学。她更梦想着有一天能成为诗人，她认为知青下乡将对自己文学生涯产生巨大的影响。美丽的大自然、艰苦的条件正是成就一个诗人的必备条件。她更喜欢奥斯特洛夫斯基的《钢铁是怎样炼成的》中的保尔·柯察金，一个诗人就应该去接受苦难，把所有苦难聚集起来如山洪一样暴发出来，写出一篇篇深情的诗章。所以毕业后，沈西琳怀揣着激情和莽撞投入了知青下乡的洪流，坐上了南行的列车。

在拥挤的火车上，沈西琳遇到一个浓眉大眼、温文尔雅的青年，他系着灰色的围巾，手中拿着一本当时非常流行的拜伦诗集。沈西琳被诗集吸引住了："你能把诗集借我看一看吗?"

青年抬起头，突然发现眼前站着个清秀的女孩，个头不高，娇小而温柔，微笑时候露出一排整齐而洁白的牙齿。他看得呆了，沈西琳又提醒了一遍，青年才把诗集递过去，沈西琳小心地接过诗集，里面的书签不经意间滑落，沈西琳拾起来看了看，上面写着一首小诗："革命，热情的火焰燃烧着诗意般的情感，在烈火中留下的是晶莹的宝石。"

"你喜欢写诗吗?"沈西琳问。

"喜欢，你呢?"

"非常喜欢，有时候也写几首。"

"我偶尔写几首，难得碰到一个写诗的人，我们交个朋友吧，我叫古博。"

"很有诗意的名字，我叫沈西琳。"

"过奖了，这个名字是我父亲取的，他是个老师，他想我继承他的衣钵，希望我是个博学多才的人，可是在下惭愧，有负父亲的厚望。"

"我看你博学啊，以后多多指教。"

……

就这样，两个人因为一本诗集认识了。在苦难的岁月中，面对荒芜的土地，两个志趣相投的人很容易聊到一起。三年的知青生涯，让两人彼此更加地信任，在通往诗的国度中，两人独占了一座爱情的城堡，城堡宁静祥和，当晨钟敲响时两人才从梦中惊醒。

一个深秋的傍晚，夕阳流连在最后的余晖里，古博看着沈西琳娇小的倩影说："琳，我回南城了，这是个难得的机会，我父亲为我找到了工作。"

"你先走，我很快就回南城，你一定要等着我。"

"我明天就走。"

"为我们的离别写一首诗吧。"沈西琳小声地抽泣起来。

古博感叹着写了最后一首诗歌："在暗黑的星空下，一颗宛如泪水的流星划过天际，悄悄熄灭在我的眼帘，你的倩影像远去的萤火默默淡出我的视线，无情的冷风吹散你梦幻般的容颜。"

古博把这首诗做成书签夹到那本让他和沈西琳认识时的诗集里。第二天，古博走了。

三个月后，有显赫家世的沈西琳回到南城，当她到达南城第二天，没有收到古博的情诗，却收到了古博和另外一个女孩的结婚请帖。

这对沈西琳而言，无疑是一个巨大的打击。后来经过打听才知，那个女孩也是南城花商之女，沈西琳双泪纵横，她不知道古博为什么变得这么快，她想去问个清楚。

那天，天空下着细雨，沈西琳在古博父亲所在的学校找到古博。遇到古博的时候，她淋在雨中。古博看到她，跑来给她撑起伞。她却把伞一扔，冷冷问："为什么？"

古博没有回答，沈西琳又问："为什么？"

这个时候，古博的父亲从学校出来问古博："这个就是你认识的野丫头？"又转向沈西琳，"古博已经订婚了，忘了他吧。他未婚妻是个富家女，如果你真爱古博，就应该为他的未来着想。"

"野丫头？富家女？哈哈……"沈西琳一阵狂笑，她现在才看清楚这个和自己生活三年的人是如此的懦弱和无情，沈西琳收住笑冷冷地问，"你们知道站在你们面前的野丫头是谁吗？"

古博吃惊地打量着沈西琳，他曾经问过沈西琳的身世，可沈西琳说两个人相爱在一起，身份并不重要，所以古博一直不知道沈西琳的身世。

"哈哈……野丫头！我是南城第一花卉世家的独生女沈西琳。"沈西琳说完甩手而去，两个男人呆呆站在雨中，彼此相视默默无语。

半年后沈西琳生下一个女孩，由于沈西琳恨透了古博，她让女儿随自己姓，取名沈希音。为了不让自己的女儿受男人欺负，沈西琳自小把希音送去柔道学院学习柔道。可阴差阳错的是强势的希音遇到了老被他人欺负的古彦清，并充当了保护伞的角色。这二十多年，沈西琳有苦只能自己咽，她实在没有勇气去解释，希音青梅竹马的好朋友古彦清是她同父异母的弟弟，可谓天意弄人。

第 6 章　花镇之行

数日后，古彦清和齐梦涵准备前往花镇。希音本说好与古彦清、齐梦涵同去，可临时改变主意，参加爱心支教活动去了。古彦清也没有办法，只能遂了希音的计划。他和齐梦涵带着景慧小和尚前往花镇。

临行时，秦愈又给了古彦清和齐梦涵一本手稿《花镇印记》，这本手稿是秦愈的师父夜语老人当年花镇之行的回忆录，为了让古彦清和齐梦涵多了解些花镇，秦愈毫无保留地把手稿奉献了出来。

照临缘大师描绘的路线图，三人坐了一天的大巴车，傍晚时分到达一个叫燕城的县城。燕城到花镇没有标准的公路，全靠三轮摩托和拖拉机。古彦清和齐梦涵只能包一辆三轮摩托前往花镇。

三轮摩托一路颠簸，翻山越岭，两个小时后，翻过一座山岭，大家终于看到了花镇。花镇坐落在一个较为平坦的山腰之上，山下是梯田，在明媚的阳光下反射着阳光，梯田下横着一条汹涌的河流，流水湍急，宛如一串珍珠项链挂在山腰上，花镇的背后是茂密的森林，这些森林仿佛是山的长发一般，遮挡着花镇神秘的脸庞。

尽管见到花镇，三轮车被一片树林挡住了前进的路，不能再走了。古彦清只能下了车，沿着山梁的梯田田埂继续前进。田埂只有一尺宽，对住久了大城市的齐梦涵而言，并不好走，古彦清把所有背包行李背在身上，也不轻松。

最后花了差不多一个小时，三人才走到了花镇村口。花镇村口有一棵一抱粗的山茶树，此时正开着绚丽的大红花，仿佛在迎接古彦清他们的到来。三人的到来也打破了花镇的宁静，花镇内响起一阵狗吠，五六只猎犬冲到了村口，满怀戒心地吼叫着。一群年过古稀的老年人带着小孩子聚到村口，打量着风尘仆仆的三人，并很快认出了景慧。几个和景慧同龄的孩子兴高采烈地围上来和景慧交谈。

在孩子们的簇拥下，古彦清和齐梦涵进了花镇。穿过花镇的是一条约三米宽的青石路，这条青石路连接了所有人家。青石路两侧是水渠，一股清泉从水渠中流过，为每家每户提供着山中的“自来水”。村民的房屋基本为木石结构，青铜瓦、石墙，为了方便排水，屋顶斜度比较大，而木制的雕栏门窗上，雕刻数不清的花纹，似乎记录着整个花镇和花有不解的缘分。

沿着青石路一直朝花镇内走，绕了几个弯，在景慧的带领下，古彦清和齐梦涵到了景慧奶奶家。景慧奶奶听到村子动静，正打算到村口看看，刚到门口，就碰到景慧。她见景慧回来，一时间老泪纵横，悲喜交加。悲的是儿子早逝，白发人送黑发人；喜的是景慧离开了三年，总算安全地到家了。而景慧见到奶奶，扑倒在奶奶怀里哭起来。

古彦清和齐梦涵在一侧，也被这场景感动了。景慧奶奶抱着景慧哭了一场后，老人问起景慧怎么回到花镇的，景慧把原委说了一遍。老人听说是古彦清和齐梦涵带回的景慧，对两人不胜感激，她揩去热泪，热情地把古彦清和齐梦涵带进家。这是一间四合院，门一进去看到主房，两边是厢房，老人为两个人在厢房安顿好住宿，两人隔窗而住。一路疲劳，老人让古彦清和齐梦涵稍作休息，古彦清和齐梦涵按照老人的吩咐，放好行李后，到各自的房间休息，一中午没话。

傍晚十分，古彦清醒来时，他听到走廊上齐梦涵和一个女子讲话。古彦清起床，走出房门，在门口看到一个女子和齐梦涵站在一起。她身材稍微比齐梦涵低一点点，女子穿着少数民族的服饰，头顶和衣服上挂满银白的饰物，在夕阳下反射着金光，浓眉长睫，带有些野蛮的味道，和身旁清纯的齐梦涵形成鲜明对比。

“起来啦，睡得还好吧?”女孩向古彦清打招呼，“我是季奶奶的外孙女扎依，季奶奶叫你们去吃饭。”古彦清一愣，季奶奶是谁?转念一想，原来景慧奶奶姓季。

齐梦涵和古彦清跟着扎依来到客厅，看到客厅里放着一张长供桌，桌子上供奉着一尊雕像，同云灵寺花魂神殿的雕像很相似。供桌前摆着一张圆桌，上面摆满着酒菜，很丰盛，都是些山中的野味、河中的鱼，还有些古彦清和齐梦涵见所未见，估计也是些当地特有的菜。桌子的上座已经坐了景慧的奶奶，景慧和奶奶坐一起。左席是年龄稍大一点的一对夫妇，下席坐着一个面孔有些黑的青年，扎依让古彦清和齐梦涵在右席坐下，然后到下席和青年坐在一起。

扎依指着一对夫妇介绍道："这是我爹爹和我母亲，我身边这位是我哥哥小茶。"

古彦清和齐梦涵和大家客套寒暄了一番，然后开始吃饭。古彦清和齐梦涵的饭还没有进口，季奶奶抬起酒杯说："谢谢你们把我小孙子送回来，今天我把女儿和外孙都叫回来庆祝庆祝，来来，不要拘束，奶奶敬你俩一杯。"

齐梦涵和古彦清看老人如此盛情，赶快站起身来，和老人喝下一杯。齐梦涵一口喝下去，几乎呛了出来，"好烈的酒！"她忙回过头去干咳，引得众人大笑不已。

古彦清也觉得这酒劲道十足，似乎比南城里的酒度数高许多。老人喝毕，大伯又敬两人酒，两人无法，硬着头皮喝下，一圈下来，齐梦涵喝得微带醉意，脸色发红。

扎依在一边笑着道："你们来得正是时候啊，过几日是我哥哥大喜之日，你们远道而来，正好赶上。"

齐梦涵和古彦清异口同声地说："小茶哥大婚啊，恭喜啦！"

小茶又满上酒说："我再敬你俩一杯。"

一杯酒下肚，古彦清看齐梦涵发红的脸，知道她不能再喝了，忙说："我看她不能再喝了，我代她喝吧。"说着接过齐梦涵手中的酒。

小茶笑道："我们这里的风俗，客人到来的第一天，一定要灌醉的，不然不算热情招待。"

古彦清闻此言，大惊，知道今天横竖要一醉。

齐梦涵悄悄问坐在身边的扎依："除了喝酒，还有什么风俗？"

扎依神秘地一笑，悄悄地说："当别人给你敬酒时候，你们要回敬的。"

古彦清一听，这不是要让客人一醉方休吗？入乡随俗，回敬就回敬，他一个一个回敬。这一回敬反而使齐梦涵免受喝酒的痛苦。一圈下来，古彦清十多杯酒下肚，支撑不住，醉倒在桌上。大家看古彦清醉倒，忙把他扶上楼躺在床上。

齐梦涵看着醉得不省人事的古彦清，自己懂些医术，摸了摸他的头，体温正常，又给他把把脉，古彦清迷迷糊糊地紧紧抓着她的手。站在身边的扎依看到这个情景，笑了。齐梦涵大窘，想收手，看古彦清在痛苦中挣扎，又不忍心，也只好让古彦清就这么抓着。

扎依笑着问："你们是恋人吧？"

齐梦涵本来喝得脸发红，这么一问更加绯红，忙摇头否认，扎依看她害羞的样子说："不过我想，很快就要是啦！"说着暗笑着离开屋子，只留下古彦清和齐梦涵，齐梦涵爱惜地看着古彦清。她想到百年前的花花，以及花花与和尚的梦，她隐约感觉她与古彦清能一起回到花镇，或许这是无法抗拒的宿命……

第二天早上，当阳光透过窗户照在古彦清的身上，古彦清醒来感觉头非常痛，他支撑着爬了起来，突然发现，齐梦涵正躺在他对面的床上。昨晚齐梦涵为了照顾他，一夜未睡好，直到早晨才睡下，此时的齐梦涵像一只可爱的兔子，带着微笑幸福安静地蜷成一团。

古彦清轻轻穿好鞋，用最小的动作走出门外，生怕惊醒梦中的齐梦涵。到走廊他看到扎依搬着一盆月季走出后门，古彦清来到楼下，透过后门的门缝，发现后门是一片花园。古彦清走进花园，才看清楚花园里种满了月季，争芳夺艳，蝴蝶群舞，美不胜收，为了防止家禽对月季的破坏，花园周围用高高的篱笆栅栏围住了，季奶奶正在花园里努力地把花装到土瓷花盆里，她眼前放满了花盆。

古彦清来到季奶奶面前问道："奶奶，你这些花往哪里搬啊，要不要帮忙。"

季奶奶看古彦清到来，和蔼地说："不用了，让扎依来弄吧，她哥哥结婚，这些花搬到小茶家里。"

这时候扎依进来，看到古彦清在花园里笑道："这么早起床，酒醒了吗？昨天你是睡了，可劳累了齐梦涵姐姐。"

古彦清搔搔头，拍拍脑袋，转开话题问道："你们这里是不是每家都种花？"

季奶奶微笑着答道："对，都种，花是一种生活。"

古彦清不解其中的意义，睁大眼睛看着季奶奶。

扎依想到昨天晚上的事情，故意说道："对你来说呢，花是爱情才对。"说着搬起一盆月季走出门外。

季奶奶向古彦清招招手说："过来，帮我扶着花盆，我来解释给你听听。"

古彦清走过去帮季奶奶扶稳花盆，季奶奶往里面装土，把开满花朵的月季栽到盆中，并解释道："说到爱情，就如同种花，每天需要浇水，如果不浇水花就枯萎了，选对象就如同选择种子，种子选错了，你种得再好，开出来的花也不是你需要的花。"

古彦清突感新奇："难道都能用花来解释爱情么？"

"当然可以，你想解释哪种爱情？"

"短暂的爱情怎么解释，可能和浇水无关了吧？"

"这还不简单，就如同樱花，灿烂之后马上凋敝。"

"早恋的爱情呢？"

"太阳花啊！随着清晨的太阳一起开花，傍晚日落了，花也开败了。"

"迟暮的爱情呢？"

"宛如夜来香，直到傍晚时分才散发出香味。"

"那坚贞的爱情？"

"宛如永远不会开败的海棠，一年四季花开不断。"

"真有意思，那平凡人的爱情？"

"当然是牵牛花，平凡的花，随地都可以开。"

"富贵人家的爱情？"

"牡丹花，雍容华贵。"

"学者的爱情！"

"兰花，带着清幽的芬芳！"

"想不到这种解释合情合理。那么为什么把种花说成一种生活呢？"

"种花的人首先需要勤劳，每天必须浇水不然你的花活不了；其次种花也需要智慧，有些花喜阳有些喜阴，你都必须认真地研究。种花的人是热爱生活、懂得生活的人，只有热爱生活的人才会种花。”

古彦清和季奶奶正谈得兴起，齐梦涵不知道什么时候起床了。她来到古彦清和季奶奶的身边，见古彦清今日精神很好，她眼中露出喜悦的神情：“谈什么啊？这么兴奋。”

“季奶奶和我谈种花和生活的关系呢，真的很精彩，可惜你错过了。”

扎依这时进来开玩笑说：“什么谈生活，正谈爱情呢。”

齐梦涵想到昨夜的事情，还以为扎依故意说自己呢，脸马上红了。

古彦清当然不知道其中的内因，附和道：“是啊，真精彩。”

齐梦涵听此话只恨没有地洞钻了。古彦清仔细地解释了一番，齐梦涵才明白不是说自己。为了避免尴尬，她端起一盆月季仔细欣赏了一番。

她洁白的胳膊正好被古彦清看到，古彦清好奇地问：“你的手腕为什么发红了，是不是被蚊子叮了？”

扎依摇摇头叹了口气说：“当然了，被抓了一夜，怎么能不发红呢？”

古彦清听了如丈二和尚摸不着头脑，齐梦涵默不作声，季奶奶也带着微笑看着自己。古彦清看情况不对，猜测可能和自己有关，他怕齐梦涵难堪，所以知趣地不再追问下去。

经过一早晨的忙碌，季奶奶家的月季基本上都搬到了扎依哥哥家。古彦清和齐梦涵同扎依来到扎依哥哥家。扎依哥哥结婚后，将分居出去住，所谓分居也仅仅是形式上而已，在老屋的旁边盖了间新房。

古彦清和齐梦涵这一路走来，发现路两旁都摆满了月季，但新房子的前面并不是月季，而是几棵桂花。古彦清明白这其中的原因，根据《花镇印记》记载，每家人都要学一门花卉种植技术，并一直传承下去，小茶家所种植的正是桂花。

小茶正忙碌着，看到古彦清来到，高兴地说：“还好有你们帮忙，不然今天扎依忙不过来了。”

古彦清忙说举手之劳，小茶看古彦清通情达理，愉快地问道：“彦清兄，看你和梦涵妹妹都闲着无聊，是否和我到村里走走，我正要给村里的乡亲发喜帖。”

扎依把齐梦涵拉到一边说：“齐梦涵姐姐，让古哥随他去，你和我去。”齐梦涵愉快地答应下来，扎依拉着齐梦涵很快离开了家，只留下还没有反应过来的古彦清和小茶。

小茶笑道：“你看我这个妹妹，人都这么大了，还是这样的孩子气，别见怪，我们也走吧。”

在路上，古彦清看小茶手中提着一个大篮子，篮子里放着火红的请帖，每张请帖上别着一朵桂花，古彦清好奇地问：“为什么要在每张请帖上别着一朵桂花呢?”

“每家都有一种花作为饰物，而桂花就是我家的饰物，这样做，乡亲们一看便知道是哪家的人结婚。”

“新娘呢？怎么不见新娘呢?”

小茶笑而不答，《花镇印记》上记载，为了避免近亲通婚，花镇里所有的新娘都是外面娶来的；为了避免种花技术的丢失，村里懂得种花技艺的女人是招女婿而不外嫁，只有没掌握种花的技术的女人才可以外嫁，所以说花镇和外面完全隔绝并不妥当。古彦清猜测小茶和他未婚妻并不是很熟悉，甚至根本就没有见过面。

正是中午时分，每赶到一家，碰上的乡亲正吃饭，对方总是要小茶喝一杯，小茶再回敬一杯。小茶从小习惯了喝酒，可是对古彦清而言，实在不胜酒力。古彦清细想，花镇人不分男女都喝酒，体现好客是一方面，另一个实用的原因是可以抗寒壮胆的效用，要不是酒，当年花族靠什么同恶劣的自然搏斗，遥想一群花匠靠着这些酒，支持着他们的勇气，在森林的深处开辟了一片避难的地方，不是酒又何以麻痹王朝灭亡、四处漂泊、躲避追杀的痛苦，所以在悲惨的年代，酒让人充满勇气，也是酒麻痹了不堪回首的往事。酒使一个失落的种族延续下来，今天没有理由不延续这种传统。

喜帖还没有发完一半，古彦清已半醉，小茶看古彦清不胜酒力，想避开中午大家吃饭的时间，他们朝一处古老的庙宇走去。庙宇外面种满了花朵，小茶带着古彦清朝里面走，古彦清面前出现了一个神像，神像神态和南城云灵寺里的花魂非常相似，左手提着花篮，右手拿着一朵莲花，神态逼真，慈悲的眼神注视着下面，似乎在俯瞰苦难的众生。小茶笃诚地在神像面前跪倒，对着神像便拜，似乎祈求什么，古彦清站在一旁，考虑是否也拜一拜。

小茶拜毕，对古彦清说："这是我们族花魂的神像，每个将结婚的男子都会来这里拜一拜，祈求幸福。"

古彦清一听，虽然自己不信仰任何神，但是也拜一拜，体现尊重对方的信仰。古彦清也跪倒在花魂神像下学着小茶拜了三拜。

看到这个神殿古彦清更加深信，南城的最初创造者就来自花镇，西街古巷的某些建筑和花镇的建筑有很多惊人的相似。古彦清问小茶："听说，这个神庙里曾经有一颗花魂的种子，是这样的吗？"

"传说是那样的，就在花魂左手的瓶子里，后来大概被人偷走了，直到今天也没有找回来。"

"你相信花魂的种子吗？"古彦清试探着问。

"你和所有来花镇的人一样，都爱问这个问题，有没有花魂种子我觉得并不重要，其实花魂的种子是幸福的种子，幸福的种子在于心，心中有自然就有了。"

古彦清听后，大有感触，有感这种文化来自佛教，古彦清接着问："现在常有人来这里吗？"

"以前这里交通不方便，再加上我们不欢迎外面的人，所以没有人来这里，也没有人出山。现在交通稍微方便些，国家改革开放，这里人观念发生很大改变，我们的人时常出去外面做生意，也有好奇的人来这里。"

古彦清点点头，花镇脱去神秘的面纱，它更像一个美丽而宁静的古镇。时代的气息感染着它，或许已经没有人记得古老的家谱，也没有人再记得那群寻找种子流亡的家族，古老的风俗一下子削弱了很多。眼前是同一个花魂、同一个喝酒的民族，可眼前的花镇是一个全新的、接受外界，也被外界接受的花镇。而那群寻找花魂种子的"流亡者"正如《花镇印记》作者夜语老人所说的那样，不必为自己流浪的身份耿耿于怀，他们才是真正寻找幸福种子的开拓者。

小茶看到古彦清出神，打断他的思索，指了指手中的篮子说："走吧，我们的任务还没有结束呢。"

古彦清点点头，随着他走出花魂的神殿，古彦清也吸了口气，心中的疑惑终于部分解开，不虚此行，他想如果齐梦涵来这里看一看，不知道又会是什么样的感慨。

另一边，齐梦涵被扎依拉着到达村东，在村东的大榕树下，齐梦涵看到一个女孩子正在刺绣，走近仔细一看，她扎着马尾，面容憔悴。等齐梦涵和扎依走进，对方才发觉有人来。

扎依和齐梦涵在房外榕树下坐定，扎依才介绍说："这是疏香姐姐，花镇里文化水平最高的人，快念完大学了。"

疏香忙进屋给两个人倒茶，齐梦涵往内屋一看，看到墙上挂着许多奖状，桌子上摆着许多证书。

不一会儿，疏香端着热气腾腾的茶出来，香气扑鼻，齐梦涵好奇地问是什么茶，疏香知识丰富却不善言辞，扎依代答道："这是菊花茶，我们这里盛产花茶。"

疏香边倒茶边解释说："菊花茶的种植和制作是我家继承的独门技艺，它是花茶中的一种。"

扎依说："梦涵姐，她家就是靠种菊花茶供疏香姐上学的。"

疏香微笑着点点头，扎依喝完了茶，从衣带里拿出一张请帖给疏香。

疏香接过，好奇地问："怎么，你这么早就嫁人了？"

"哪里是我，是我哥哥要结婚了，里面写着呢。"

疏香翻开仔细一看，勉强微笑着说："到时候我一定来。"

齐梦涵看疏香笑得如此勉强，眼睛里还闪动着泪花，她有一种莫名的感觉，女孩特有的直觉告诉她，这个女孩和扎依的哥哥一定有些故事。

扎依看情形有些尴尬，急忙找借口还有其他事情，离开了疏香家。齐梦涵走出不远，再回头看疏香，发现她独自在那里揩眼泪。齐梦涵想向扎依问一问原因，又不知道应该怎么开口，所以她绕着圈问："疏香真是不错的女孩，菊花茶制作得那么好。"

扎依是有话就出口的女孩，听齐梦涵这么一说，立刻回答："是啊！如果哥哥娶疏香姐姐就好了。"

"你哥哥和疏香关系很好吗？"

"两人从小一起长大，用个成语表达最贴切不过了，一下子想不上来。"

"青梅竹马吧，是你哥哥不喜欢疏香，还是疏香不喜欢你哥哥，还是风俗规定村子里的男女不准通婚？"

扎依摇摇头说："那倒不是，疏香姐姐是孤儿，她和外婆住在一起，她不是村子里的人，另外也没有学种花技艺，他们本来是可以在一起的，哥哥却说他们不是一路人。"

"你的新嫂子呢，和你哥哥关系还好吧？"齐梦涵继续问。

"我不认识，她是邻村的，哥哥仅见过一次面，听说很漂亮，反正我都是听人说。"

齐梦涵此时思想交错，扎依看到齐梦涵出神，问她想什么那么入神，齐梦涵笑而不答。

扎依带着齐梦涵一直往东，路过花镇的人家的时候，扎依进去发请帖，而齐梦涵带着照相机珍藏起这些美丽的画面。齐梦涵惊奇地发现一个秘密，每家门上都会有一个特殊的花纹标志，而这些花纹标志正是代表着各家的身份符号。

齐梦涵看到一家人门口雕刻着百合，她和扎依走进屋子里，家里的成年人都到外面干活去了，剩下一个老爷爷。齐梦涵给老爷爷拍了张照片，然后从口袋来掏出一对银百合，本来银百合一直戴在自己头上，这些天旅途的不方便，把它摘了下来。齐梦涵把银百合结递到老人面前让他看看。老人看后，惊讶地问："你是齐家的人？怎么会有齐家最珍贵的饰物，说着走进房屋里同样拿出一对一模一样的银百合。"

"我姓齐，这是我祖上遗传下的饰物，或许三百年前我们本来是一家。"齐梦涵点点头。

"好东西啊！"扎依拿过银百合，仔细看了看，然后用诧异的眼神打量着齐梦涵，仿佛发现了新大陆。

"你为什么会有银百合？"老人问。

"老爷爷，你还记得关于花镇流亡者的传说吗？"

"当然，难道你是他们的后人？"老人接着说，"按照传说，这些流亡者如果找不到花魂的种子将永远不能回到花镇，不然将受到不幸的诅咒。"

"不幸的诅咒？"齐梦涵脸色大变。

扎依看齐梦涵神色不对，忙把她拉出门外："管他什么传说和诅咒，不要听这些老朽们的话，专说一些无聊的陈东西。”

齐梦涵笑了笑，扎依带着羡慕的眼神说：“不过，你的银百合挺漂亮。”

“要么送你一个！”

“这怎么好意思啦！”

“啊呀，不要客气！”

……

傍晚，古彦清和齐梦涵拖着疲惫的身体回到季奶奶家，季奶奶早已经做好饭等待着两人。季奶奶、景慧和扎依，三人各在一方坐下，古彦清看今天终于可以少喝酒，松了口气。

吃饭时，扎依和奶奶谈到齐梦涵的银百合，季奶奶也很吃惊，齐梦涵拿出来给季奶奶一看，她端详了好大会儿说：“真是花镇的东西。”

“还有一本家谱，奶奶是不是也要看一看？”

“家谱？”

古彦清起身，从旅行袋里拿来家谱，摆在季奶奶面前，季奶奶翻动家谱，高兴地说：“原来你们也是花镇的人，看来传说是真的。”

扎依听得莫名其妙，忙问什么事情，奶奶耐心地解释说：“这是花镇第一批外走的人，目的是为找回花魂种子，只有找到花魂的种子，他们才准许回到这里，我本来以为那仅仅是传说，今天看来的确是真实的。你齐梦涵姐姐和古彦清哥哥就是那群出走人的后裔。”

“一个花镇老人说，只有找到花魂的种子，流亡的人才能回来；不然将遭到不幸的诅咒。”齐梦涵欲言又止。

季奶奶看两个人发愁的样子，又说：“别谈这个，一家人在一起就好，等吃完饭，扎依要带你们去看好戏呢。”

齐梦涵和古彦清异口同声地问道：“什么好戏？”

季奶奶故作神秘地说：“到时候就知道了，现在先吃好饭。”

两人又看看扎依，扎依眨眨大眼睛，低头吃饭。而景慧此时已经吃得满脸是饭，听完奶奶的话，他高兴地说：“我也去！”

奶奶摸着他的头，和蔼地说：“吃饱饭再去。”

天渐渐黑下来，扎依带着古彦清和齐梦涵朝神殿方向走去。在神殿前宽阔的广场上聚集着许多人，几个老者正全身心地投入演奏之中，演奏的乐器主要是二胡和三弦，弹起来哐当哐当的声音，有午后休闲漫步的趣味。

人们在广场的正中央架起了篝火，年轻男女们拉成一圈，围着篝火跳起地方的民族舞蹈。火越烧越大，人们跳得也越来越兴奋，音乐声在整个花镇上传播，扎依拉起古彦清和齐梦涵和大家一起跳了起来，舞蹈的步伐比较简单，古彦清齐梦涵学起来很容易。随着大家欢笑着高唱着，声音在山涧里回荡，明亮的篝火闪耀着火焰，和人群一起起舞，仿佛向蔚蓝的天宇倾诉一个远古的传奇。

大家跳累了，男女各一边，围着篝火坐下，拉曲的老人坐在中央。在景慧的陪伴下，古彦清和景慧在男孩这边的左侧坐下，而齐梦涵和扎依在女孩中央。

古彦清和齐梦涵的衣服和花镇男女服饰差距非常的大，在篝火的照耀下，非常的显眼。等两边的男女拉好阵势，这些唱山歌的好手开始对歌，青年们知古彦清和齐梦涵是客人，所以故意刁难二人，对歌直逼齐梦涵和古彦清。

一个男青年针对齐梦涵唱道："美丽的客人哟，来自何地，去往何方？是否能接受花镇歌手的一朵鲜花？"

众人大笑，齐梦涵不知所措，幸好身边坐着扎依答道："花镇的男孩，从云中来，往云中去。你手中的鲜花是否充满芳香？"

众男青年回唱："美丽的客人哟，花镇的花朵最美丽，花镇的花朵最清香，明天轻轻为你摘一朵戴在你的头上。"

扎依道："好心的男孩哟，花镇的花朵最美丽，花镇的花朵最清香，我左边的发髻早插上了牡丹。"

男青年似乎有些遗憾，继续接着唱，都是些祝福的话，齐梦涵听得似懂非懂。

扎依解释说："男的说给你送一朵花，表示对你求爱。"齐梦涵一听，这下还得了。"而为你摘朵花戴在头上是问你有没有心目中的人，我刚才回答头上早插了牡丹，是告诉他你心中有人了。"齐梦涵听完才恍然大悟。

古彦清就没有齐梦涵那样幸运了，在他的身边没有一个能歌的人，虽然景慧能告诉他对方说的是什么意思，但他没有办法回答，全是旁边的男青年怎么想就怎么回答。

时间一点点流逝，突然人群里传出一片笑声，古彦清忙问何故，景慧指着人群中间的一个女孩对古彦清说："她看上你了！明天早晨约你在茶花林等你呢。"

古彦清忙对景慧说："你还不赶快和她说明白。"

"晚了，你明天早上去吧。"

"什么，晚了？"古彦清听了很无奈。

夜深了，人群渐渐散去，扎依带着齐梦涵一行人朝家里走。除了古彦清忐忑的心情外，大家玩得很愉快，古彦清忙问扎依茶花林到底是怎么回事。

扎依笑着说："你真是厉害，这么快就找你出去约会，你明天就去约会吧，我让景慧带你去茶花林。"

古彦清直喊头痛，忙问有什么不用去的方法，但古彦清得到的答案是没有办法。古彦清耷拉着头，无精打采地走在前面。齐梦涵和扎依看古彦清窘样，逗得哈哈大笑，古彦清从她们的笑声里听出其中的隐情，追问后才知，原来扎依和那女孩已经说清楚原委，告诉她是一场误会，古彦清不用去赴这个约会了。古彦清这才放心，长长地舒了口气。

回到季奶奶家，古彦清才体会到没有电的滋味，劳累了一天，古彦清和齐梦涵只有回屋休息，齐梦涵睡在古彦清的隔壁一间房间，只听到隔壁传来齐梦涵的声音："彦清，看外面的天空。"古彦清透过窗户看去，满天挂满了群星，一条银河横跨过天空。

"走，去看一看。"齐梦涵和古彦清从小在城市中长大，城市的天空怎么有这样美丽的银河？古彦清穿好衣服来到门外，看到齐梦涵坐在台阶上看着美丽的天空，古彦清抱着手站在她的身旁。

齐梦涵做了一个拥抱天空的姿势说："好美丽的天空，偶尔还有流星划过，或许黑色的夜，才让夜空这么美丽。"

古彦清算了算阴历："今天有月光，而且是很圆的月亮。"

“是的，是大山把月亮挡住了，很快它就会爬上山头。”

古彦清在齐梦涵的身边坐下，两个人等待着月亮从东边的大山后爬上来。时间悄悄流逝，月亮从山后爬上来，挂在山尖上，月光温柔地洒在花镇上，带着无穷的静谧。

“来到花镇仿佛回到原始的社会。”古彦清说。

“难道这样不好吗？如果有了电会是什么样子？”

“如果有了电将完全改变他们的习惯，人们就会买来电视，等电视多了，各家就待在自己家里，没有聚会，没有了聚会，就不会再对山歌，没有山歌将不会有人弹奏三弦和拉二胡，彼此间的交流将不断减少，很多传统方式也会改变。”古彦清说了一大堆推论，齐梦涵想想也的确如此。

齐梦涵说：“你不觉得花镇对花魂的传说并不是那么在乎，季奶奶对这本家谱并不是那么有兴趣。”

“花魂种子代表幸福的种子，现在社会安定，这里也不是以前的花镇，他们找到了花魂的种子，关于幸福的种子。”

齐梦涵并不知道今天古彦清和小茶到达神殿，古彦清所领会的花魂的种子便是幸福的含意，对花镇而言，平安富足就是幸福。

“如果花镇人找到花魂幸福的种子是平安富足的话，我们的幸福种子又是什么呢？”齐梦涵问道。

古彦清抬着头看着东边的太阴，想到一群流亡者的后裔，也是开拓者，那么他们幸福的种子又是什么呢？古彦清回答：“花重锦城！”

齐梦涵不明白什么叫“花重锦城”。

古彦清感慨道：“既然是流亡者也是开拓者，他的意义就是把花带到世界的每一个角落，把幸福种到所有苦难的世界里去。”

“花重锦城，把花魂的种子播向所有苦难的地方，好伟大的理想。”齐梦涵喃喃地说道，“那就记住今天晚上的花重锦城，以后无论碰到什么困难，不要忘记今天的话。”说着齐梦涵拿来相机，拍下了美丽的月光。

古彦清点点头，和齐梦涵在一起的日子，他又怎么能忘记呢。古彦清突然记起什么似的问：“今天早上你的手为什么发红呢，大家怪异的目光，到底怎么回事？”

齐梦涵站起来说道：“哼！怎么回事？还来问我，我睡觉去了，明天早上见!"说着一转身睡觉去了，只留下古彦清莫名地看着她离去的背影，他叹了口气，也回房睡觉，一夜无话。

第二天早上，一阵说话声把古彦清和齐梦涵从睡梦中惊醒，古彦清起床一看，季奶奶家门前站满了乡亲，从他们谈话内容看，这些乡亲都是小茶的亲戚朋友，他们准备去迎娶新娘，由于路途较远，必须走很长的路程才能到达新娘的家，新郎小茶穿戴整齐，带上亲朋准备出发。扎依也站在一侧，几个老人正耐心地给小茶讲解一些礼节，以免到时候出错。然后老者又吩咐身边的亲人要他们牢记。

一切准备妥当，大家带着锣鼓，牵着马匹，热热闹闹地出了家门。扎依看古彦清站在走廊上看，给他招招手，示意他下楼。古彦清走下楼来，扎依高兴地说："我哥哥去接新娘去啦，本来想叫上你的，想想路程遥远，你不习惯长时间的走路，所以没有喊你，热闹吧，更热闹的还在后面呢。"

古彦清不知道她葫芦里到底卖着什么药，不过很快就能知晓。这个时候疏香从门外走来，扎依一看到疏香忙上前拉住衣袖。古彦清第一次看到疏香，疏香比扎依略高，但比扎依体质单薄，长得比扎依白多了，沉默少言，看到古彦清这位陌生人，带着羞涩的神情。扎依向疏香介绍了古彦清，她很有礼貌地向古彦清问好。

齐梦涵这个时候也从楼上下来，她本来和古彦清一起起床的，但是女孩子总是需要些梳妆时间，所以下来时间比古彦清晚了。她和疏香昨日见过面，不算面生。

扎依问："疏香姐姐是不是来送哥哥的，刚好来迟了一步。"

疏香微笑着说："没关系，也过来看看，是否有什么需要帮忙的，这些年来你哥哥帮了很多的忙，他大喜的日子，我也不能闲着啊!"

"有姐姐帮忙，轻松多了。今天的主要任务是整理好洞房，以及结婚所需要的礼品。"

"还真够复杂的。"古彦清说。

"这已经不算复杂了，要是在我母亲那时候，还更复杂着呢，一大堆礼节，非得把人累死。"

"什么礼节?"

“我说不清楚，你问疏香姐姐吧，她知识多，能讲清楚。”扎依把话抛给疏香，自己一个人整理房间去了。

疏香解释说：“都是些民族的礼节，三大拜几小拜等等。”

古彦清和齐梦涵听她这么一说也清楚了，电视上常可以看到类似的情节。

“婚姻自由了，那些不必要的礼节也少了。全社会都在进步，花镇人也不能落后啊！”疏香说完随着扎依整理房间去了，留下古彦清和齐梦涵思索着她话的意思。

古彦清对齐梦涵说：“不知道办喜事有什么风俗？”

“我们问问扎依就知道了。”

第 7 章　赏花时节

古彦清和齐梦涵没能参加迎接新娘的仪式，但扎依和疏香的话中透露出其中情节，女方会故意刁难男方的迎亲者，新娘的好朋友会牢牢地守在新娘的闺房外，采用各种手段刁难迎亲者，比如对歌、喝酒等方式。

新郎在重重的考验下才能进入新娘的闺房，把新娘抢出房间，此时新娘“执意不走”，新娘为了表示对养育自己父母亲的思念和不舍，还要“大哭”一场，最后在新郎的“强迫”下才离开自己的家，亲人和朋友们一路相送，仿佛十八里相送吧，喜事办得似乎像离别，到村口，新娘骑上新郎牵着的马，由新郎护送着，开始自己的婚姻的旅程。

扎依和疏香都说现在结婚的风俗已经有很大改进，减少了很多礼节，不过有些礼节出于对父母的考虑，以及热闹气氛，还是有必要的。古彦清想到城市里大摆宴席，或者到教堂里宣读教义后结婚，都没有什么特别的“节目”，还真没劲。花镇人结婚真办得像个节日一样，全镇人都来庆祝，很热闹也很开心。

傍晚时分，大家终于盼来了期待很久的新娘，整个花镇锣鼓喧天，新郎背着新娘出现在花镇的村口，村中的孩子提着花篮。花篮里装着许多花瓣和松针，他们集聚在村口，看到新郎和新娘出现，上前为他们撒花。只见新娘和新郎头顶飞舞着鲜花和青松叶，村中的女孩早准备好了许多的花环，她们上前把花环挂在新娘和新郎的脖子上。顿时，新郎和新娘的身上挂满了花环，像两团巨大的花球。孩子们沿着新郎和新娘要经过的路面，铺撒起青松和花瓣，仿佛是红绿色的地毯，一直延伸到新郎的家里。

等新娘和新郎走近，古彦清和齐梦涵才看清楚新娘，新娘很朴实，没有疏香的秀丽，不过身体很结实，在农村里这样的妻子是最合格不过的。

在大家的簇拥下，新娘和新郎走进正厅，大厅里坐着新娘和新郎两家父母，他们都面带微笑，接受新娘和新郎礼节的跪拜，然后给新郎新娘一些祝福的话语，并给两人准备了一份神秘的礼物。虽然这个过程中减少了很多礼仪，但同样很复杂。古彦清和齐梦涵站在门外，无法往人群里挤，观看更细致的礼节，而扎依忙于应付新娘家过来的亲戚朋友，景慧和其他好朋友闹去了，更没有时间陪古彦清和齐梦涵，这样一来落得两人站在门口看。

古彦清和齐梦涵转出门外，看到花镇的大道上摆满了桌椅，许多桌椅像一条长龙一般一直延伸，有数百米长，两人好奇着这些桌椅为什么摆成这个样子，这个时候，两人看到疏香也从门里出来。和古彦清齐梦涵正好碰了个照面。

齐梦涵想到疏香和小茶关系非同一般，疏香虽然心中祝福这对璧人，毕竟和小茶从小长大，一下子多了个嫂嫂还真适应不了。好奇的古彦清向疏香打听这些桌椅为什么要摆成这样。疏香解释说，在结婚时候，摆这样的酒席，称为长街宴，一方面象征着新人能相爱长久，另一方面也为了使得节日更加热烈。齐梦涵听完疏香的解释，匆忙去拿相机，打算把这特别的风俗拍下来。

齐梦涵一走，甩下古彦清和疏香在一起，疏香找了一个借口溜了，只剩下古彦清看着长街宴，厨师正往上面端菜。小茶当然不会忘记这个远方的客人，从古彦清后面突然拥上来一群小伙子，不容问明原因拉着就走，他们把古彦清带到新郎和新娘的新房，古彦清看到许多青年都在这里，扎依也在其中。

男青年以小茶为首，而女青年以新娘为中心，分成两个“小队”，这几乎是一场“混战”，两方“对手”使出浑身的招数刁难对方的头，对歌、罚酒、出诗谜所有节目都上场了，比拼下来，两方各有千秋，输的罚酒一杯，面对这种情况，古彦清也无法幸免喝酒的，他带着醉意，心中浮现出齐梦涵的身影。

齐梦涵拿着照相机回过头来找古彦清的时候，古彦清不知道去向，齐梦涵是喜欢安静的人，尽管这里的音乐是喜庆的音乐，她还是退出了主场地。

在小茶家门外，齐梦涵看到疏香一个人坐着，她想到自己离开时，古彦清和疏香在一起，疏香应该知道古彦清到什么地方去了。远远看去，疏香笑盈盈的，仔细一看，眼神里带着感伤。

齐梦涵上前向疏香打听古彦清的去向，疏香也不知道古彦清的去向，为了远离吵闹的人群，两个人边走边聊，来到村头，在一块巨石下两个人停下脚步。两人爬上巨石，视野一下子开阔起来，西边的太阳缓缓落入山后，晚霞染红了半边天。梯田在夕阳的余晖下反射着最后的金光，齐梦涵感慨道："真是一片美丽富饶的土地。"

景慧不知道什么时候来到了疏香和梦涵的身后，把梦涵和疏香吓了一大跳，景慧似乎是跑过来的，他喘着气，也爬上巨石坐下。

疏香笑了笑，忽然说道："这块石头叫瞭望石。"梦涵不再追问为什么叫"瞭望石"，顾名思义这里可以看到很远的地方。

景慧指着远处一棵巨大柳树说："那里是柳泉，池女哭倒的地方。"景慧这话引起了齐梦涵的好奇。

疏香说："这是一个比较伤感的传说，花镇有很多这样的传说。"

齐梦涵好奇地看着疏香，不知道这个神话是否和其他民间故事一样。不等疏香把话说完，景慧就急不可耐地给齐梦涵讲池女的神话传说，可景慧的语言组织能力有限，疏香在旁边不断地更正和补充，一个动人的传说才在齐梦涵面前展现出来。

传说，一个名叫池女的女孩和村中的男青年相恋，两人从小一起长大，青梅竹马。后来在一次与村外歌手对山歌的过程中，池女认识了外村的一位男歌手，两个人一见钟情，可惜男歌手也有恋人，男歌手和她的恋人是患难之交，尽管池女和男歌手是真心相爱，但是又怎么忍心伤害各自的恋人呢？所以两个人决定狠着心分手，这件事情让歌手的恋人知道了，就在池女和男歌手准备最后一次约会的晚上，歌手的恋人悄悄跟随着歌手来到柳泉，她为了成全歌手和池女，自杀而死，死后化作一地的三叶草。歌手说过要一生照顾她，她却因为歌手而死。歌手悲伤之余，拔出恋人自杀的刀，和她死在一起，死后化作一棵柳树，永远为恋人遮风挡雨。池女悲恸欲绝，哭倒在柳树边，变成一口柳泉，而眼泪是永远也流不完的泉水。池女青梅竹马的恋人思念死去的池女，终日在村头等待，化成齐梦涵脚下的“瞭望石”，几个世纪过去了还一直等待着池女的归来。

齐梦涵深深叹了口气，很伤感的传说，感叹歌手恋人那种无私的成全，正应了庄子的话：“无私成了最大的自私。”这种无私夺走了三个人的生命，而三叶草作为幸福的象征，又有谁比花镇人更了解幸福的含义呢？为爱而生或为爱而死，是不是也是一种幸福呢？齐梦涵始终得不出答案。

疏香看齐梦涵正入神地思索，问道：“如果你是歌手的恋人，你会做什么样的选择？”

齐梦涵想了想，她始终是个善良的人，最后笑了笑回答：“我也会是同样的选择，不过我不会选择死亡，而是选择离开。或许成全对方，也能找到幸福的意义。”

疏香笑而不答，太阳已经落山，而东边的山上，一轮月亮慢慢爬上山头，照在三人身上。齐梦涵突然问景慧：“你怎么不和朋友一起玩去，来找我们做什么？”

“奶奶给我任务，叫我看好疏香姐姐。”齐梦涵和疏香一听，会意地点点头，没想到季奶奶这样的仔细。看天色已经很晚了，离开“瞭望石”，依照季奶奶的吩咐把疏香送回家去，齐梦涵和景慧才回到季奶奶家。

齐梦涵回到季奶奶家，村子里不断传出欢歌笑语，古彦清和季奶奶正聊天，旁边站着扎依。齐梦涵走近古彦清，看他红着脸，说话飘飘忽忽，显然古彦清又被灌酒了，扎依也红着脸蛋，看到齐梦涵走过来，忙上前拉住她，笑盈盈地对齐梦涵说：“古彦清哥哥又被灌酒了，你可别怪我，不是我出的主意。”

齐梦涵听了惊奇，既然不是扎依出的主意，必然有人故意而为之，扎依把齐梦涵拉到一旁，悄悄地说：“还记得那天对歌的那位女孩吗？”说着呵呵一笑。

齐梦涵恍然大悟，想对方当日必然生气了，古彦清自然要受到惩罚了。看古彦清神态自若，虽然带着醉意，脑子似乎很清晰，正和季奶奶讲离开的事情，看齐梦涵到来，上前打招呼，脚底一滑，险些摔倒，齐梦涵上前扶住他，才知道他喝得的确不少。

齐梦涵关心地问："是不是喝醉了？"

古彦清笑道："没醉没醉，早着呢。"

扎依看他的神情，拉着他说："既然没醉，那继续喝去。"

"走就走。"古彦清豪迈地一挥手。

扎依在旁边狂笑不已，原来小茶看众女为了"报复"古彦清，早摆好"龙门阵"。古彦清不知道其中的原委，他本老实之人，还以为又是热情好客的风俗，所以抵挡不了。但古彦清毕竟是小茶的客人，小茶知道古彦清的酒量，当然不愿意看到古彦清当众出丑，忙叫扎依把他拉了出来。

季奶奶说："先让彦清睡下，扎依准备些醒酒的汤。"听到外婆的吩咐，扎依转身走了。

齐梦涵扶着古彦清怕他摔倒，终于把古彦清拉上楼让他安静地躺下，这个时候扎依准备好姜汤端上楼来，看古彦清已经睡下，硬把他拉起来灌下，喝完了他才安静地睡下。

扎依端着碗准备离开，"梦涵姐姐，彦清哥哥就交给你照顾了。"

齐梦涵点点头，她知道今天是小茶的大喜之日，这位妹妹一定脱不开身。

扎依顿了顿说："听彦清哥哥说，我们办完事，你们很快就离开了？"

齐梦涵看她依依不舍的样子，笑着问："你是舍不得你彦清哥哥，还是舍不得梦涵姐姐？"

"当然是两个都舍不得。你们多住几天，奶奶也很喜欢你俩。"她说着准备下楼。可似乎又余兴未了，回过头又加了句，"你们俩真的很合适。"

齐梦涵明白对方的所谓"合适"，顿时羞红了脸。她为古彦清拉好被子，随手摸了摸他的头，微微有点发烫，她大感不妙，在旅行袋里一阵找，想不到竟然准备了解酒的药，不得不感叹紫兰的认真周全，她找了水让古彦清抬起头服下，才松了口气。

时间流逝，齐梦涵趴在古彦清的床边睡着了，蒙眬中她听到古彦清在喊："你们不离婚好吗？"齐梦涵看古彦清在说梦话，头上冒着大汗，古彦清抓着被子，似乎做一个噩梦，以一种哀求的口吻说着梦话："你们不要离婚！”齐梦涵抓住古彦清的手，古彦清才平静地睡下。好大一会儿，只听古彦清梦中呓语：“希音，谢谢你。”

听古彦清这么一说，齐梦涵心中一颤，她不知道为什么会这样，转念一想或许正是吃醋呢，但齐梦涵毕竟善良，看着古彦清，很无奈地摇摇头，不禁想到今天疏香讲池女和歌手的传说，如果自己是池女又应该如何选择呢？想到希音，齐梦涵微微一笑，松开被古彦清抓住的手，转身回房睡觉去了。

第二天清晨，太阳照进窗户的时候，古彦清才起床，想到昨日又喝多了，深叹无奈，走出门外，扎依又在那里搬月季，原来结婚日子一过，这些花也应该回到花园里了。多日的相处，扎依和古彦清很熟悉，她向古彦清招招手，要他马上来帮忙，古彦清走到后花园，看到季奶奶也正在整理花。

季奶奶看他起床了，整理着花问：“昨天睡得还好吧，幸好有梦涵姑娘照看着你，她是不错的女孩，人漂亮，心肠又好，你要好好对她。”

古彦清被她这么一说，不知道如何对答。季奶奶显然把齐梦涵当成了古彦清的女朋友，古彦清硬生生蹦出一句：“奶奶你说到哪里了，我们仅仅是好朋友！”

“你这个傻小子，要抓紧了，不然以后一定后悔，记住爱情就像赏花一样，如果你错过了赏花的日期，花也开败了。”

扎依搬着一盆花走进来，听到季奶奶又和古彦清谈论爱情和花朵，便插上一句：“古彦清哥哥，现在正是你赏花的季节。”说着在一边哈哈大笑。

齐梦涵不知道什么时候走下楼来，听到扎依在那哈哈大笑，走过来问道：“什么事情，这么开心？”

扎依忍住笑说：“我们正谈论这是赏花时节。”

齐梦涵看了满园的月季，也点头说道：“不错，正是赏花时节。”齐梦涵不知道前面季奶奶和古彦清的话，所以这句才出口，季奶奶实在忍不住笑了出来，扎依更是哈哈大笑，这次轮到古彦清窘了，站在那里只恨没地洞钻了。

齐梦涵上前好奇地问古彦清说:“发生了什么事情，笑得这么欢快。”

古彦清摇摇头，低着头整理起月季，扎依此时已笑得直不起腰来了。齐梦涵才觉察到不对劲，必然和自己有关系。可又不好追问。

过了会儿，等扎依停下笑，古彦清对季奶奶说:“季奶奶，多谢你们这些天的招待，我看出来也有段时间了，也该回家了。”

扎依接过话头说:“你们再停留几天，梦涵已经和我说了，你们这次来这里除了送景慧之外，还有一个重要的原因是弄清楚那本家谱和你们家族的来历，现在这些事情还没有解决，这些天忙于小茶哥哥的婚礼，抽不出时间来，明天有时间，我们再仔细询问。”

古彦清看着齐梦涵，虽然他到达过花镇的神庙，看了《花镇印记》，但是有些细节的东西的确没有搞清楚，花魂种子到底是什么，一直是个谜，齐梦涵看古彦清拿不定主意，便说:“谢谢你们的热情款待，我们现在发现这本家谱已经不重要了，何况我们还有《花镇印记》，上面详细地记录了花镇的故事。”

季奶奶看两人执意要走:“那欢迎你们任何时候回来，我还有很多花镇的故事没有给你们讲呢!”

扎依说:“是啊!奶奶还有很多花镇的传说没有和你们讲呢!”

“我们会回来好好听一听的。”

这天晚上，古彦清和齐梦涵正在准备离开的行装，疏香和扎依走进齐梦涵的房间，齐梦涵以为两个人是来道别的。

疏香说:“我明天也和你们一起走。我也准备启程去上学了。”

“多个朋友自然再好不过，也多个照应。”

扎依看齐梦涵手中正忙，她从背后拿出一件礼物送到齐梦涵面前说:“这个是扎依给齐梦涵姐姐的礼物。”

齐梦涵抬头一看，原来是一朵银做的桂花，正和自己的百合发卡一样，是一种信物，非常珍贵。齐梦涵知道它的贵重，想推辞，哪里推辞得了，她摘下头上的银百合也作为礼物送给扎依。扎依收下后，兴冲冲地找古彦清去了，显然她也有礼物送给古彦清。

在古彦清的房屋里，季奶奶和古彦清谈着话，古彦清手中拿着一朵手指般粗的白玉石月季。

扎依走过去，惊叫道："季奶奶把这么珍贵的玉月季给你，她非认你做干儿子不可。"

古彦清不明白扎依的话，扎依解释说："难道《花镇印记》没有写，得到玉的就是继承花卉种植技艺的人。"

古彦清看着季奶奶，忙把这件珍贵的礼物还回去，季奶奶笑着说："我想过，我们季家的种植技艺留在深院，不如展示出来，让更多的人看到我们季家的月季。"

扎依说："可是古彦清哥哥都快走了，学得了吗？"

古彦清点头称是，季奶奶没办法只好收好玉月季，"那等你有时间再来花镇，到时候再把月季的种植技术传授给你。"

扎依拿出银制的桂花送给古彦清说："这个送给你做纪念吧。"古彦清看对方出手就是银制品，而自己又没有准备礼物。

季奶奶解释说："这银桂花本有一对，作为定情信物用的，是女方送给男方的，男的一朵，女的一朵。"

古彦清一听，是女的送给男的定情信物，哪里敢接，扎依看古彦清迟疑着，才回过神来说："那一朵在齐梦涵姐姐的手中。"说着不怀好意地笑了。

"原来你不安好心！"

"是你心中有鬼吧，你可要好好地对梦涵姐姐。"说着又哈哈大笑着朝齐梦涵的房间去了。

季奶奶笑着说："我这个外孙女就是爱闹，你收拾好东西早点休息，明天见。"

古彦清看着老人出去的身影，想到景慧的父母，叹了口气，以后老人就要和景慧相依为命，还好花镇人彼此都有亲戚关系，大家的关系都还不错，这样一想心中也舒畅了不少。

古彦清来到齐梦涵的房间，齐梦涵早已经整理妥当，翻弄着照相机，相机里早已经没有电，古彦清说："收获一定不小吧，可惜电池干了，不然再多拍几张。"

"是啊！我们的花镇之行就这样结束了，似乎很多好奇的东西我们都没有机会去看看，很多有趣的传说我们也没有听。”说着她给古彦清讲了刚听来的池女的故事。

古彦清看着窗外的星空说：“这里有很多神秘的地方，连星空也充满了神秘的色彩。幸好我们现在有《花镇印记》，回去仔细地研究研究。”

“哦！明天疏香和我们一起走，但她不到南城，她在燕城和我们分开。”

两人说着话，小茶带着妻子来了。古彦清和齐梦涵此时才看清楚小茶的妻子，全身民族服饰，黑色的麻布底，白色的花边，衣服上挂满了银白的饰物，头发隆了起来，红白相间的帽子上也同样装饰着银饰。

小茶在床边坐下，妻子站在他身边，小茶说：“这些日子没有来得及带两位到花镇走一走，回家也不急于一时嘛。”

“是啊，既然来了，就多玩几日。”小茶的妻子也说道。这是齐梦涵第一次听小茶的妻子说话，声音清晰悦耳，宛如一只黄鹂鸣叫，齐梦涵暗想她唱的歌一定很好听。

小茶看看妻子接着说：“我还有一件事情请你们帮忙。”他的妻子笑着点点头，古彦清和齐梦涵面面相觑，不知道对方要让自己办的是什么事情。

“带古彦清去看一样东西。你一定会感兴趣。”小茶站起来扶着古彦清走出门外，屋里只剩下小茶的妻子和齐梦涵聊天。小茶和古彦清来到楼下，顺着路朝花神的神庙走去，神庙外的广场上传出深情的山歌声和乐器的声音。

古彦清问：“小茶哥，不知道你要我帮你什么事情，如果我能做到，一定尽力而为。”

“你认识疏香吧。”

古彦清此时才想起那个眼中带些忧伤的女孩，见过几次面，但印象不是太深。“不知道你说她有什么事情，听说她和我们一起出去，我们会相互招呼的。”

小茶叹了口气，他向古彦清谈起和疏香的事情，古彦清才知道其中的原因，对两个人来说也是一种遗憾了。不过那也是没有办法的选择。

“可是你已经结婚了，你需要我帮你什么。”

小茶拍拍他的肩膀说："我和妻子讲了我和疏香的事情。她很感动，我们商量过了，支持疏香读完大学。"

"你的意思是……"

"疏香的奶奶现在年纪大了，生活已经很困难。今年她就要毕业了，但是四年的学费还欠着呢。"

"这样啊，小茶哥有什么需要帮忙的，只管吩咐。"古彦清为小茶和疏香的故事感动，同时也为小茶的妻子感动。

小茶沉默了，神庙方向传来的歌声渐渐近了，不知不觉中已经到了神庙前的广场。

古彦清和小茶没有在庙前的广场停留，走进神庙，上次古彦清和小茶来到外殿，没有进内殿，古彦清看到神庙内殿里点满了蜡烛，充满神秘的气氛。很远看去，一个老者坐在神庙前。他头发花白，像一位仙翁般安静地守候在神像旁边。

小茶对古彦清悄悄地说："这位是花镇的族长，他知道很多花镇的传说和秘密，今天我把你带到这里，希望能获得你需要的东西。"

"怎么不早说，我顺便从齐梦涵那里把家谱拿来让他研究下。"

"不，这个老头比较顽固，虽然现在花镇由镇长管理，但是在老一辈的心目中，这个族长还是有很高的地位，我们把家谱拿给他看，如果他以你没有找到花魂种子就不能回到花镇为借口找你麻烦怎么办？"

古彦清还真有些奇怪，为什么有族长还有个镇长，小茶小声地解释道："原来只有族长，村中大小事情由他们管理，后来政府从外面派了个镇长。年轻一代信赖镇长，而老一代顽固不化，依然信赖族长，遵循以前那一套。"

"为什么年轻一代信赖镇长呢？"古彦清好奇地问，"宁愿相信外人也不相信自己人，这个怪了。"

小茶示意古彦清不要说话，因为他们已经来到老人的身边了。

老人看小茶到来，看着古彦清，谨慎地问："小茶，你身边这个人是谁？怎么带到神庙来了？"

古彦清正要开口说明自己身份，小茶已经抢着开口说话了："这个年轻人是我妻子的弟弟，今天带他来看看。"

古彦清好奇地看着小茶，不明白小茶为什么要撒谎。

只听老人说："小茶，你是知道的内殿不允许外人进入的。"

小茶说道："这是我妻子的弟弟，怎么算外人呢？"说着从后腰里摸出一瓶酒递上去说，"这是我给族长的喜酒。"

族长听说是给他的喜酒，高兴得把古彦清的事情扔在一边，小茶示意古彦清随便看，而自己和族长聊起来。

古彦清看几块大石碑上记录着很多文字，可惜都是繁体字，读起来很困难，古彦清好奇地问族长："族长，这些石头记录的是什么啊？"

"上面记录的都是花镇里发生的大事情。"

"有没有记录寻找花魂种子的传说？"

"你这小子不要乱看，这里是花镇的重地，从来不允许外人进来。"

古彦清很无奈，自己需要的答案就在这里，苦于灯火很暗，对繁体字又不是很认识，眼睁睁着看却无能为力。

老人不让两人继续待在里面，古彦清和小茶被撵了出来，出到门外，小茶问："找到你需要的答案了吗？"

古彦清摇摇头，可确定需要的东西就在里面。小茶咬牙说道："这些老人就是顽固不化，老是死守着不放，办起事情来都困难。"

古彦清一听，明白花镇一定发生了微妙的变化，使花镇年轻人对这群老人有意见。古彦清追问其中的原因，从小茶的口中，古彦清明白花镇人发生变化的原因。一直以来花镇都是闭塞的，人们很少出去，也很少有人进来。当年花镇人的许多祖训是为了躲避战乱的需要，可是到了近代，国家安定，花镇人不用考虑战乱的问题，年轻的一代主张走到外面发展干一番事业，这种提议受到老一辈人的绝对反对，从而引发了一场争论，也就是这个时候，政府从外面调来年轻的干部，在这些年轻人的带领下，花镇的青年勇敢地走了出去，和外界做起了花卉茶叶生意，花镇人的生活也得到很大的改观。这些年轻人为了抵制以族长为首的反对，拥护一个外来的干部做了镇长。一直团结的花镇就这样被分了两种势力，老人们都认为这种情况都是外人的到来带来的，所以更加坚信外人会给花镇带来灾难的说法。

小茶和古彦清谈到自己想法，花镇和外面交流不断地增多，除了受到老一辈的人抵制外，也没有一个统一的管理，始终难成规模。他曾经听说了南城众花商都有巨大的花卉市场，可苦于自己的知识太少，没有管理等各方面的经验，如果可以的话，他建议古彦清将来开发花镇这个巨大的宝库，到时候小茶当鼎力相助。

古彦清此时才发现，小茶不愧为花镇年轻一代有眼光的人，当年古家的前辈就靠一技之长成为南城著名的商人，如果现在尽花镇全镇的花卉技艺必定可花重锦城。这不是自己所期待的吗？一个念头闪过，他已找到花重锦城的答案。

古彦清知道时机还没有成熟，不过这件事情也不是一朝一夕的事情，需要仔细斟酌，从长计议，古彦清把自己的想法告诉小茶，小茶也觉得这个不是一朝一夕的事情，两个人虽然没有谈出个结果，可毕竟有了想法。

古彦清和小茶回到住处，古彦清向齐梦涵谈起在神庙几块石碑上看到的繁体字，齐梦涵责怪小茶没有带自己去，小茶笑而不答，齐梦涵哪里知道其中的原因。

两天后的清晨，古彦清和齐梦涵离开花镇，疏香同两人一起走，来送别的除了景慧和季奶奶，还有扎依。景慧和古彦清、齐梦涵一起待长了，看到两个人要离开，拉着古彦清的衣服哭起来。古彦清只有哄着他，告诉他会常来看他，景慧才停止哭，齐梦涵看景慧伤心的样子，联想到他没爹没娘，以后只有和奶奶相依为命，感伤起来，眼眶蓄满泪水。

扎依一只手拉着齐梦涵，另一只手拉着疏香话别，小茶迟迟赶来，他手中提着篮子，篮子用块布盖着，热气腾腾的，他把篮子递给疏香，告诉她里面装着吃的东西，路上打开看看。

三轮车准时到来，齐梦涵和古彦清归心似箭，而疏香却依依不舍，看着金色的田野、黑色的土地、熟悉的乡亲，怎么舍得离开呢？还有和自己朝夕相处的年老的奶奶，疏香怎么放得下心呢，在上车的时候，她的目光再一次地回望花镇和自己的家，看到自己的年老奶奶的身影依然站在榕树下目送她离开。

小茶看出疏香的心事，上前说：“你奶奶我们会照顾的，你全心全意地去读书吧。”在三轮车司机的一再催促下，疏香上了车。同扎依等人挥手告别。

三轮车缓缓地开动，疏香的眼神一直看着花镇，直到花镇消失在视野中，古彦清松了口气，多日的花镇之行，终于有了个结果，花镇神秘的面纱虽然没有完全被掀开，可窥见了部分外貌。

路上古彦清独自坐在一边，齐梦涵和疏香坐在一起。齐梦涵深知疏香和小茶的故事，也了解这个女孩，一路上疏香给齐梦涵谈论花镇的传说和神话，疏香和齐梦涵谈得很投机，古彦清坐在一边插不上嘴，只好独自养神。

中午时分，走了半路，到燕城还有很长一段路，疏香和齐梦涵都有些饿，花镇里没有东西出售，古彦清和齐梦涵都没有准备吃的。这个时候才想到小茶给疏香的篮子，疏香打开篮子一看，原来都是鸡蛋。在鸡蛋上面还有一个信封，打开一看，里面装着许多钱和一封信，小茶的亲笔信。信上谈到这些钱，小茶说这些钱是结婚时候客人送的礼金，他和妻子商量，决定现在全部用来支持疏香完成大学学业，他怕疏香不肯接受，所以和鸡蛋放在一起。

齐梦涵看着疏香读信的表情，疏香的眼睛渐渐湿润。疏香读完信，把钱收好，然后把鸡蛋分到齐梦涵和古彦清的手中，古彦清接过鸡蛋，看到疏香手中的钱，根据小茶说过要支持疏香读完大学的话，他已经猜到八九分。

靠这些鸡蛋，三人勉强应付了饥饿，傍晚时分，到达燕城。古彦清和齐梦涵像来时候一样，找到小饭店，三人吃完饭，走出饭店的时候，天已经快黑了，东边有黑压压的云过来，眼看快下雨了，三人加快脚步，在车站旁边找了间旅社住下，齐梦涵在旅社里看着天空电闪雷鸣，雷声震撼着整个小城。

不一会儿，下起了瓢泼大雨，古彦清躺在床上，透过窗帘看到行人在雨中艰难地走着。想到花镇之行就要结束了，这些天的相处，他和齐梦涵的感情又近了几分，如果自己爱上了齐梦涵，那该怎么办？他又该如何面对希音呢？他始终想不透希音为什么不和自己一起到花镇，如果那样他对齐梦涵的感情也不会如此迅速升温。

这时，天空闪电划过，紧接着传来轰鸣的雷声，这些天也不知道希音怎么样了，还有易风和秦愈也没有消息，希望一切都好吧。古彦清想着想着，不知不觉闭上眼睛睡着，又做起了那个挥之不去的梦，梦到齐梦涵从城墙上跳到火坑里。而他撕心裂肺地挣扎着时，他又看到少女走到他跟前说：“你还是爱她多过爱我。”

古彦清抬头，说话的少女是剪着短发的希音，他本想解释清楚，但是希音已经转身而去，越走越远，直到消失，“希音!”古彦清大吼一声，从梦中惊醒，他定了定神，原来是南柯一梦，他抹了一把汗，从床上下来，穿起衣服，走到门外，他想透透气。

到了门口，古彦清发现齐梦涵站在走廊边上，看着不断洒落的雨花，淡淡地问：“你又梦到希音啦!”

古彦清一怔，走到齐梦涵身边，仰望着深黑的天宇，长长舒了口气：“不好意思，做噩梦把你吵醒了。唉！也不知道希音怎么样了?”

其实这何尝不是齐梦涵想知道的问题，想起当日希音说情敌的话，她还历历在耳，可为什么这关键的时刻，却不愿同来花镇呢？实在让人百思不得其解。

第 8 章　一春花溪

沈希音何尝不想到花镇啊！但是她知道自己和古彦清的缘分也仅仅如此了，齐梦涵才是古彦清的夙缘啊。带着悲伤，希音告别母亲，和其他志愿者踏上了征程。这些志愿人员的活动有一定的风险，沈西琳视女儿如掌上明珠，暗地里资助“爱心协会”，用各种手段关注女儿的动向，当然这一切沈西琳做得滴水不漏，把希音都蒙在鼓里。

希音被分配到一个边远的山村，这个山村的一个男老师因为有事情请假，离开一段时间。在这段时间里，由希音代替他的工作，学校里还剩下一位和蔼可亲的女老师，迎接希音的将是一群天真的孩子，和一座平静的山村——花溪。

希音穿过茂密的森林，翻过茫茫山峰，跨过一条条清澈的河流，终于到达叫花溪的小村子。小村子三面环山，东面横着一条清澈的河流。河上划动着竹排，一曲曲山歌从芦苇丛中传来，带着浓重的乡土味道，比起浮华的流行音乐，朴实无华而又古朴典雅，富有民族气息。

村子里的小学校被桃树包围着，春风吹动，桃花在空中随风飞舞，最后缓缓飞撒在溪水中，溪水被染成一条美丽的桃色丝带，蜿蜒在山村中，山村就如同一个带着丝带的少女。希音到达花溪的第一天，孩子们手中拿着鲜花欢迎她，这些花都是从山上采来的，虽然没有南城花的秀丽，但充满着幽香和真诚。

小学校里有两位老师，是一对夫妻，男的叫张泉老师，女的叫李因老师。李因老师在这个小村子长大，她从小失去了父母，乡亲们把她拉扯成人，用她的话说，她是吃百家饭长大的，对乡亲们很有感情，她毕业后，念念不忘父老乡亲，所以回到山村做了个老师。男朋友张泉深受感动，冲破家人的重重阻挠最后和李因老师在这个山村小学安家落户了，不久之后，他们有了女儿，现在已经八岁了，小女儿清秀聪明，希音很快就和孩子处熟了。

这所山村小学由于年代的久远，教室如同一位暮年的老人，古青色的瓦，黑色的墙，木柱上丁丁点点的小洞，虫子在这里安家很多年。希音深刻感受到了农村和城市之间的差异，自己独自站在破旧的教室里，聆听着雨滴从破旧瓦片上落下，滴滴答答地打在缺胳膊少腿的椅子上，仿佛是贫困的叹息。黑板破裂了，露出白色的花纹，变幻出不同规则的形状。

希音住的宿舍也很简陋，土色的墙上有个黑色的木窗。窗外的环境却非常优美，是李因老师的个人菜园，菜园里种满了豆角，蚕豆的小白花开了一个菜园，菜园被一排两米高的桃李围住。三月正是鲜花盛开的季节，鲜艳异常，落英缤纷，不知不觉中，希音爱上了这个乡村小学，这里远离尘嚣，宁静而平和，人与人之间诚实和热情。她也喜欢小学里的孩子，他们没有城市孩子那么的聪明，也没有城市孩子的顽皮，他们少了娇惯，皮肤黝黑似乎透着坚强，深黑色的眼睛纯真而灵动。

下课后，希音喜欢和孩子们一起坐在竹排上，在花溪上漂荡，偶尔抓鱼，偶尔和孩子们学唱山歌，蔚蓝的天宇下，希音回忆起童年的时光。童年都是在匆匆中度过，全是作业和学习的情景，美好的童年原来离自己如此的遥远，一切都是为了未来放弃了现在的幸福，等到了“未来”，才发现自己年华已经不再。

住在花溪这些日子，希音感觉自己变了个人，或许是宁静的村庄让她更多地看到自己的内心，或许老师的身份让她更关注自己的一言一行，她觉得自己不再是以前那个专门欺负古彦清的“坏小子”，仿佛自己长大了许多。每当下雨的时候，她喜欢看着雨哗哗地打在菜叶上，遥想齐梦涵和古彦清的花镇旅行，想起和古彦清在一起的日子，尽管总是在吵吵闹闹，但仔细回忆起来，却是快乐的时光，接着想到许易风、齐梦涵、秦愈，最后又被古彦清的回忆占据，希音此时才发现，古彦清对于她的生活原来是如此的重要。想到此时古彦清和齐梦涵正在一起，希音不禁打了个冷战，她意识到有个人已经在不知不觉中进入了她的生活，并一点点侵蚀着她和古彦清的友谊，有一种平衡似乎马上就要被打破，希音不敢继续再想下去。

这天，她记起来李老师找自己，要到村子一个孩子家家访。希音找到了李老师，才知道李老师要家访的正是班里常常逃学的一位孩子，这孩子叫小鲤鱼，他非常喜欢到花溪中游泳，日子久了，很小就有很高的游泳技术，宛如一条鲤鱼，他很聪明，也很淘气，常逃课，多次批评都不接受。

花溪村很安静，偶尔能听到鸡飞狗叫声，村里绝大多数是老人、妇女和孩子，壮年都离开了家，到城市里打工来养家糊口。希音和李老师到了小鲤鱼家，发现家里仅仅剩下两位老人，他父母都到外面打工去了。

两位老人很热情，见到孩子老师的到来，急忙迎接两位老师，奶奶从家里拿出花生和芭蕉来招待两位老师，小鲤鱼也围着希音蹦蹦跳跳。

当谈到小鲤鱼逃学事情的时候，两位老人乐呵呵的。在他们的记忆中，自己的童年在花溪中泡大，没有什么不妥当。不过按照礼节，爷爷还是把小鲤鱼叫过来，告诉小鲤鱼要听老师的话。

小鲤鱼可不管这些，他拉着沈希音说："希音姐姐，走，去看我的水车。"

希音很好奇，她不知道这个孩子还能造水车，她同小鲤鱼到了一个水渠边上，发现在水渠上用两棵树杈架的小水车，小水车用水草的茎做成，如同孩提时代玩的风车，不过动力变成了水力。希音摸着小鲤鱼的头说："你真聪明！"

"我喜欢小水轮，等我长大了，我要做大的水轮用来发电，我们村中就有电了。"小鲤鱼又问，"希音姐姐，你知道应该怎么做大水轮吗？"

"需要知识。"

"我怎样才能获得知识？"

"好好学习，等你有知识了，就能造水轮了。"

小鲤鱼若有所思地回答："好，以后我一定好好学习。"

"这才乖嘛！"希音摸着小鲤鱼的头，回头看李因老师，发现李因老师实在无法和两位老人再继续交谈，一方面两位老人年纪太大，耳朵不好，另外他们认识差异太大。当李老师准备离开的时候，两位老人突然问道："李老师，现在政府不是正开设扫盲班，我们是否能来听听，这么大年纪了，我还没有上过学呢。"

希音听了不禁想笑，两位老人童心未泯，这么大年纪了，耳朵不好，学了又有什么用呢？李老师有所感："两老可以来听听，记得报名。"

在回校的路上，希音问："李老师，你是不是经常去做家访？"

李老师点点头，然后叹道："现在，很多人都到外地打工，把老人和孩子甩在家里，所以孩子成了脱缰的野马，缺少了管教，这样下去，农村的教育将面临一个新问题，如何解决这个问题，是个社会问题。"

"你和张老师在这里工作了这么些年，难道一辈子都要在这里待下去吗？"

李老师回头看了看乡村，数年来，为了村中的教育，竭尽了全力，这一片熟悉的沃土，这里的乡亲多么令人留恋。

希音继续说："李老师，你很无私，但是你继续待在这里，将会对您的孩子产生深远的影响。"

李老师沉默了，她可以奉献下去，可是她不得不为自己八岁的女儿的将来考虑，她爱女儿，来自最原始的母爱。她爱这个山村，源自对故土的留恋。是为了孩子离开，还是继续待下去，让人迷惘和彷徨。

走到学校的门口。门口早已经等待着李老师的小女儿张韵诗，她身边跟着一只白色的小狗，小狗是小鲤鱼送她的，并给它取了名字叫小白。韵诗看到希音和母亲一起进来，高兴地朝希音跑过去，希音弯下腰，她一下子跳到希音的背上。小白兴奋地在旁边摇着尾巴，韵诗对希音说："姐姐，今天我们到校门口的草坪上抓萤火虫怎么样？我要很多萤火虫。"

希音理了理韵诗的小马尾，快乐地说："好，把你妈妈也叫上。"说着朝李老师笑了笑。李老师也高兴地点点头。

学校外面有块巨大的草坪，平日里，作为学生们的操场，这天晚上，天上挂着一轮新月，希音和李老师母女来到校外的草坪上，天空撒满了群星，银河横跨过天宇，清澈的花溪倒映着天上的银河，花溪河宛如一条银白色的丝带，小山村在暗夜里更加静谧。花溪周围飞满了闪烁的萤火虫，韵诗跳着闹着追逐扑打萤火虫，在朦胧的夜空中仿佛是一个夜的精灵。

李老师问："你的城市有这么美丽的景色吗？"

希音感慨一声，想到城市的夜晚，到处都是灯红酒绿，光污染严重，看不到群星，更看不到银河，月亮暗淡无光，至于萤火虫仅仅是一个书上的名词，城市里的孩子只能到博物馆看标本，听讲解员讲解。希音说：“这里是一片净土，环境没有被污染，人的心也是非常的朴实和诚实。我也渐渐地开始喜欢这里。”

“农村的清苦，城市的繁华，我们真的过得好吗？在这个偏远的农村，我的心平静了许多，我们是物质的贫乏者、精神的富有者。”

希音沉入思考，所谓幸福又是什么呢？花魂花种背后所表达的幸福又是什么呢？城市的繁华和金钱的背后，又有多少漂泊的灵魂找不到归宿，幸福的标准又是什么？穷得只剩下钱或许不仅仅是一句戏语。

李老师说：“如果不是为了孩子，我不准备离开这里，当这所小学建好后，我和韵诗的父亲就离开这里，我必须给孩子一个美好的未来，不能因为我们在这里耽误了她。”

希音一下子不知道说什么好，她理解一位母亲的心，是自私，但又不仅仅是自私，她岔开话题说：“你的意思是这次韵诗父亲到外面是为了建设这所小学？”

“是啊，我们四处筹资，得到很多人的支持，但是还不够，我们必须得到更多人的支持，她父亲离开的时候对我说，教室都成危房了，如果地震，很危险，这次必须筹够钱，不够的话他就不回来了。”

希音的心为之一动，很快闪现过一个想法，她高兴地在夜色里得意地笑了笑。

这时，韵诗在远处大声地喊：“希音姐姐，快来帮忙，这里好多萤火虫啊！”

希音停下讲话，朝韵诗跑去，两人欢快地在草坪上追逐起来，眼前是一片闪动的萤火，很快，透明的小玻璃瓶被装满了，韵诗拿到母亲面前炫耀说：“妈妈你看，我和希音姐姐抓的，送给你。”

李老师接过萤火虫：“希音，这是最美丽的礼物，尽管只能在今夜放出光彩，但是在记忆里永远不会磨灭。”

“韵诗今天悄悄告诉我，今天是你的生日，我没有什么好礼物送你的，只能祝你生日快乐。”

李老师亲了亲韵诗，希音看到此场景，想到自己的母亲，这些年来和母亲一起生活，自己从来就没有亲手给母亲送过生日礼物。想到此处，她惭愧地低下了头，眼泪不知不觉流出来，还好是晚上，李老师没有看到她的泪光。

李老师对希音说："谢谢你这些日子不辞辛苦来到这个小山村，我代表孩子谢谢你，韵诗也非常喜欢你，无须什么礼物，你的真诚就是最大的礼物。"

"我会记住这段宁静的时光，韵诗是个好孩子，以后一定有好的前途。"

韵诗好奇地问："前途是什么啊?"

两人一听，看着天真的孩子，在夜色中大笑起来。

三个人度过一个平和的夜晚，第二天早上，希音一大早起来，用最快的速度给家里写了封信，要求母亲帮助花溪的孩子们。她了解母亲，母亲本来是一个善良的人，女儿的要求她一定会答应，到那时候，张老师可以回到花溪，一家人能团聚了，更重要的是，孩子们可以在新教室里上课，不用再担心房屋的倒塌。

她装好信，到村子里把信交给了每周到镇上的邮差。她经过小鲤鱼家门口的时候，小鲤鱼的奶奶正坐在门口，她还记得希音，她喊住希音拉到家里喝水，问关于扫盲的事情，希音此时才想起近来小村兴起了扫盲的活动，政府下了文件，要求年龄在三十五以下的人都参加扫盲班。村中知识最多的是李老师，这件艰苦的重任落到了李老师的身上，不过希音也没有打听清楚，只好无奈地摇摇头说："奶奶，我回去问李老师，我不是很清楚，等问清楚了，再告诉你，听说你这样大年纪的人不用参加扫盲班了。"

回到学校，希音向李老师问起扫盲的事情，李老师笑着说："这件事情还需要你的帮助，我一个人是忙不过来了。"希音清楚，这个村子就两个老师，李老师的丈夫张老师离开学校，只有李老师一个人上课，挺累的。希音很高兴地答应了下来，由于花溪小学白天还需要给学生上课，村中的群众白天到外面劳动，所以在晚上开扫盲班，从周一到周五由希音给他们上课，剩下的两天晚上李老师亲自上，还好，村中的人都没有双休日的概念，不考虑休息问题。

首次给成年人上课，希音还有些不知所措，她也不知道应该从哪里教效果好一点，希音向李老师问起这个问题，李老师说：“知道我们上多长的课吗？就一个月，一个月的时间对一个字不知道的人能学到什么呢？”

希音是个聪明的人，她明白李老师的意思，第一天晚上，教室里挂上了一盏汽灯，整个教室亮堂堂的，李老师把希音带到众人的眼前，大家听完李老师的介绍，都用异样的目光看着希音。希音虽然男孩子的打扮，但是个漂亮的女孩，大家早已经听说学校来了个年轻的老师，孩子回去向家长讲新老师非常的友好，大家都喜欢她，谁也不敢相信居然这样年轻，更准确点说还是个孩子。

希音看着讲台下的人群，教室里烟雾缭绕，几个大伯拿着烟斗抽起了烟，年轻的女青年拿着织衣针织起了衣服。希音看到此光景不禁皱皱眉头，她小声对李老师说：“这样的架势，真很难说清楚是学知识还是来活动的。”

李老师一笑道：“不用管那么多，尽力而为吧。”

希音点点头，等李老师介绍结束，她开始上课，她准备得很充分，但是下面的人有发呆的，要么就是做其他事情，最后希音无奈，只好和大家聊起来。

希音向坐在一排的大婶问：“这位大婶，你能听懂我讲课吗？”

像孩子回答问题一样，大婶站起来说：“挺有意思，想不到读书还这么好玩，但是我就搞不清楚我家的孩子为什么不喜欢学习，其实上课真的有意思。”

希音听大婶这样一说，几乎笑出来，她哪里知道这些东西都是简单得不能再简单的。所以她解释说：“这个啊，是因为你们孩子需要学习的多，而且还需要做很多的作业，所以不喜欢学习，过些日子我好好开导他，让他好好学习。”

大家听希音这么一说来劲了，吸烟的和织衣服的都停了下来，大家七嘴八舌地要求希音好好开导自己的孩子。希音没有办法，只好示意他们安静下来，一个一个来说。

大家安静下来，大家开始谈自己孩子的学习情况，扫盲班仿佛成了家长会，希音耐心地听着大家发言，听着听着，希音发现这些父母虽然都是文盲，但是都期待自己的孩子能获得更多的知识，或许是没有知识让他们吃了太多亏。

面对这些家长的问题，让希音伤透了脑筋，有些人问到该怎么教育孩子，这样的问题交给教育家来回答未必能给个好的答案，何况本来就是个孩子的希音。希音只好给他们讲自己母亲是怎么教育自己的，这也出现了问题，由于城市教育和农村教育环境的不同，所用的方法也没有借鉴意义。一节课下来，希音觉得自己根本没有教给群众知识，反而自己学到更多，每个父母对孩子的期待都是一样的，她更加理解自己的母亲多么不容易，所以暗暗下决心不能让母亲再为自己担心。

眼看一个星期很快过去了，希音和大家处熟了，大家非常喜欢这位从城里来的老师，偶尔上课的时候给希音带些好吃的东西，虽然大家都知道她是个大孩子，但依然像对待老师一样尊敬她。

一个月都没到，也没有结课，李老师和希音拿着结业证来到教室，李老师高兴地对大家说："从今以后，大家拿到结业证后就不再是文盲了，现在就给大家发下来。"

希音从李老师手中接过证书，一个一个发下去，听到下面有人说，以后的日子没有教室这样好的汽灯织毛衣了，很遗憾。大家拿到证书，愉快地离开了，希音看着大家远去的背影，叹了口气。这个村中扫盲率又提高了，不过这些对于他们来说已经不重要了，重要的是他们的那块黑色土地以及自己孩子的未来。

扫盲结束不久，这天，希音很早被一阵鞭炮声惊醒，接着从山村里传来一阵阵狗叫的声音，宁静的早晨显得有些不安，希音没有办法继续睡觉，起床站在宿舍外面的菜园里朝村子里看，村子里响起了哀乐，带着无限的苍凉。

李老师也起床了，李老师皱着眉说："村中的乡亲都是我的亲人，今天听到鞭炮声，有人离开了这个世界，不知道是哪位老人，我到村子里看看，你帮我代今天的课。"希音看李老师悲哀的眼神，知道有不幸的事情发生，她看着李老师匆匆离开，想到今天的课还不知道应该怎么样上。

孩子很准时到达学校，希音走进教室，大家的表情悲伤，希音数数到学校的孩子，发现小鲤鱼缺席。小鲤鱼常逃课到河里游泳，可那次家访之后，小鲤鱼没有逃过课，如果逃课也应该选在下午，而不是早上，因为早晨到冰冷的花溪游泳也不是一件愉快的事情。

希音的脸也暗了下来，想到今天的死人，那个不幸者会不会是小鲤鱼，希音小心翼翼地问："小鲤鱼为什么没有来上课？"

教室里三十几个孩子彼此望着对方，谁也不回答，希音感觉到事情不妙，难道自己的猜测是对的？她鼓起勇气再问了一遍："今天小鲤鱼哪里去了？"

孩子们依然你看着我，我看着你，突然从教室里传来一个弱小的声音说："今天小鲤鱼来不了了。"

希音看去，原来是小鲤鱼的好朋友小虾，小虾是小鲤鱼的堂妹，两个人的关系一直很好。希音问："小鲤鱼是不是逃课去游泳了？"

小虾小声说："不，小鲤鱼的父母死了。"

希音心中一惊，想到小鲤鱼的父母到外地打工，怎么可能说死了就死了呢。希音把小虾叫到教室外面，她仔细询问事情的真相，从小虾的口中，希音才了解了事情的大概，原来小鲤鱼的父母都到外地矿区挖煤炭，在一次煤矿倒塌事件中，几十个人埋在了矿井下，其中就有小鲤鱼的父母。

希音听小虾说完，让小虾回到座位上坐下，希音看到孩子们的眼神里充满了恐惧，她深知这些孩子中间有很多父母都到外面打工，说不定哪天又是一个噩耗。希音决定改一改今天的课程，转上音乐课，改变沉郁的气氛，她不希望死亡笼罩着幼小的心灵。

下午，李老师回到学校，她忙得一天都没有吃饭，希音和李老师的多日相处，李老师教会了希音如何做饭，等李老师回到学校的时候，希音已经准备了饭菜。

李老师和希音相对而坐，韵诗坐在下首，希音问："李老师，事情是不是很糟糕？有什么需要帮忙的吗？"

李老师叹了口气说："村里的群众法律意识淡薄，人死不能复生，但是人死后仅仅埋葬就可以了吗？家中的老人和孩子呢？"

希音好奇地问："不是有保险吗？"

李老师摇摇头，"理论上应该有，可谁又会为一个民工去投高额的保险呢？对生命的轻视比生命的脆弱还可怕，一个小人物消失在人群里，多么的微不足道，可死去人的父母和孩子呢？这些平凡的年老的父母以及幼小的孩子谁来照顾？"

希音感叹道："那小鲤鱼以后的成长将受到深远的影响，这需要社会的大救助。"

李老师无奈地笑了笑，"是社会的某些人造成了悲剧，而另外一些人让悲剧更加感动，神创造了人，也是神给予人灾难。"

希音问李老师小鲤鱼还有什么亲人，将来小鲤鱼的爷爷奶奶逝世了，小鲤鱼也需要照管。李老师边吃饭边回答，小鲤鱼还有一个姑姑和叔叔，但是都不在南城，据说很多年前到了台北，这些年来总算联系上了，现在村长通知小鲤鱼的亲人们回来接小鲤鱼。

希音问："这两个亲人现在在台北？"

李老师想了想说："听说回了南城。"

"南城？"希音思索着这座她生活的城市。小鲤鱼的亲人会是谁呢？

几天后，希音看到小鲤鱼，小鲤鱼面容憔悴，失去了往日的活蹦乱跳。他总一个人静静地待在教室里，没有逃课，更喜欢跟在希音的身后，希音成了他心中的一种依赖。希音从小失去父亲，至少还有母亲，小鲤鱼一下子失去两个亲人，比自己可怜多了，希音问小鲤鱼家中两位老人情况，原来奶奶悲伤过度病倒了。

李老师和希音常跟着小鲤鱼到家里，帮助照料老人，村里的乡亲们都很善良，有空的时候就常关照小鲤鱼。希音看到此情景，很感动，比起城市中某些人赤裸裸的金钱关系，这个贫穷的农村多了更多的人情味，文明带去优秀文化的同时，也夺走了人彼此之间的纯朴和真诚。

但很快，乡村恢复了平静。一个人的死亡太微不足道，大家还得继续生活。而一个喜讯从村外传来，冲淡了这种哀愁。原来张老师筹到足够的钱来修建这座小学，他很快回来，他回来的时候也是希音离开的时候。想到离开家很久了，希音越来越想家，想到母亲，还有好朋友，秦愈和易风感情是否好？还有齐梦涵和古彦清的旅行是否顺利？回到南城她就能听听古彦清的奇异旅行。

希音知道自己快离开了，一直陪在小鲤鱼身边，照顾小鲤鱼，小鲤鱼也很喜欢和希音在一起，或许爱可以给人温暖，当一切希望都破灭之后，唯一能拯救一个人的也只有无私的爱了。

接到这个喜讯最兴奋的是李因老师，她听说丈夫很快就回来，长长舒了口气，终于找到赞助的好心人了，新建的小学指日可待，她高兴地对希音说："终于找到赞助我们的人了，今天庆祝庆祝！"

希音看李老师高兴的样子也悄悄躲在一边傻笑，李因老师做梦也没有想到，这个赞助自己的人就在面前。希音问："怎么庆祝？我们去郊游怎么样？"

韵诗也在旁边欢快地拍着手说："好啊！我们去郊游，我们去溪岭吧，那里的山果成熟了。"

希音早听说溪岭是孩子们的天堂，此时已经是清明时节，正是遍地刺果、野果，山花灿烂的季节，大自然的风光总是很吸引人。

"如果到溪岭，我准备点东西，去看一个故人。"

希音看着李老师离开准备礼物去了，她好奇地问诗韵："小诗，溪岭是不是还有你们的好朋友？"

韵诗摇摇头，溪岭根本没有人居住。这把希音弄糊涂了，既然没有人居住，李老师的故人是什么人呢？希音灵光闪过，故人不就是说已故的人吗？

希音和李老师到达溪岭，小鲤鱼和韵诗快乐地摘野果去了，希音和李老师来到一堆土堆面前。土堆上虽然没有石碑，更没有墓志铭，不过可以看出是坟墓，因为在土堆面前种满了野百合。

希音跟着李老师非常恭敬地祭拜完毕，希音问："李老师，这里躺着的是什么人？一定是对李老师非常重要的人吧！"

李老师点点头说："我的恩师和她的女儿合葬在这里，我从小失去父母，恩师对我像对待女儿一样。"

希音好奇地问："为什么没有墓志铭呢？"

李老师深沉地回答："恩师在生前说，她一辈子什么也没有带来，什么也没有带走，死后静静地躺在山上，和山成一体，一个平凡人的死亡，不需要墓志铭。”

希音点点头，或许作为在这个世界中默默无闻的人，不需要什么墓志铭，默默地来，悄悄地走，希音又问：“你恩师怎么会和女儿埋在一起呢？”

李老师叹了口气，眼里闪着泪花，那一次灾难仿佛就在昨天，几十年过去了，依然历历在目，一辈子也忘不了。那时候李老师还是个孩子，大家都在教室里上着课，大地在摇动，只听到有人喊地震了，年幼的李因吓傻了，不知道如何是好。年龄大一点的孩子夺门而逃，恩师一把抓住李因往教室外跑，等把李因送到教室外，恩师又要跑进教室抢救自己女儿，但一切都迟了，“轰”的一声房屋倒塌，恩师的女儿被埋在了房屋下。当时恩师的女儿和李因坐在一起，恩师可以选择救女儿，但是她没有，而是救了李因。

希音听完感人的故事，无言，还能说什么呢，一个人的无私总是体现在最危难的时候，如果让自己来选择又会选择谁呢？是自己的女儿，还是其他人？或许李因老师的恩师根本没时间去做选择就做出了决定。

李老师接着说：“后来我恩师因为女儿的死，变得非常沉重，她是多么地爱自己的女儿，在对女儿深深的思念中，她病倒死去。临终前要求和女儿葬在一起，永远陪着女儿，如果当时恩师救的是她的女儿，那么恩师也不会死得那么早。”

“是恩师给你第二次生命，真是一位值得尊敬的老师。”希音又到坟前深深地鞠了三个躬。尽管没有墓志铭，但她的墓志铭已经深刻在人们的心底。也更加明白了李老师为什么大学毕业后就回花溪。

李老师笑了笑，打破这个沉郁的气氛：“走，看那两个孩子，我们也去摘山果，别忘记今天是来庆祝的！”

希音点点头，发现两个孩子的衣袋中装满了山果，口中也塞满了山果，很满意的样子，韵诗和小鲤鱼上来给希音的口袋里装山果，很快，希音两个不大的口袋装满了。

两个孩子开心地说：“希音姐姐，味道怎么样？还不错吧！”

希音拿起一颗青色的橄榄尝了尝，味道其实很一般，但是吃起来确实让人回味。更多时候，什么味道并不重要，重要的是和谁一起尝这种味道，当和快乐的人在一起的时候，苦味也会变甜，当和不愉快的人在一起的时候，甜味也是苦的。

小鲤鱼问："希音姐姐，听说你要回去了，明年你还来吗？来的时候别忘了一起来溪岭啊！"

希音摸着小鲤鱼的头，看着溪岭的草木，或许这次的离开就永远离开了，再也不会回来了。可这里的朋友和这里的美丽风景将永远铭刻在心底，直到生命消逝才随着自己消失。李老师上前摸着小鲤鱼的头说："希音姐姐会回来的，你放心，下次多给你带些糖来。"

希音看了看李老师，笑了，或许真的会回来，再一次看看快乐的韵诗，和孤苦的小鲤鱼。"会回来的，到时候我们还是去花溪上划竹排，你给我逮几条大鲤鱼。"

小鲤鱼开心地说："我一定给你抓大鲤鱼，先拉钩，说话要算数。"说着伸出小指头。

"拉钩上吊一百年不许变……"

希音和大家回到花溪村的时候，已经是傍晚时分。希音发现在花溪村口停着一辆轿车，估计外面的人来到花溪了，希音想着是不是小张老师回来了，如果是他回来了，自己也可以离开花溪村了。

花溪村中的村民从村子里走出来，看到李老师和希音，上前说，小鲤鱼的亲人从很远的地方赶回来了，村长正在村子里找李老师呢，要李老师尽快赶过去。

李老师和希音一起到达小鲤鱼家，看到小鲤鱼的爷爷奶奶和一个身着华丽服饰的中年女子坐在一起谈论着，大家看到的是中年女子的背影，没看清正面。村长也坐在一边，招待这位从远方回来的人。

希音在门外听到中年女子说："如果可以的话，我把两位老人和孩子接走。"

小鲤鱼的爷爷奶奶似乎没有要离开的意思，或许人上了年纪，就不想离开故土了。村长了解两个老人并不想离开花溪，为了小鲤鱼的未来，村长说："为了孩子的未来，你们把孩子接走吧，两位老人不想离开故乡，我看就不用勉强他们了。”

中年女子想了想说：“那我把孩子带走，请你们放心，我会照顾好孩子，还有迁墓的事情，不知道能不能办理?”

村长说：“是把小鲤鱼姑姑的坟墓迁回花溪的事情吧，这很容易，我看就迁在溪岭吧，那儿是个好地方。”

中年女子回答：“这件事情真麻烦大家了，我代表我哥哥齐百谢谢你们。树高千丈，始终要落叶归根的。”

大家都笑着点头称是，李老师走进门去，村长和两位老人看到李老师到来，给中年女子介绍道：“这位是小鲤鱼的老师，小鲤鱼的生活学习问题你可以问问她。”

中年女子回过头来，微笑地看着李老师。李老师才看清楚这位中年女子，四十岁左右，化着淡妆，有一种高贵的气质。她向李老师询问了小鲤鱼的情况，很客气地感谢李老师对孩子的照顾，接着她想看看小鲤鱼。

小鲤鱼听说这位从来未见面的人是来带自己走的，所以紧紧靠在希音的身边，拉着希音的手。中年女子来到希音身边，希音惊讶地看着她，中年女子也看着希音，中年女子对希音说道：“你真像我认识的一个人，不过你的头发比她长了许多。”

希音摸摸自己的头发，这些日子到花溪，头发变长了许多，衣服也换成女孩子的装束，所以渐渐少了男孩子的味道，或许同温柔的李因老师相处久了，性格也被影响了许多，假小子的时光已经一去不返。

希音微笑着回答说：“原来是合姑啊!”这个中年女子不是别人，正是齐梦涵的姑姑齐合。

齐合惊异地说：“你真是沈希音，你怎么会在这里呢？你不是已经和齐梦涵到花镇了？这些日子不见你，你似乎变了许多。”

希音叹了口气回答：“一言难尽啊!”

齐合微笑着拍了拍希音的肩膀，然后低头看了看希音身边的两个孩子，右边的是小鲤鱼，而左手拉着的是韵诗，两个孩子看到陌生人躲在希音的身后，然后探出眼睛看齐合。

大家看希音和齐合认识，很诧异。不过这样一来，大家的交谈也方便了不少。从齐合的口中希音了解到，齐梦涵的母亲月祈出生在花溪村，到南城读书认识了齐百，后来随齐百离开了大陆到了台北，在生齐梦涵难产死后，留下遗言，要丈夫把骨灰带回家乡，这次齐合正是为这件事情而来，小鲤鱼的母亲正是月祈最小的妹妹。

因为齐家在南城的招商投资的合作正进行，齐合没有过多在花溪停留。第二天早上，齐合匆匆告别大家，大家把齐合送到村口。齐合要求希音一同回南城，由于张泉老师没有回到花溪，希音只有再待在花溪几天，而小鲤鱼也需要处理离开的各种手续，暂时无法离开，齐合看事情一下子无法完全地解决，只有和大家商定下次迁移齐梦涵母亲坟墓的时候再来接小鲤鱼。

第9章　南城旧事

次日傍晚，齐合回到南城，南城处在一片热闹之中，让齐合深感疲惫，想到多日没有到百合居，有些思念齐梦涵，她特意前往百合居看看紫兰把花店打理得怎么样。

因为正值夏至时节，百合居比以往热闹了许多，百合花一直是祭奠的好祭品。齐合走进花店，看到易风和秦愈坐在银杏树下，紫兰正为两个人泡茶，三人聊得很愉快，他们看到齐合进来，停下讲话向齐合打招呼。

齐合打量着三人，她认识易风和紫兰，但不认识易风身边脸色苍白面容清秀的女孩，齐合注视着女孩，女孩也对望着她，齐合感觉这位女孩特别的温馨，有一种莫名的熟悉感。她问许易风："这位是不是你朋友？"

许易风大惊，他把"你朋友"听成"女朋友"，似乎未卜先知。易风回答："她是秦也的女儿秦愈。"

齐合伸出手同秦愈握手，又凝神地看着秦愈，似乎不愿意把眼神从秦愈身上移走。易风好奇地问："近来齐家投资这么忙，想不到百忙中齐姨还有时间来照顾这家小花店。"易风一直尊称齐合为齐姨。

齐合微笑说："的确，这个小花店在我们的业务中不算什么，不值得一提，可这里是我们的祖屋，人有一种怀旧的情绪，另外一个方面，梦涵非常喜欢这个小花店，她回来的时候，我不能让她看到混乱的店面吧。"

秦愈听到此言，突然伤感起来，父母忙着赚钱为自己治病，很少有时间陪自己，终有一天生命会消逝，她也希望得到这样的温暖，幸好有易风陪着自己，等自己生命结束，可惜却是一段有始无终的爱情。

易风问："你们齐家在国外生意做得很好了，怎么想到回南城，这里并不是大市场。”

齐合一下子被问住了，一个人做事情总是有他的理由。关于南城、花魂神话，以及人们相信的冥冥中的缘分，是乡愁，还是怀念？或许都有一点点，人生就是这样，从原点出发，走得很远很远，最后绕了个圈又回到原点。齐合复杂的思绪，很难用一句话去表达，她简短自嘲地说：“这里是我故乡，家谱记载我们是流亡者，现在是一个流亡者的归来。”

秦愈轻笑道：“想不到齐姨这样情深，感觉不出传说中商界女强人的味道。”

易风点点头说：“在这物欲横流的世界中，作为商人，很难有这样的深情厚谊。”

齐合大笑：“你们错了，你们真是孩子，哪里知道商场如战场，和战场一样的残酷，所以梦涵不喜欢商场，可我们齐家的商业还需要她来主持。有时间的时候你们帮我劝她，或许朋友的话更有用。”

易风点头称是，其实他从紫兰那里了解到齐梦涵的性格，她不想做的事情没有人能说动她的。

齐合和两个年轻人谈得非常融洽，临走前，齐合邀请两位到自己家里做客，顺便见一见齐梦涵的父亲，齐梦涵的父亲齐百也很想了解女儿的朋友。

两人在齐合的热情邀请下，很欣然地接受了，齐百在众人的眼睛中很神秘，传奇人物，今天有这样的机会，两个人绝对不会错过。

三人离开百合居，来到一栋豪华的别墅，穿过种满鲜花的走廊，到达一个大厅，大厅上方挂着水晶吊灯，两面的柱子和墙上挂满了中华的水墨画。

齐合让两个人在客厅里坐下，客厅非常简洁，摆着一张透明玻璃桌子和四把椅子，这是用来会见少数客人的客厅，东边的窗户下种着一盆枝繁叶茂的兰花。南边的墙壁上挂着一张一米长宽的油彩画，画中的少女神态逼真，样子非常像齐梦涵，乍看上去，一定会把她当作齐梦涵。仔细一看，发现比齐梦涵娇媚多了，齐梦涵的美是清纯，超凡脱俗的美，而这个画像中女人的美，更多的是雍容华贵。

这个时候从门口走出一位五十多岁的男人，他的头发花白，脸上的皱纹写满了生活的感悟，他精神矍铄，走起路来自有风度，易风猜想此人一定是齐梦涵的父亲齐百。易风猜得没有错，来者就是齐百，齐家实业的拥有者，传奇式的人物，作为一个成功的商人，拥有一个不成功的家庭，妻子很早逝世，他很多时间忙于自己的公司，很少照顾自己的女儿，反而妹妹齐合成了齐梦涵的实际照顾者，尽管齐百深爱女儿，但是同女儿感情比较淡漠，齐梦涵也不愿意和父亲住在一起，而是无拘无束地住在西街古巷的老屋。

齐百在椅子上坐下，自我介绍后说："你们是梦涵的好朋友，很高兴见到你们。"然后又指着易风说，"你是许岩的儿子，她是秦也的女儿，齐合和我说过，还有两位叫古彦清和希音的，今天没有来，我首先在这里谢谢你们这些日子陪伴着齐梦涵，我这个做父亲的总是没有时间陪女儿，梦涵母亲死得早，所以她从小就喜欢交些朋友。"

易风非常惊讶，一个传奇人物，一个成功的人，在感情的世界里是如此的脆弱，女儿正是他心中最脆弱的弦。正如齐合说的，商场如战场，一个将军的凯旋，身边却少了几个和他一起出生入死的士兵，这样的成功带着几分悲凉的色彩。

两个孩子耐心地倾听着齐百的讲述，这个父亲无情的面庞下，对自己的女儿的爱却是如此深沉，只不过他不善于向自己的女儿表达。

此时女佣又上来给三人倒茶，齐百小声地向女佣吩咐了几声。女佣下去，并很快回来，手中带着两件漂亮的礼物，两朵用雪白玉石雕刻而成的小百合花。

齐百让用人把礼物送到两个人的手中，两个孩子不知所措，这个礼物实在是珍贵。齐百和蔼地说："这是我送你们的见面礼，梦涵说前不久是秦愈的生日，这就作为迟到的礼物吧，可这百合花是一对，不能拆开，我看你们是恋人就一人送一只，百合代表齐家的信物，祖先流传下来的说法。"

两人深知这两件东西价值不菲，齐百的理由又如此的充分，推辞不了，只好欣然接受。齐百看两个人接受了礼物，很愉快地说："和年轻人在一起似乎自己年轻了许多，看到你们恋爱的样子，想起我和齐梦涵母亲年轻的时候。”他又指着墙上那张娇媚的油彩画，“那是齐梦涵的母亲。”

易风和秦愈恍然大悟，又一次仔细看看墙上那张油画，秦愈说：“齐梦涵的母亲和齐梦涵非常的像，但是，不是一个风格。”

齐百的眼神看着窗外，似乎思想飞回到了过去，一下子勾起了很多的回忆，青年相恋的时光总是热烈而羞涩、天真而彷徨，自己抛弃传统的观念，不肯接受父母包办的婚姻，和一个风尘中女孩相爱。记得那是一个京剧的表演，齐梦涵的母亲月祈以独到的表演能力深深吸引了他，使他不能自拔，两人走到一起，而父母反对他们的婚姻，自己也和一个大家闺秀有婚姻之约，虽然他从来没有见过那个大家闺秀，但听说非常的贤惠。分与守就在一线之间，无奈之下，他为爱抛弃家里安宁的生活，只身带着月祈远走他乡，他相信靠自己肩膀，一定能让月祈有好的生活，经过多少次的艰苦尽力、多少次的失望后，他成功了，成为江南著名的花商。可不幸的是，月祈生下齐梦涵之后，撒手人寰，只留下自己孤单地照顾襁褓中的婴儿。几年后，他拉着刚会走路的齐梦涵回到家乡，才发现家乡已经物是人非了，家境一片破败，自己的父母也先后逝世，留下孤苦的妹妹齐合。社会的动乱，让他下定决心远走海外，在新的土地上开辟一片新的天地，今天他满载而归，却找不到成就感。

人生的感慨，他不明白自己当年做得是否对，对父母，似乎自己没有尽到做儿子的责任，作为丈夫，也没有尽到丈夫的责任。正因为那些年艰苦的生活，妻子月祈才会难产死去，想想这些年来，外面的人看到的是全身光环的自己，谁也不会想到背后是如此悲凉。孩子都还年轻，认识不到齐百心中的凄凉，有一天他们认识到的时候，年华已经流逝，这就是生活。

三人谈得很融洽，齐百看看手中的表，突然想起一件重要的事情，他站起来说：“今天我还有重要的事情去处理，非常愉快与你们交谈，等会儿让我妹妹齐合陪你们走走！”

齐百走后，齐合带着两人在别墅的花园里散步。花园中央由一个巨大的喷泉组成，采用八卦两仪的图案围住喷泉，两边的碎石小道旁边种着许多的百合花。

秦愈说：“非常美丽的花园，医院的花园是由巨大的银杏树组成，和这里的花园比起来缺少了文化!”

齐合笑笑说:“这建筑采用了中西的建筑方式,很有特点,可惜梦涵一点都不喜欢这个花园,她更喜欢西街古巷里的那几棵苍天古树,她说几棵树就可以看到历史的沧桑。”

“你真的很了解梦涵,我刚认识你的时候以为你是梦涵的母亲,想不到你是她的姑姑。你对她可真像母亲一样,所以梦涵虽然从小没有母亲,但是并不缺母爱,因为有你这样的姑姑关心她!”说到这里,秦愈又伤心起来,自己虽然有母亲,可是母亲从来没有出现在自己的生活中,父亲一直和自己说母亲为了给自己治病,在国外拼命地赚钱,只有自己生日时候从国外寄一份生日礼物过来,可从来不来看自己,母亲是一位从来未曾谋面的母亲,得到她的爱,却见不到她的人。

易风说:“齐姨,为什么不结婚呢,你这样漂亮,而且有才华,找个优秀的男士应该不成问题。”

齐合考虑了一会儿说:“其实我有丈夫,也有个女儿,但是他喜欢上另一个女人,所以他带上我们的女儿离开了!如果我还能看到他的话,我们的女儿也和你一般大了!”

秦愈狠狠地说:“好无情的男人。”

齐合没有回答,在她的心中这个困扰她一生的男人并不是一个无情的人,现实中总是有很多的无奈,许多的无奈加起来可以汇总成为一个充分的理由。想到自己的女儿,如果现在看到女儿的话,应该是一位亭亭玉立的少女了,她感觉对不起自己的女儿,很小就失去了母爱,也不知道续母是否会待她好一点,如果今生有什么遗憾的话,那唯一的遗憾就是当年没有把自己的女儿带走!

秦愈好奇地问:“那你不准备找回你的女儿和丈夫吗?说不准他们现在在等你回来呢!”

齐合微笑着说:“我找过,到我原来丈夫的城镇,但是乡亲们都说他带上女儿走了,只有每年扫墓的时候回去给父母上香,今年清明我到达他父母的坟地,坟地上早已经摆好了鲜花,去迟了,茫茫人海,叫我到什么地方去找呢!”

易风说:“我相信你会找到的。”

“不过找到了，他们有他们的生活，我的出现会打乱他们平静的生活，我只想悄悄看看我的女儿。”

易风明白一个母亲对女儿深藏的爱，多少年来，她深爱着自己的女儿，因为女儿不在自己身边，所以她把这种爱给了齐梦涵，或许也算对人性的一种安慰。三个人说着走出花园，易风和秦愈告别齐合，齐合依依不舍地看着秦愈和易风离开。

夏至时节，道路两旁的树木投下浓浓的树荫，让人感觉不到炎热的阳光。秦愈握着易风的手说：“今天听到齐合的故事，让我明白很多事情都那么的无奈，那就如同笼罩在心灵上空的雾，驱之不散，希望我们不要猜忌对方，如果有什么问题，请直接告诉我，我不希望酿成错误。”

“你真是个傻孩子，我怎么会猜忌你呢。”

秦愈不再说话，果然不用去猜忌，自己时日不多，已经没有那么多时间去猜忌。

易风看出了秦愈眼中的忧郁，转开话题说：“今天的天气真晴朗啊，如果齐梦涵、希音和古彦清在的话，他们一定要去郊游了，要么到西街古巷喝茶。怀念和他们在一起的时间，现在发现少了古彦清和希音的争吵反而不习惯了。”

享受阳光，回忆美丽的年华，而不是为那不幸的未来悲伤，在短暂的生命中，易风不希望看到秦愈的忧伤，而是快乐的笑容。

易风把秦愈送回医院，然后告别秦愈回到家中，易风走进门，看到古彦清的父亲古博正坐在客厅和父亲交谈，似乎在庆祝什么。

易风回到卧室，悄悄站在卧室门口偷听。只听到古博高兴地说：“这次多亏了许局，不然事情不会这样顺利。”

“哪里，哪里，你们古博实业本来就实力雄厚，你们接受齐家的投资当之无愧。”

“听说令公子学习成绩不错，有没有打算到国外念书，如果有这个打算的话，我愿意资助令公子到海外学习。”

“小儿驽钝，恐怕辜负了古先生的寄托。”

“来，我再敬你一杯，合作愉快，令公子的事情就交给在下，怎么说也是国家的栋梁之材，不好好培养，怎么能浪费了呢。”

“那就麻烦古先生了，古先生真是有心人，急人之所急啊！”

易风实在听不下去，一个人跑到花园里散心去，等古博离开自己家的时候，才走进家。

父亲在沙发上等待着他，他进来带着责备的口气问是不是陪秦愈去了。易风一言不发，父亲的意思他很清楚，秦愈是一个将死之人，父亲一直希望儿子离开秦愈。许岩虽然贪污，但也是个重情重义的父亲，在易风和秦愈的感情上没有过多地苛求儿子。

“我准备把你送到国外念书去，你做好心理准备。”许岩对儿子说。这一举两得，一方面让儿子到外面接受知识，另一个方面达到离开秦愈的目的。

许易风虽然知道父亲的目的，可没有一个合理的理由去拒绝父亲，便故意地问道：“我家有支持我到国外学习的资金吗？”

“这个你不必担心，你只需要好好到国外念书就可以，不要辜负了我的苦心。”

“是不是有人支持？”易风知道父亲越陷越深，已经无药可救了。

父亲也明白易风想说什么，所以直接地说：“我做的一切还不是为了你好，为了你的将来。”

“如果你真的为我好的话，我希望我家不要发生离别；如果你真的为我好的话，我希望我有个幸福的家庭；如果你真为我好的话，我希望有个正直的父亲。”

眼看一场战争免不了了，这个时候，易风的母亲苏婉打断他们的谈话，苏婉叫两个人吃饭。在饭桌上，易风问母亲苏婉是否同意自己到国外念书，易风很了解母亲，她是不愿意儿子走得太远的，别说到国外，就是在国内比较远的地方，她也不同意。

这次也同样，她一口拒绝说：“国外有什么好的，以前我们到国外学习是因为我们很落后，所以需要学习。现在国家发生了巨大的变化，像易风这样学习音乐的人就应该留在国内，认真地挖掘自己的文化。到国外能学到什么，现在已经不是过去到国外镀金的年代了。”

这个话正合许易风的心意，母亲一直很了解自己，也很支持自己，虽然家里很多事情都是父亲做主，但是面对这个二比一的局面，父亲无能为力。到国外学习的事情就这样耽搁下来。

晚饭过后，许岩去应付各商家去了，只有易风和母亲在家。苏婉边整理厨房边问："易风啊！秦愈的病好点了吗？如果她没有病的话，我很满意，漂亮，懂事，秀气。"

易风一下子窘了，母亲一直这么直接，他也不隐瞒什么，直接告诉母亲："她可能活不过今年，需要很多的钱才能治好她的病，有钱了还不顶用，还需要机缘，一个可以捐献心脏的人。"

苏婉是个非常善良的女人，比较传统，听到儿子这么说，也同情起秦愈来。爱屋及乌，她告诉易风如果需要钱她手中还有一笔小数目的存款，如果某一天需要可以直接找我，虽然帮不上什么大忙，不过也为自己孩子未来的幸福尽一点心。

易风知道母亲一直勤俭持家，尽管现在家里富有了，可是母亲依然保持着过去的习惯，她常常说，过去的生活很辛苦，现在的生活来之不易，不能因为现在生活好了就忘记了过去。想到这点上，父亲和母亲形成了一个鲜明的对比。爱是没有错误的，因为爱只有一种，可是爱的方式有很多种，有些人选错爱的方式，所以爱也有了正确和错误的划分。

第二天早上，易风离了开家，准备到医院陪秦愈，到医院才知道秦愈的病情越来越重，再一次病倒昏迷不醒。易风来到秦愈的床边，秦愈此时昏迷中，脸色苍白，很平静地躺在床上，或许这一躺将不再醒过来。

得到秦愈病倒的消息，秦愈的父亲秦也匆匆赶到医院，陪伴在秦愈身边的是易风，秦也意识到眼前这位男孩和女儿有特殊的感情。

秦也来回在医院门口踱着步，门口已经落满了烟灰，他不时看一看安静地躺在床上的秦愈，苍白的脸，针水一滴滴流下，时间一分一秒地过去，秦愈依然没有醒来，空气中都是焦躁的气氛，易风看秦也不安的神情，建议他休息一会儿，自己会照顾秦愈。

秦也实在太疲惫，可担心着，心中哪能安静下来，他叹了口气坐在椅子上，红肿的眼睛，混乱的头发，一下子似乎苍老了许多。

在蒙眬中，只听到秦愈呓语："妈妈！我好想你！"

秦也皱着眉，脸色一下子变得苍白，似乎想起了许多伤心事情，秦愈流淌着泪水，或许在梦中看到了母亲，易风不忍心看秦愈在梦中难过，向秦也说：“秦叔叔，秦愈太想妈妈了，能不能叫她妈妈回来看她一次？”

秦也无语，眼神呆滞地看着秦愈，仿佛回忆起曾经的事情，这些年来，他一直骗着女儿，告诉她，母亲一直在外面工作赚钱为她治病，女儿年纪小的时候是好骗的，随着女儿慢慢长大懂事，知道母亲根本不在国外，全是父亲骗她。可秦愈是一个懂事的孩子，从来不在父亲面前拆穿谎言，很少提起这个话题，内心的思念也深藏在心底，这次终于在无意识中爆发出来。

秦也潸然泪下，咬咬牙转身离开了医院，易风看着远去的秦也，不明白他为什么突然离开，他又看着流着眼泪还在呓语的秦愈，他紧握着秦愈的手，秦愈的脸上露出微笑，终于安静地睡着了。

秦愈做了一个漫长的梦，在梦中她看到自己的母亲，母亲站在远处，一直背对着自己，不肯转过身来，她想看看这位从未谋面的母亲是什么样子，她大声地叫唤，上前奔去，但是母亲依然在远处，似乎永远也无法到达她的身边。

梦无比地漫长，等秦愈惊醒过来，眼前是易风和齐合，她看了看易风，易风的眼睛里带着很多的焦虑。她又发现易风身边多了齐合，齐合眼中含着泪水正看着她，秦愈挣扎着说：“让你们担心了。”

齐合泪水晶莹，坐到床边，喃喃地说：“孩子，是我对不起你。”

秦愈紧紧握住齐合的手说：“齐姨，谢谢你来看我，感觉你真像我母亲。”

齐合在一边泪流不止，已经说不出话来。

易风小声对秦愈说：“齐姨是你的母亲。”

秦愈不敢相信眼前这个女人就是自己的母亲。

易风又说了一次：“她是你的母亲，真是你的母亲。”

秦愈的心中像打翻了五味瓶，情感如山洪般暴发出来，两个人抱在一起哭成一团，悲伤、思念、喜悦等情感夹杂在一起，催人泪下，易风悄悄退出病房，他被眼前这一幕感动了，一种幸福的感觉油然而生。

在病房门口，秦也低垂着头坐在椅子上抽烟，易风在他旁边坐下说：“真没有想到齐姨是秦愈的母亲，那么说来，秦叔叔你不姓秦，应该叫蔡奇，秦愈也不叫秦愈应该叫蔡愈，昨天齐合阿姨才和我们提到自己的女儿，没有想到这么快就找到女儿，世界上的事情真是无奇不有。”

事实上，当齐合回到南城的时候，秦也认出齐合正是自己多年来朝思暮想的妻子。当年秦也带着女儿秦愈回到老家，才知道父母真逝世了，并不是要骗自己回家，他自责不已，家里就有自己这么一个孩子，双亲去世时候都没有陪在他们身边，他觉得对不起父母，所以一下子病倒了。等他安葬好父母，养好病回到南城找齐合，听到妻子和齐百远走海外的消息，立即爱恨交加，想到自己为了齐合，两个老人逝世的时候也没有陪在他们的身边，现在妻子甩下自己和女儿独自远走海外，百感交集，发誓再也不见这个无情的女人，便隐姓埋名，改名为秦也，秦也正是“情也”，一切错误都是情也。作为父亲，秦也不希望女儿知道自己和女儿被妻子抛弃的事情，所以一直骗着女儿，这些年来实在不容易，自己既做父亲又做母亲，再加上女儿天生心脏病，生活更加窘迫，真是一段痛苦的记忆。

昨天，他看到女儿在梦中喊着自己的母亲，秦也痛苦难当，只好咬咬牙，找到了齐百的家，接待他的是齐百，他和齐百见过数次面，可二十多年的不见面，齐百也没有发觉秦也正是自己寻觅多年的妹夫，秦也突然来访，并说出自己的身份，让齐百大吃一惊，不敢相信眼前这个微带沧桑的人是二十多年前风度翩翩的蔡奇，更不敢相信昨天看到的那个带病女孩正是自己的外甥女。

齐合接到齐百的消息匆匆赶回来，仔细辨认才看出秦也正是自己的丈夫，而女儿有病的消息更让她五雷轰顶，两人没有时间去讲述多年的恩怨，都记挂着躺在医院里的女儿。匆匆赶到医院，母女终于得以相认。

不一会儿，医院里传出快乐的笑声，把秦也从记忆中拉了回来，他悄悄到门边看到女儿久违的笑容，秦也露出微笑。二十多年来的爱恨情仇随着几声欢笑烟消云散，时间让恨淡漠了，现在才明白自己深爱着妻子，而一直没有找她，是因为执着，还是放不下老脸，大概都有一点点，不管怎么说，家人终于团聚了，应该庆祝，世间没有一直灿烂的天气，也没有一直阴雨绵绵的天气，人生总是“柳暗花明又一村”。

第10章　风云突变

齐合离开花溪三天后，希音也离开花溪回到了南城。

希音到家的时候已经傍晚时分，母亲依然像往常一样等待着她回家吃饭。母亲看到女儿回来，用一种惊讶的眼神看着女儿，希音被弄得莫名其妙，不知道母亲为什么要这样打量自己。

西琳把女儿拉过去，看了一圈说："想不到我买的衣服蛮合适你的嘛，这次终于像个女孩了。"

希音才反应过来，原来母亲是因为看到自己穿女孩的衣服所以惊讶，这也不奇怪，多少年来自己都像男孩一样打扮，一下子改过来，当然很让人惊讶了。

母亲把她拉到座位上，希音发现今天的饭菜非常的丰盛，母亲一定是为了迎接自己的归来。母亲舀了满满一碗菜放在希音的面前说："这次远行一定没有吃好，今天我特意做了这么多的菜给你接风的，有什么收获，说来听听。"

"蛮有意思的旅行，虽然农村生活条件还不是那么好，但是也有它独到淳朴的一面，要不是想母亲你，我都不愿意回来了，那里的天是蔚蓝的，夜空中可以看到银河，还有漫天飞舞的萤火虫，美丽的大自然，似乎是城市所不能比拟的。"

"熊掌和鱼翅不可兼得，城市自有城市化的弊端，但是你要看到城市带来的是更多的财富和文明。"

"有财富就代表幸福了吗？带来文明的同时也带来了丑恶，经济的发展必然导致城市化，城市化的结果是更多的污染，以及众多的社会问题，可历史的进程是没有错误的，反思这些，或许每个人都应该怀有一份对社会的历史责任感。”

西琳一直是个好的听众，很有耐心地听女儿的观点。经过多少的风吹雨打，她明白商场的冷酷，她考虑得更多的是如何面对竞争对手，对社会的责任感觉是不切实际的。

希音一直在说话，碗中的菜已经满了，而母亲依然一直往碗里夹菜，希音叫道：“可以啦，我自己来。”

希音转过话题问：“母亲，听说齐家招代理商，对每个投资者都是一个巨大的机遇。”

西琳放下手中的筷子说：“古博实业获得了这次投资。”

希音不再说什么，对母亲来说，这是事业上的一种失败。

西琳接着说：“不过古博实业用了非正当的手段，我手中拥有他们贿赂的证据，这次损失最大的是齐家，因为他们是投资者。”

由于这涉及古彦清的父亲，齐梦涵家，希音好奇地追问：“那么结果会怎么样？”

“一旦事情揭发，将有一批人坐牢，政府名声扫地，齐家有可能撤走所有的投资，对南城将是巨大的损失。”

“不过不揭发，造成的损失更大。你的好朋友古彦清回来的时候可能只有到监狱里看他父亲了。”西琳说着耸耸肩。

个人感情来说，希音不希望看到古彦清的家那样的支离破碎，他父母本来就离婚了，现在父亲又要进监狱，对古彦清的一生将受到重大的影响。希音问道：“这次背后的操作人是谁？”

“许岩，对外招商局局长，现在纪委正在调查之中，一切很快水落石出。”

希音一听是许岩，许易风的父亲，几个朋友的家庭一起出事，自己根本没有想到这么短时间发生这么多事情，等古彦清和齐梦涵回到花城时候，青山依旧，人面全非了。希音没有心思吃饭，对每个朋友来说，这将是个不幸，到时候齐梦涵将怎么看待古彦清，古彦清又将如何面对齐梦涵，易风又将怎么做，似乎一切都很混乱，理不出一个头绪来。

西琳看女儿心事重重，岔开话题说：“给你看一样东西。”说着从公文包里拿出一封信，希音接过一看，原来是诗韵写的，上面的字写得歪歪斜斜的，希音念道："希音姐姐，你好！谢谢你，谢谢你的妈妈，你妈妈和我妈妈都是好妈妈，我们现在开始盖房子了，好大房子，我们将有很大的教室……"

孩子天真的口气，很愉快很兴奋，希音念完信，把信递给母亲说："还得感谢你给那所小学捐了款，不是你的资助，或许现在还不能动工呢。"

"那你打算怎么谢我呢？"

"该怎么谢你呢，今天由我来给你洗碗，帮你拖地板。"

"哈，我怎么舍得宝贝女儿洗碗拖地板啊！"西琳出乎意料地笑起来。

"啊呀！这说的！"希音尴尬地脸红了。

吃了饭，夜色已经降临，南城万家灯火通明，累了一天的希音躺在床上，心里不断浮现出古彦清，她越来越感到古彦清在她心中的地位，准确点讲，是从小到大的情谊，一下子被人夺走，那种若有所失的感觉还不能适应。

同一间房屋下，西琳也不能入睡，她也发现女儿希音对古彦清的特殊感情，二十年前一切已经注定，今天面临女儿，是否应该说清楚呢？她下定决心，向女儿说清楚。

她敲开希音的门说："女儿，你好久没在家了，今天我和你睡吧！"

"好啊！"希音很快给母亲让出睡的地方。

躺在床上，西琳说："女儿，你是不是喜欢古彦清了？"

希音没有回答是也没有回答不是，西琳接着说："今天把实情告诉你吧，我不想上一代的错误在下一代身上延续。"

"什么错误？"

"他是你的哥哥，你亲生父亲是古博。"

"那天你给我讲完父亲的故事，我就猜到了。"

这一刻，两个人沉默了，希音安静地闭上眼睛，眼泪从眼角流下。她庆幸生活中出现了齐梦涵，不然古彦清又将何去何从，她心中的心结终于打开。

"女儿，把这个秘密深深埋藏在心底，我恨你父亲。"西琳失神地说。

在黑夜中希音点点头，保证永远埋藏在心底，“父亲”这个词在她记忆中并不是很重，她早习惯和母亲一起生活，她辗转不能眠，脑海中又闪现出古彦清和齐梦涵的身影，渐渐地，希音迷迷糊糊睡着了，在梦中她看到前往花镇的古彦清和齐梦涵。

清晨，一个熟悉的声音把希音从梦境中惊醒，母亲西琳在厨房里叫希音起来吃早饭。希音起来梳洗完毕，看到母亲已经准备好了早餐，好久没有吃母亲做的早餐，竟然有点怀念的感觉。

西琳解下围裙坐在希音的对面，看着希音吃得津津有味的样子，很开心地笑了笑。希音一直建议家里请一个女佣，可是西琳执意不肯，因为给孩子做饭菜对她而言是一种乐趣，而且乐在其中。

西琳也准备吃早餐，突然电话响了，西琳上前接电话，希音也停下手中的筷子，看着母亲，只见母亲的脸色变得越来越严肃，仿佛发生了重大的事情。西琳讲了大约半刻钟的时间，才结束通话。西琳神色凝重地回到餐桌前。希音忙问发生了什么事情。

西琳缓缓地说：“昨夜，许岩卷走上百万赃款已经逃到国外。”

希音震惊地问：“全家走了？”

西琳摇摇头：“许岩独自一人。”

希音放下筷子，她已经没有心思吃早点了，放下手中的碗筷，告别母亲，匆匆朝易风家里走。

到易风的家一看，易风的家已经守卫着警察，警察对希音盘问了一阵，才让希音进易风的家门，易风和他母亲苏婉失神地坐在房间里，几个调查人员也坐在他们的对面，想找些许岩离开的蛛丝马迹，许岩的走实在太不可思议。

易风看到希音前来，忙上前来迎接，希音受不了房间里的沉郁气氛，两人来到家门外的小花园里坐下，此时天空突然阴沉下来。

希音看易风憔悴的脸颊，眼睛里布满了血丝，似乎一晚没有睡，希音看到不远的地方站着一个便衣警察，易风一家已经受到监控。

易风皱着眉说：“我父亲卷走赃款逃到国外，你应该知道了吧。”希音点点头。易风继续说，“这件事情影响太大，估计不会因为我父亲的出逃而结束。”

“你的意思是……”

“还有行贿的人和受害的人。”

希音想到母亲的话，行贿的人是古彦清的父亲古博，以及他的得力助手秦也，他们必然受到应有的惩罚，而受害最大的应该是齐家。

天空随着乌云渐渐地黑了下来，炎热的夏季在低沉的云的压抑下，让人心中生起寒意，狂风也开始吹着大地，似乎天空也将震怒。

“此时，我最不放心的是秦愈。”许易风说。

希音知道他深爱秦愈，她想安慰许易风，但是又找不到合适的词语，她非常理解许易风此时的心情，许岩在易风心中有极高的地位，除了对父亲的尊重之外，还怀有敬仰的深意。记得小时候老师问希望自己成为什么人，在许易风心中父亲是最好的榜样。在外人看来，许岩是一个兢兢业业的好官，同时也是位和蔼可亲的父亲，引以为傲。而这个至高的榜样在一夜之间荡然全无，宛如一座雄伟高大的山峰轰然倒塌，其悲痛之感，如从九天上坠落在地面。东边的地平线开始闪烁耀眼的电光，接着传来轰隆的雷声，似乎要摧毁人们心灵最脆弱的防线。

“我父亲太自私。”易风沮丧地说，但想到这些年来父亲为了这个家而竭尽全力的身影，想到为了让孩子上最好的音乐学校所做的最坚定决定，还有为了让自己到国外上学的努力，以及那些招商引资忙碌的日子，难道一切都是父亲在表演，他不相信，这些年来父亲骗自己也在骗所有的人。

希音安慰说：“我相信他是一个好父亲。”

易风没有回答，他看着东边灰蒙蒙的雨朝南城压来，或许他是一个好的父亲，但是他选错了爱的方式。

眼看马上要下暴雨，苏婉拿着雨伞从家里面走来，易风突然感觉到一种欣慰，母亲要求希音和易风到家里。希音考虑到易风家里压抑的气氛，准备离开易风家看望秦愈。

易风打着伞又说：“记得帮我好好照顾秦愈，等处理好事情我会去看她。”

希音点点头，要易风放心，她举着伞顶着风雨朝秦愈住的医院走去。

雨越来越大，希音的衣服被暴雨打湿，等到医院，希音发现鞋子完全进水了。希音拿着伞出现在秦愈病房门口，秦愈安静地躺在床上睡着了，母亲齐合陪着秦愈坐在床边，看到希音冒着暴雨前来，她已经猜到希音来医院的目的。齐合悄悄走出病房，和希音在门口的长椅坐下。

“秦愈睡着了。”齐合说。

“她还好吧？”

“我想你已经知道许岩的事情。”

“是的，易风是秦愈的恋人，你是知道的。”

“更糟糕的是秦愈的父亲秦也也卷入了这起事件里。”

希音心中一惊，虽然在意料之内，但是由齐合说出来，也不是滋味。齐合看着窗外，雨水扑打着窗户，似乎要破窗户而入，“大家都说齐家在这起事件中损失最大。”

齐合沉静地思索着，钱对齐家这在商场上打拼的商人而说，盈亏是常理之中的事情。情感受到的伤害才是真正的伤害，南城是齐家的故乡，而许岩是齐家回到故乡的第一个朋友，这种深沉的情感，随着许岩的出逃，而使得齐家心灰意冷。这特有的情感，仿佛被赤裸裸地撕毁在眼前，这个幕后的黑手不是别人正是自己的丈夫秦也。对齐家来说，是一种莫大的嘲讽。

“你们是否会离开南城？”希音问。

“这是一个商业的机密，我想我哥哥齐百会很快做出决定。”

“可是这里有你的女儿。”

齐合一下子陷入情感的困惑中，如果哥哥真的离开，自己是否离开南城，如果走了，女儿在这里，她只有这么一个女儿。可如果不走，她也只有一个哥哥，这些年来和哥哥相依为命，又怎么忍心离开？

希音和齐合听到病房里发出声响，原来秦愈从梦中惊醒，从床上下来。她来到门口看着希音和母亲说：“刚才我听到你们的谈话，易风还好吧。”

“他很好，要我照看你，他处理完事情就前来找你。”希音说。

“古彦清和齐梦涵知道这件事情吗？”

“他们还没有从花镇回来，希望能尽快回来。”

齐合站起来，把秦愈扶回病房，希音也跟着秦愈走进病房。秦愈又向齐合和希音问了一些易风的问题，她还不知道父亲也牵涉在这起案件之中，而齐合和希音也不向她提起。她了解了发生的事情之后对希音说：“这些日子，你帮我好好照顾易风，我知道他现在需要关心。”

“你放心吧，我们都是一起长大的朋友。”希音说。

“我更担心古彦清，他回来将如何面对父母离婚、父亲坐牢的事实。”

希音也陷入沉思之中，她看着窗外，不知道古彦清和齐梦涵的这次旅行是否会很顺利，旅行中会有什么样的精彩故事。齐梦涵和古彦清的感情又会如何地发展。齐梦涵是否会因为古彦清父亲而看不起古彦清，许多疑问在希音的脑海里闪过。她急切地希望古彦清和齐梦涵顺利地回到南城。

第 11 章　离别之殇

数日后，希音接到古彦清和齐梦涵回到南城的消息，匆匆赶往汽车站。

希音到达车站的时候，齐合和古彦清的奶奶早已经在车站等待，车准时到达。古彦清和齐梦涵下了车，大家迎了上去，古彦清和齐梦涵看着这座熟悉的城市，路边匆忙的脚步，身边熟悉的身影，有一种亲切感。大家打量着古彦清和齐梦涵，他俩除晒黑之外，都很健康，大家都松了口气。

齐合匆忙地走到齐梦涵的身前，拉着她的手说："我和你父亲一直挂念着你，可把你盼回来了，你父亲还在家里等着呢，我们赶快回家吧。"不容分说，拉起齐梦涵匆忙地和大家道完别就离开了车站。

齐梦涵匆匆和大家道别后，坐上了齐合的车。在车上，齐合问这次的旅行经过，齐梦涵把经过大概说了遍。齐合听完，想到近来发生这么多想不到的事情，她皱了皱眉说："难道我们真是流亡的人吗？真要被诅咒吗？永远失去幸福？"

齐梦涵一听齐合的问题知道其中必定有原因，忙追问发生了什么事情，齐合把贿赂事件简略地说了遍。这次轮到梦涵皱眉了，她担心的并不是齐家的损失，而是关心起古彦清和易风来，古彦清的父亲和母亲已经离婚，对古彦清是一个打击，而这次他父亲又进了监狱，真是雪上加霜。易风情况也好不到哪里去，他和秦愈相恋，本来受生死的折磨，两个人的时间不多，今天他的父亲卷走赃款，对易风的打击绝对不亚于古彦清，两个朋友会如何去面对呢？

齐梦涵和齐合回到家，齐梦涵的父亲多日不见女儿，在家等待着女儿的到来，用人们忙着给齐梦涵提行李，齐梦涵打量多日不见的父亲，感觉父亲苍老了许多。齐百是在商海浪尖上走过来的人，曾经有多少次的失败，这次南城损失虽然巨大，但是对于齐家的商业来说，并不会受多大的影响，有什么能影响到这个商业巨子的心情呢？

没等齐百开口，齐梦涵问道："爸爸，你是不是生病了，脸色这么难看？"

齐百往椅子上一坐说："想不到这个孩子懂得关心老爸了，放心，我很好。"

"你的脸色很差。"

齐百笑了笑，没有回答，齐梦涵不会明白他的心情，这次齐家首次回乡投资就出现这样的事情，那点损失并没什么，可哀莫大于心死，当年他带着失望的心情从南城出去，今天抱着巨大的热情回到南城，希望能给自己的乡亲们做点贡献，没想到发生这样的事情，宛如一个父亲看着不成器的孩子，只有心痛和失望。

齐梦涵的经历是不会明白父亲这种心境的，齐合在一边问："这次旅行还很愉快吧？"

齐梦涵详细地和父亲谈到古、齐两家的故事，谈到两家为了寻找花魂幸福的种子，开始流浪，如果没有找到花魂种子，把它带回花镇，后代也将失去幸福。齐百听到此处，出神良久，最后吐出几句话说："花魂种子的事情，我也见过临缘大师，我已经有了主张。另外，我打算暂时离开南城。"

齐合明白哥哥，他一直对离开南城的事情犹豫不决，虽然失去信心，却很不甘心就这样离开南城，怎么说这里是故乡。今天听齐梦涵谈到花镇的传说，下了决心要离开南城，因为花魂花种还没回到花镇，回到南城恐怕是个错误。

齐梦涵问："什么时候走？"齐梦涵想到这里的朋友，还有古彦清，就这么走了，怎么能甘心呢？

齐合也陷入了思索之中，如果是以前，到哪里对她来说并不重要，哥哥是她唯一的亲人和依靠的人。可是今天她找到了女儿还有丈夫，不能说走就走。她大脑中一片空白，不知道如何去抉择："哥哥，你真要走吗？"

齐百听妹妹这样问，心中明白了八九分，她舍不得女儿，“把你女儿也一起带走，国外的医术比国内好多了。”

齐梦涵听糊涂了，她还不知道秦愈是齐合的女儿，所以惊讶地问：“姑姑，找到女儿了？”

齐合微笑着点点头说：“还是你认识的好朋友。”

“谁啊？”

“秦愈。”

齐梦涵听说是秦愈，不得不感叹世事的变幻无常，齐梦涵和秦愈交情不错，根本想不到她就是自己的亲表姐，缘分这种东西真会作弄人。齐梦涵急切地问：“秦愈姐姐的身体好点了吗？”

齐合的脸马上暗下来，秦愈的身体不适合长途之行，所以她已经为秦愈请来国内最好的医生。据医生说，如果不能有效地治疗的话，秦愈将只有一年的生命，除非有人捐给秦愈心脏，那或许还能多活一些年月，换一句话说，秦愈半只脚已经踏进了坟墓，对刚和女儿团圆相聚的齐合，是一个巨大的打击。

不用齐合回答，齐梦涵从她的眼睛里看出了情形不是很乐观。

齐梦涵想到西街古巷的花店，问父亲道：“如果我们离开南城，那个花店怎么办，不开了吗？”

齐合明白齐梦涵复杂的心情，不仅仅舍不得一个花店，而是这里的朋友和老屋。

齐百回答：“可以叫紫兰一直照看着，我们走了，让紫兰留下照看花店。如果有一天我们有机会回到南城，那个小店怎么说也是我们的祖屋。”

齐梦涵听父亲这么一说，明白父亲眼下是下定决心要离开南城。多日来，南城带给齐梦涵很多美好的回忆，说到离开真有依依不舍的感觉，当然三人中最矛盾的是齐合了。齐梦涵试探着问：“能不能不走？”

齐百看两个人心中不愿离开南城，叹了口气，点点头。齐合有足够的理由留下，做哥哥的也不愿意自己的妹妹一直孤单下去，今天和丈夫团聚，没什么理由再拆散她的家。

第二天早上，齐梦涵离开别墅，回到西街古巷。紫兰早先听说齐梦涵要回来，所以特意把花店打扫了一番。齐梦涵走进花店，花店的庭院里摆满了鲜花，购花的青年男女出出进进，络绎不绝。

紫兰看见齐梦涵走进来，迎出门口，握着齐梦涵的手说：“你终于回来了，花店没有你还真不行。”

齐梦涵大笑道：“有你紫兰在，怎么可能不行呢。”

紫兰看齐梦涵这么说，也不反驳，问道：“你对这个花店的未来有什么打算?”

齐梦涵听紫兰这么问，明白紫兰已经意识到齐家可能离开南城的动向，这不得不说紫兰真是一位富有远见的管理者，齐梦涵暗暗叹服。齐梦涵回答：“花店是我家的祖屋，虽然我们走了，不过不可能卖了。总需要人来照料。我想我父亲已经有主意了。”

紫兰点点头，更加确定齐家要离开南城。齐梦涵接着说：“紫兰姐姐是个很不错的管理人员，在这里帮我管理一家小小的花店是大材小用，如果姐姐愿意，我去和姑姑说一说，让你回到我父亲国外的连锁公司，或许那里更有你发展的前途。”

紫兰摇摇头，多日来和齐梦涵一起生活，渐渐喜欢和这位漂亮的妹妹在一起，这间小花店虽然不足以发挥自己的才智，可是每天过得非常的愉快。紫兰咬咬牙说：“如果可以，我还是希望留在这里。”

“为什么？这样会影响你未来的发展。”

紫兰笑了笑说：“这里是我的家乡，我不想再离开了，我在这里等你们回来。这是你们的家乡，所以我相信你们一定还会回来的。”

紫兰不愿意离开南城，和紫兰的出生很有关系。当年，紫兰是孤儿，是齐合收留了她，在齐合离开南城的时候交给了一家没有儿女的父母领养。多年来，齐合不忘记这个孩子，一直从国外寄钱供紫兰读完大学，数年前，收养紫兰的两个好心人逝世，那时，紫兰大学毕业，想到世界上也仅仅剩下齐合一个亲人，为了报答齐合，她离开南城，远赴海外，开始在齐家的公司工作，并很快成为齐家公司里最优秀的员工。也正因为这个原因，当齐合准备在公司找人管理这个小花店的时候，齐家公司里只有紫兰愿意和齐梦涵一起照看这个被认为没有前途的小花店。紫兰心中最清楚，齐梦涵是齐合最在乎的人，如果真想报答恩情的话，照顾好齐梦涵将是最重要的事情，毕竟齐家的未来在这个不喜欢商业的小姐手中。

齐梦涵不明白其中的原委，听说紫兰认为齐家还会回来，答道：“回来？可能走了不会回来了。”

紫兰笑了：“会回来的，难道你舍得西街古巷吗？还有这间老屋以及这里的朋友。”

齐梦涵环视这间老屋，想到和朋友们聚在这里的日子，每天都是那么愉快，希音和古彦清的笑容在脑海里浮现，还真舍不得离开南城。齐梦涵想到一些事情，想说却又忍住了。

紫兰看齐梦涵欲言又止，知道一定有什么不大好说的话，紫兰握住齐梦涵的手说：“梦涵妹妹有什么需要帮助的请讲，如果我能做到的，一定尽力。”

齐梦涵想了会儿，抬头问：“你真不愿意离开南城？”

紫兰肯定地点点头：“除非合姨有什么特别的吩咐，不然我不想离开南城。你放心地离去吧，这个小花店我会帮你精心地照料的，我等着你回来。”

齐梦涵听她这么说，吞吞吐吐地说：“你能不能帮我件事情？”

“快说吧，我听你的。”

“你先为我保守秘密。”

紫兰没想到这事情有这么大秘密，忙发誓说：“我发誓，一定保守这个秘密。现在你可放心地告诉我了吧？”

齐梦涵红着脸说：“我走了，如果古彦清有什么需要帮忙的，我希望你能帮我照看着他，我相信你。”

紫兰笑了笑，齐梦涵喜欢上了古彦清。几个星期的旅行，产生感情是正常的，但是有件事情她始终不明白，既然齐梦涵喜欢古彦清，为什么要离开呢？她大可以留下来。她想问又不方便问，只有点点头说：“我听你的，如果古彦清有困难了，我尽力帮助他。”

齐梦涵高兴地朝紫兰笑了笑说：“现在，你为我准备一篮花吧，我准备去看望表姐。”

紫兰很快为齐梦涵准备好花，齐梦涵提着花篮哼着歌走了。紫兰看着齐梦涵离开时候的背影，一下子感觉齐梦涵已经长大了，学会掩饰自己的想法，这是成功的商人必须学会的第一件事情。

齐梦涵带着花来到医院，在医院门口，看到秦愈和易风在一起，易风低沉着脸，秦愈满脸泪痕，齐梦涵怕他俩难堪，暂时待在门外。

只听易风说："秦愈，我父亲做的事情我想去解决，可我不愿意离开你，一刻也不愿意。"

秦愈擦干泪水，坚强地说："我支持你去找你父亲，把你父亲找回来。你只要回答我什么时候回来？"

易风看着窗外，很难说自己什么时候回来，因为父亲的下落不得而知，只知道父亲到了南非，茫茫人海，到什么地方去寻找呢？他沉默了。

"我只有一年的生命，如果你一年后回来，我恐怕见不到你，在我有生之年，我一定会等你回来。"秦愈说着眼泪又流下来。

易风上前为她揩去泪水亲切地说："为什么要赶我走呢，在最后的日子，让我陪你到最后。"

"不，我要你走，我希望自己的恋人以公义为重，而不是只为私人感情。在我心中要一个完美的你。"

"可是没有人是完美的。"

"你走吧，去找你父亲，没找到你父亲别回来见我。"秦愈变得越来越坚定。易风沉默了，看着自己心爱的人赶自己走，能说什么呢，两个人陷入了僵局。

这个时候，易风发现站在门口的齐梦涵，他仿佛看到救星，高兴地把她招呼进去，客气地问什么时候回来的，然后借口有事依依不舍地道别离开了医院。

易风一走，秦愈控制不住自己的感情，倒在齐梦涵怀中大哭起来，齐梦涵把秦愈抱在怀中。等过了半个时辰，秦愈终于停止了哭泣。

齐梦涵问："刚才我听你逼易风走，他要去什么地方？"

秦愈擦干泪水回答，因为许岩的受贿事件被揭露，许岩畏罪带着很多钱逃到了国外，为了父亲和母亲，易风在纪检部门的安排下，要他到国外把许岩劝找回来自首。对秦愈来说，易风的离开将是沉重的打击，两个人相恋的时间毕竟很短，更糟糕的事情，恐怕等易风回来的时候，秦愈已经离开了人世。两个相爱的人到死也不能见面，想到此处，秦愈伤心泪下，易风非铁石心肠的人，看到自己心爱的人难过，思想苦苦挣扎，在恋人和父亲之间痛苦地做着抉择，他更想留下陪着秦愈。没想到的是秦愈不愿意在自己生命最后一年里让易风陪着自己，或许这是正确的选择，想到自己离开人世的时候，身边的易风将要多么悲痛，秦愈怎么忍心自己心爱的人难过，易风的离开或许能减轻这种悲伤。

齐梦涵安慰着秦愈，这次来，本来打算把自己准备离开南城的消息告诉她，看到现在这种情况，只有暂时打消这个念头。

秦愈转悲为笑，问齐梦涵："你终于回来了，没想到我是你亲表姐，母亲和我说，这些年来你是她的女儿，现在她有两个女儿。"

齐梦涵握着她的手说："是啊，我有你这样的好姐姐，真是幸运的事情。你好好养病，等病好了，我们到处旅游去，我正缺个朋友呢。"

"你这次和古彦清的旅行还愉快吧，我师父的《花镇印记》还有些用吧。"

"非常有用!"谈到古彦清，齐梦涵不自然起来，含羞地说："不是去旅行，是去寻找花魂的答案。"

"你和古彦清是不是已经成了?"

齐梦涵明白秦愈所谓"成了"的意思，想到两次古彦清喝醉握着自己手的情景，肯定和否定的回答都是不对的，不知道古彦清有没有握过自己手的印象，似乎也很难说，这份感情扑朔迷离，心中不是滋味，而古彦清梦中呼喊的人是希音，两个人从小一起长大，在古彦清的心中，到底谁最重要呢?

秦愈看齐梦涵不好回答，接着问："你有什么打算?"

"父亲的公司这次损失很大，他准备撤走资金，离开南城。"

"我听母亲提起，她说她不走，会留下来陪我，你也留下来陪我吧，我相信古彦清喜欢的人是你。"

"姑姑为你留在了南城，如果我也留下的话，那么我父亲身边将没有一个亲人，我怎么忍心父亲一个人孤苦伶仃的呢?"

虽然齐梦涵一直以来和父亲在观念上不合，但毕竟父亲爱着自己，是她最亲最亲的人，纵然南城有很多值得留恋的地方，但是没有一个留下的坚强理由。古彦清是她留下的一个信念，可这个信念如此的不确定。

“你在乎古彦清吧？我希望你不要走。失去了缘分，会后悔一辈子。”秦愈的话正中了齐梦涵的心。

齐梦涵复杂的思绪在脑海里一闪而过，想到疏香讲的池女和柳泉的神话，歌手的恋人为了成全歌手和池女宁愿放弃生命。同样，自己为了成全古彦清和希音，可以离开南城。齐梦涵给秦愈讲述了池女的故事，秦愈听完故事，知道齐梦涵去意已决，在她的眼里，齐梦涵和希音是必须有个人离开，今天齐梦涵冠冕堂皇地离开，比到时候两个女孩不得不做出抉择痛苦离开好多了。齐梦涵说：“别把我要离开的事情告诉希音和古彦清，我只想静静地来，悄悄地走。”

秦愈看着这个表妹，如此的善良，爱的极致表现难道就是离开吗？齐梦涵和秦愈做梦也想不到，希音和古彦清是同父异母的姐弟关系。

齐梦涵离开医院时候，还记得秦愈惆怅的神情。走到医院门口，看到许易风一个人坐在医院门口的椅子上，他抬着头看着远处的群山，不知道是在遥想远方的父亲还是分析秦愈的话。

他看到齐梦涵出来，上前打招呼，他想和齐梦涵谈一谈，所谓当局者迷旁观者清，他想听听齐梦涵的建议。

两人离开医院，来到西街古巷的百合居旁边的茶馆坐下。齐梦涵要了杯龙井，易风要了杯可乐，齐梦涵不语，她明白自己今天应该是一个听众而不是一个发言者。

易风开口道：“齐梦涵，我想秦愈已经告诉你了吧，我要到国外找父亲的事情。”

“说了！”齐梦涵喝了口茶，点点头。

易风继续问：“那你认为我应该离开吗？”

齐梦涵想到离开时候秦愈的神情，很想告诉他留下陪着秦愈，可想到秦愈的目的，易风的路毕竟很长，如果一直让他这样陪着秦愈，亲眼看着自己心爱的人离开，这将为他以后的生活留下更大阴影，所以齐梦涵咬咬牙回答：“既然秦愈要求你去做，她一定有她的原因，你愿意违背她的意思吗？况且离开还可以通信，让她一个人在南城养病可能会好点，她还有母亲陪着她，你就放心地去做自己认为对的事情。”

易风听完梦涵的话，看着远处的风景，茫茫人海，像潮水一样在宽阔的街道上流淌着，他明白父亲做的事情对这个正在发展中的南城意味着什么，最后他决定去找自己的父亲。

"来，我敬你杯茶，希望能找到你的父亲，你要离开了，我们这些朋友们有时间好好聚聚，不过你放心，不会是你一个人离开的。"

易风好奇地问："不会是我一个人离开？那谁还要离开？"

齐梦涵苦笑着说："还有我，我也准备和父亲离开南城，父亲准备从南城撤走投资，希望你能保守这个秘密，这是商业机密。"

易风明白，齐家对南城的投资是巨大的，一旦撤走那意味着南城的经济在短期内无法恢复。易风叹了口气说："这都是我父亲造成的，是他引进了许多投资，今天也是因为他使很多投资商失去了对南城的信心，招商局的信誉扫地。"

"你不用自责，尽快把你父亲找回来，这不是你的错，上一代人的事情我希望不影响我们的友谊。"

易风听了心中不是滋味，这当然不会影响和齐梦涵的友谊，可毕竟是一个阴影，自己和秦愈的恋人关系，秦愈的母亲却是齐合，秦愈不会有什么想法，不知道齐合将怎么看待自己。

这时候，紫兰走了进来，在一边坐下，对齐梦涵说："今天希音来找你，她说好久没见了，今天晚上她在西街古巷请你吃小吃。"

"希音找我聊天，你说她要谈的是什么？"齐梦涵是个聪明的女孩，当然知道他和希音情同兄妹，可无事不登三宝殿，一定为古彦清的事情而来，这样问，想看看易风这些事外人的反应。

易风是直爽的人，回答道："可能为古彦清的事情吧。"

"怎么这样说呢，我并不喜欢古彦清。"说着笑了笑，她不是会掩饰自己说谎的人。

易风一看她神情就知道她说假话。叹了口气，留下句话："我们什么人都可以骗，或许包括自己。"说着对着齐梦涵笑了笑，齐梦涵会意，心照不宣。

傍晚时分，按照约定，齐梦涵来到一家安静的冷饮店，小店布置得很高雅，西式的桌椅，塑料做的“枝条”爬满了小店的屋顶。每张桌子都摆着清香的兰花，小店里播放着温柔的背景音乐。

齐梦涵环顾四周的环境，一个服务员上来说：“你的朋友在那里等着你呢，请就座。”说着指了指小店的一个隐蔽角落。齐梦涵看去，有一个女孩坐在椅子上，她并不是那个熟悉的希音。原来希音打扮成了女孩模样，齐梦涵一下子没有认出来，希音抬起头来，笑着向齐梦涵招招手，齐梦涵眼睛一亮，果然是希音，她身穿白色的上衣，下拖紫色的长裙，头发像瀑布一样散在肩膀上，在灯光下黑而发亮。

齐梦涵在希音的对面坐下，看到希音面前放着半杯柠檬汁，显然已经等待了很久，服务员上来为齐梦涵上了杯橙汁。

齐梦涵说：“希音，多日不见，竟然一下子认不出你来了，终于看到你女孩子的样子，我等这天可等了好久啊。”

希音虽然是女孩子的打扮，可是骨子里的性格依然是男孩子，一下子怎么能改过来呢？“这身打扮专门为你穿的。”

齐梦涵听说专门为自己穿的，一下子蒙住了。希音看着她迷惑的神情，边吸柠檬汁边说：“这里灯光不好，别人把我这个假小子当作真男子，那对你这位大美女就不妙了。”

齐梦涵听后哈哈大笑，想不到希音这样细心，她把话引入正题说：“希音这次找我是不是想和我谈心啊？”

希音性格直爽，听齐梦涵这样问，也不避讳，直接说：“为古彦清而来，我希望你能接受古彦清。”齐梦涵听了大惊，这句话应该古彦清来讲而不是希音，一个男孩子请他的好朋友向自己喜欢的人表达爱意，说来也可笑。

希音看齐梦涵神色，知道齐梦涵误会自己的话了，她接着说道：“这个不关古彦清的事情，我是以姐姐的身份和你谈这个事情，近来古彦清很消沉，原因你是很清楚的，父母离婚，父亲坐牢，因为他父亲给你们齐家造成了巨大的损失，他已经不知道如何面对你，所以我希望你能接受古彦清。”

齐梦涵终于明白了希音的话，她面带微笑地说：“这是大人们的事情，和我们的友谊没有关系，告诉古彦清这件事情不用顾虑。”

“我真希望你俩能在一起。”希音喝了口柠檬汁说道。这是她的心里话，她和古彦清从小到大的深厚情谊本可以转化为爱情，她对古彦清怀有爱意，自她知道自己是古彦清的姐姐之后，这种感情并没有削减，反而变得更加的浓重，在男女的爱情基础上加上亲情，这份感情能超越爱情而存在。

齐梦涵没有思想准备，被希音这样一说，一下子不知所措，语句混乱地回答：“我觉得你和古彦清一起长大，深情厚谊，我还希望你们能在一起。”

希音苦笑道：“我是他姐姐。”

齐梦涵不再说什么，她的概念里和希音话中的姐姐差距太大，如果希音把母亲西琳的事情仔细和齐梦涵讲讲，或许齐梦涵会明白希音话中姐姐的真正含意。齐梦涵做梦也不会联想到希音是古彦清同父异母的姐姐，所以她一直认为由于希音和古彦清从小一起长大，青梅竹马，希音把古彦清当作弟弟。

两人不再谈古彦清，而是把话题转到易风和秦愈，齐梦涵说：“今天，易风和我说他要到国外找父亲，让父亲回来自首，明天下午有个告别的宴会，你和古彦清不要忘记来送别。”

希音皱了下眉头，这对秦愈来说是多么不公平的决定，她的生命危在旦夕，心爱人的人又将离开，同时面对分离的痛苦，希音说：“这对秦愈很不公平。”

“可这是秦愈做出的决定，并非易风自己的选择。”

希音顿时醒悟，正因为秦愈的生命危在旦夕，才要易风离开，爱到深处，哪里还有自我，一个人的善良和爱情加在一起，变得异常的不能理解和伟大。易风当然也能想到这点，自己留下让所爱的人心痛，还不如离开，用思念代替这种痛苦。这一举两得，同时寻找到父亲。

希音回答说：“好，明天一定到。”说着看了看表，看时间不早了，该是离开回家的时间了。

希音离开小店后，齐梦涵和紫兰又叫些冷饮，两个人谈了起来。

紫兰试着问：“梦涵，你依然准备离开吗？”

齐梦涵点点头，斩钉截铁地说：“我本来犹豫不决，现在决定必须走。”

“为什么是必须?”紫兰不明白齐梦涵为什么会做这样的决定，难道是因为古彦清对她没有感情?

齐梦涵感到希音比自己更爱古彦清，况且他们从小一起长大，有一份深厚的感情，池女的故事也影响着齐梦涵，所以才会决定离开，她把今天希音的谈话告诉紫兰，紫兰也觉得希音的感情很深沉，可作为一个商人，紫兰很反对齐梦涵的感情用事，可是她知道反对是没有用的，齐梦涵一旦决定，没有人能改变她的想法。

齐梦涵看着窗外的行人，突然感觉这个城市很陌生，离开也近在眼前，难道正如家谱上记载，齐家本来是流亡者，一个被诅咒的“流亡者”，花魂花种是时候送回给花族了。

第 12 章　祸不单行

希音离开齐梦涵，一路上，城市两边的街道灯火辉煌，过往的车辆川流不息，随着物质生活的提高，人们开始关注精神生活，夜市也随之热闹起来，四处灯红酒绿，逛夜市的人络绎不绝，比白天还热闹，希音被淹没在人群里。

希音突然想到古彦清，暗想是否应该去找一找古彦清，此时的古彦清正是需要安慰。不知不觉中，她来到了古彦清家门口，她敲敲古彦清家的门，前来开门的是古彦清的奶奶，看到希音，高兴地说："希音，赶快进来，外面风大。"

古彦清的奶奶把希音带到家里，家里就剩下古彦清和奶奶两个人，希音在沙发坐下，古彦清的奶奶为她倒了杯茶水说："你来得正好，这几天古彦清都把自己锁在房里，不找人谈话，也不到外面走走。"

希音点点头说："我会和他好好说说。"

"你是他的好朋友，彦清会听你的。想不到家里发生了这么多的事情，本来彦清父母离婚对这个孩子的打击就很大，现在父亲坐牢，他一下子接受不了。"

希音自知道古彦清的父亲是她亲生父亲后，对父亲坐牢，也很难过，不过想到父亲抛弃母亲的事情，对父亲的鄙视占据了上风。

希音问："那萧阿姨呢？"

说到古彦清的母亲萧函，古彦清的奶奶心中一沉，想到陈年旧事，最大的受害者应该是萧函。古彦清奶奶没有回答，因为萧函已经好久没有回家了，她叹了句说："这真是二十多年前造下的孽啊！"

希音惊讶地看着古彦清的奶奶，其中必然有伤感的故事。事情要从古博家说起，古家虽然有种花的绝技，不过没能把这种技艺发扬光大。到古彦清爷爷这代，古彦清的爷爷是个有志向的人，做生意的过程中认识了萧函的父亲，古彦清的爷爷想借助萧家的经济实力发展古家的产业，萧家希望得到古家的种花技艺。两人都有所求，而古家与萧家都只有一个子女，在两个家长的主持下，萧家和古家达成了经济上联姻，所以当年古博离开西琳的原因是嫌贫爱富，而萧函家为的是古博家的种花技艺，萧函嫁给古博后，两个都明白其中的原因，感情不是很好，但一直以礼相待，相安无事。几年前，萧函的双亲逝世，萧家全部产业都由古博经营。古博和萧函的离婚是多少年积聚下来的沉默爆发出来的。这场错误的婚姻造成的伤害一直影响到今天，这是古彦清的爷爷奶奶做梦也没想到的。

古彦清的奶奶走到古彦清的门前，敲门喊道："古彦清，希音来找你了。"房间里应了声，一会儿，古彦清满脸疲惫地从房间里走出来，无精打采地倒在沙发上。古彦清奶奶看古彦清出房间，今天下午古彦清就没有吃东西，她转向厨房，为大家准备晚餐，

希音看着古彦清说："我今天来是告诉你一件事情，易风准备离开南城，到国外找他的父亲，明天下午在西街古巷大家聚一聚，作道别的聚餐。"

古彦清露出惊讶的眼神，然后点点头说："我明天一定到。秦愈现在还好吧，她可能不知道秦也入狱的消息吧。"

希音默不出声，为了秦愈的病，很多事情都隐瞒了下来。

"天色不早了，那我走了。"希音说着站起来。古彦清把她送出家门，古彦清的奶奶从家里追出来，原来她为两个人准备了晚餐，希音刚和齐梦涵吃过晚饭，她怕回去晚了母亲担心，执意要离开。

古彦清奶奶要古彦清送希音一程，希音也不推辞，两个人在夜色下并排走在人行道上，俨然一对情侣，路人投来羡慕的目光。

"你有什么打算？"希音问。

"想安静安静，考虑怎么面对这些问题。"

"老子说祸兮福之所倚，福兮祸之所伏，经历了这么多的事情，我们也变得渐渐的成熟。我希望你振作起来，不要对生活失去了希望。"

古彦清默不作声，他把希音送到家门口，在希音家的窗口，西琳正焦急地等待着希音回来。西琳见古彦清送希音回来，面无表情。

最后只剩下古彦清一个人孤单地往回走，他没有直接回家，而是朝南城中央广场走去，在中央广场上，音乐喷泉喷着水，喷泉边聚集着许多的人，很多是孩子，在大人的带领下，快乐地玩着喷泉外的水。

古彦清吸了口气看着广场，月光照在南城的上空，被城市七彩的光线遮挡了她的轻柔，而天空也仅仅零星地点缀着几个星星，显得孤单寂寞，古彦清想到和齐梦涵在花镇看到的银河和月亮，开始怀念那段愉快的旅行。

这时，一个孩子拿着相机跑到古彦清面前说："哥哥，能帮帮忙吗？给我爸爸妈妈和我照一张相片。"

古彦清抬头一看，孩子的身边站着一对夫妻，他呆了下，多么像自己的童年啊，那时候自己还小，就由父母亲带着来这里散步。

小女孩又问："哥哥，能帮忙吗？"

古彦清微笑着接过相机，在喷泉边选了一个最好的背景，为一家三口拍下幸福中的照片。拍完，把相机递给孩子，小女孩接过道了谢。问古彦清是否可以和他同拍一张，和陌生人照相这是第一次，古彦清看着可爱的孩子，不忍心拒绝她。

拍照完毕，古彦清看着一家三口离开的背影，渐渐消失在夜幕之中，古彦清想到了母亲。小时候，如果回家晚了，母亲就是在阳台等待，看到母亲焦急的神情，做好挨骂的准备。可长大之后，独立了，回家迟了，母亲也仅仅是问问，不知不觉中，对母亲的依赖淡了许多。

自从花镇回来之后，母亲就很少在家里，整天在外面忙，好久没见到母亲，不知道她现在正做什么。他一个人缓缓地往回走，心事重重，走过拥挤的街道，似乎是一个被城市遗忘的人。

回到家里，奶奶做的晚餐已经冷了，见到孙子回来，奶奶又拿进厨房热了热。母亲萧函正坐在沙发上看着电视，电视里播放着某个城市的洪涝灾害。只见洪水把城市淹没，很多人都无家可归，几个孩子站在洪水边上，眼睛中带着恐惧，军民们一刻也不敢停，正紧张地堵住决口大坝。这个季节正是雨季，很多城市或多或少都受到暴雨的影响，还好南城是西南的一个城市，地处高原，不用担心洪水，只不过南城地处喜马拉雅山地震带，周围的城市偶尔有地震发生。

为了和古彦清谈话，萧函把电视关了，问古彦清：“这些日子你要照顾好自己，我现在忙着为你父亲打官司。”

“你们不是已经离婚了吗?”

萧函没有直接回答，而是说：“我以前认识一些朋友，现在政府工作，希望能得到他们的帮助，让你的父亲少坐几年牢。”

古彦清打量着眼前的母亲，仿佛一下子苍老了许多，她的任务是管理好家庭，而现在一下子要面对这么多，让人心痛。

“老妈，那你打算怎么做?”

母亲笑了笑，露出异样的目光说：“在这个世界上，钱虽然不是万能的，但是钱是能通神的。”

古彦清心中一惊，难道母亲也要行贿，听她的话似乎就是这个意思。

萧函继续说：“孩子，你知道我这几天花了多少钱。总有一天你是要面对社会的，今天我就把社会冷酷的一面告诉你。”

古彦清当然不能猜出母亲花了多少钱，只听母亲说：“请客吃饭，送礼，花了很多钱。”

古彦清眉头皱皱说：“按照司法程序办事情，不需要花这么多。这样有用吗?”

“当然程序是要走的，这仅仅是表面工作而已，实际工作在程序之后，其实这个社会上比你父亲行贿多的大有人在，只是你父亲成了替罪羊罢了。”

古彦清不懂得里面的潜规则，萧函解释说：“由于大量的外资进入市场，在体制不发展的今天，为了维护经济的正常运行，政府每过一段时间就要严惩贪污受贿，杀鸡儆猴的目的，而这次你父亲就成了这只‘鸡’。”

古彦清冷笑了声，所谓的潜规则原来如此，总有一天，他发誓要改变这一局面。奶奶此时已经把热好的晚餐端上来，古彦清饿了一下午，闷闷不乐地吃起来，他对这个社会很失望，可对父亲减刑的事情抱了更大的失望。吃完晚饭，古彦清很早躺下睡觉，他已经感觉对生活疲倦。

第二天早上，古彦清一大早离开家，自从花镇回来后，发生了很多事情，所以很多人一直没有拜访，尤其是生病中的秦愈。在秦愈住的医院里，聚集了很多朋友，齐梦涵、希音、许易风，大家都到齐了。大家似乎都满腹心事，气氛不是很热烈。

大家看到古彦清到来，许易风上前拍拍他的肩膀，似乎是鼓励，也有点同病相怜的感觉，一样的遭遇。古彦清也拍了拍对方的肩膀，没有说话。古彦清回过头来看了看齐梦涵，齐梦涵笑了笑，也没说什么。

希音看这样的气氛说："易风兄，今天我们打算到什么地方聚一聚呢，你好久没回来，今天就狠狠地宰宰你。"

"我们到外面走走吧，似乎好久没有在一起了。"齐梦涵说。

齐梦涵和希音扶着秦愈走出医院，清晨的阳光很明媚，晒在身上暖洋洋的，给人一种慵懒的感觉，五人朝云灵寺走去。在云灵寺的门口集聚着一群人，人群中有个闲聊者，正讲述着古博行贿案件。

只听下面的听众问闲聊者，古博等人被抓和许岩的外逃，结果会怎么样？闲聊者开始绘声绘色地说道："古博被抓，秦也也难逃干系，一起和古博进了监狱。"

秦愈听到此处，脸色大变，她并不知道这个消息，齐梦涵和希音忙扶住她，把她扶到远离闲聊者道路边的石椅上坐下。

闲聊者继续说道："秦也为了报答古博的知遇之恩，准备把所有的罪名扛下来，自己独自去坐牢，古博答应秦也，为他照顾生病的女儿秦愈，此时的秦愈已经病入膏肓，无药可救，在痛苦中死去，秦愈的恋人许易风最终受不了这样的打击，终日郁郁不振。古博经过这些事情，决定退隐商界，把公司交给儿子古彦清，古彦清是一个公子哥，不出几年古家实业必然瓦解。据说，古博的这个儿子，还同时喜欢上了齐家和沈家的两个女儿，而且两个女的对他垂青，他也是一情种啊。而齐家最终因为这次损失巨大，只好退出南城，从今以后，南城的花卉生意，非沈家莫属。而揭发这起经济案件的也是沈家带头的，早有预谋，这起经济案件最大受益者将是沈家，最大受害者是齐家。"

古彦清和许易风实在听不下去，离开人群，秦愈休息了会儿，有所好转，她慢慢接受父亲被捕这个事实。古彦清和易风看秦愈没有事情，也不提闲聊者的事情，如果把闲聊者的话让希音听到，希音哪能受得了，非得和说书人大动干戈不可，想到这点，易风和古彦清都不回答齐梦涵和希音的问话，五个人径自朝神殿走去。

云灵寺大殿依然集聚了许多拜佛的人，三个女孩走在前面，古彦清和易风跟在后面，走到花魂神像前，三个女孩屈膝便拜，祈求友谊常在，幸福的时光永恒。尽管心有所求，每个人都心知肚明，未来并没那么美好。

五人拜完花魂雕像后步出大殿，在大殿后是爱心协会正开展着活动，希音参加过活动，马上热心起来，这次活动的主题是“抗灾抗震”，抗灾主要是长江和黄河流域因为近期暴雨不断，洪水泛滥，数百万人无家可归，希音看到此情景，叹了口气，在这个和平的时代，大家都应该过着幸福的生活，可天灾人祸不断，大自然惩罚着人类，似乎故意给人类一个体现彼此关怀的爱的舞台。古彦清站在一幅巨大的地震灾害图前面，南城位于西南边陲，地震灾害很频繁，近期轻微的地震不断，其中一起六级地震发生在离南城一百公里外的地方，一个小城市的房屋倒塌，数百人在地震中丧生，数万人无家可归，政府正积极开展着抗震救灾工作。

大家掏出身上所有的钱，为受灾地区捐上一份心意。五人离开爱心协会的时候，忧心忡忡，自身的不幸，再想到众多人的不幸，人往往把自己的不幸和别人的不幸联系起来，扩大伤痛的程度。可大家很快忘记这些事情，因为深知在一起的时间不多，所以这段时光倍感珍惜。

傍晚时分，五人进了西街古巷的一家火锅店，秦愈和易风一起坐在上席，古彦清、齐梦涵和希音各坐一边，古彦清和齐梦涵相对而坐。齐梦涵看着滚红的火锅汤，皱了皱眉，她在国外，很少接触辣椒，而今天看到火锅上面漂满了辣椒，滚烫的汤也因为辣椒粉而倍感火红。这表情被古彦清捕捉到了。古彦清大笑说：“梦涵，别皱眉了，这可是南城正宗的火锅，堪称南城一绝，今天就尝尝。”

希音也附和着说：“彦清说得没错，这真是南城正宗的火锅，南城一绝。”

听古彦清和希音这么一说，齐梦涵哪里管得了辣不辣，她把肉和菜全倒在锅里。当第一口吃下，齐梦涵头上开始冒汗，脸变得绯红，古彦清忙给她到了杯水。

秦愈身体孱弱，好奇心也没有齐梦涵那样的强烈，易风也特意为她准备了不是麻辣味的三鲜汤。易风作为东道主，他在杯中倒满了啤酒，站起身来说："这些日子，因为有你们这样的朋友而倍感高兴，虽然在一起的日子不多，但大家都志趣相投，我很快将离开南城，现在敬大家一杯。"然后看了看秦愈，又说，"以后希望大家多多照顾秦愈。"

大家站起身来，举起手中的酒杯，杯子的相聚，离别的开始，易风又向每个人敬了杯，全是祝福的话语，热闹的气氛中，带着离别的感伤。

最感伤的应该是秦愈，虽然始终带着微笑，但她一直抓着易风的手，只有易风站起来敬酒的时候她才松手，等易风坐下，她又接着抓着易风的手，似乎一个孩子怕心爱的玩具丢失。

"这可能是我们最后一次聚会，下次见面的时候恐怕在法庭上。"古彦清说。

齐梦涵想到前天希音在咖啡店里和自己说的话："纵然在法庭上，可那是大人们的事情，我们应该珍惜这份情谊。"她说完看了眼希音，又把视野转到古彦清那里，她希望古彦清不因为父亲的事情而给友情带来太大的压力。

易风不明白其中的原委，端着酒杯说："为了我们的友谊，大家干杯！"

"永远是好朋友！"

友谊天长地久，可离别就近在眼前。

吃过晚饭，天渐渐地暗下来，秦愈由易风送回医院，希音假借家中有事情，一出饭店就匆匆地走了，秦愈心中明白，希音是为了给齐梦涵、古彦清空间，所以她独自离开。

古彦清自然成为送齐梦涵回家的唯一候选人，两人走在西街古巷的大街上，都满腹心事，两人都不开口说话，似乎害怕打破这种平静。

齐梦涵突然停下脚步，她拾起掉落在道路上的一片银杏叶，枯黄的银杏叶让人产生很多的联想，人生一世，草木一秋，一片银杏叶从生长到死亡凋落地面的年华有多少呢？在这个过程中还要经受着风吹雨打，充满阳光的日子又有多少呢？

古彦清看齐梦涵出神，开口道："有个关于银杏叶的故事，故事讲了一片银杏叶看到落在地面上的叶子在风中自由地飞舞，他也盼望着获得自由，终于有一天他获得了自由，当他回首自己生命的历程时候，才发现自己已经脱离了那棵巨大的银杏树，感觉自己自由得很无助。”

齐梦涵站起身来说：“是啊，人就是这个样子，自己希望得到的未必是真想拥有的，或许这是自由的悲剧，想到易风和秦愈的离别，仿佛获得了自由，但是这种自由也未必是两人想得到的。”想到自己也要离开，离开心中这棵大树，自己又将如何去漂泊？

古彦清当然不明白齐梦涵的想法，两人又走过了一段距离，古彦清突然停下脚步看着远方，齐梦涵顺着古彦清的眼睛看去，原来是一对恋人相拥在银杏树下。古彦清的目光从远处收回来，他目不转睛地看着齐梦涵，眼睛里放射着异样的光芒，齐梦涵心中一阵颤动，忙低下头，她已经从古彦清的目光中看出了古彦清的意图。

为打破这种尴尬的境地，齐梦涵示意古彦清快走，古彦清哪里管这些，他一把抓住齐梦涵的手。齐梦涵也没有挣扎，在她的意识中，古彦清已经是第三次抓她的手，虽然前两次是在醉梦中，而这次在意识清醒的情况下，古彦清当然不明白其中的原因，两个人就这样走过热闹的大街，也不知道过了多长时间，等两个人意识到的时候，已经到西街古巷的花店了，如果路能再长点多么好啊，不，是永远也走不完多好。

此时天已经黑了，梦涵对古彦清说：“我已经到家了，你也早点回家吧，明天见。”古彦清点点头，眼睛却看着齐梦涵，齐梦涵抖动了下手，古彦清发现还没有松开对方的手，他赶快松手，齐梦涵的手已经握得发红了。

齐梦涵准备进入花店，古彦清突然喊住她，齐梦涵回过头来问：“你还有什么需要说的吗？”

古彦清摇摇头说：“没有了！”

“真的？那我进去了！”

古彦清咬咬牙说：“我喜欢你！”

齐梦涵微笑着看了他一眼，什么也没有说，转身很潇洒地进了花店。

这一切被站在花店门口的紫兰看在心底，齐梦涵进屋来，紫兰故意说：“我家的梦涵手被抓红了，来，把事情讲给姐姐听听，我帮你分析分析。”

齐梦涵知道紫兰看到刚才的那幕了，羞涩地说：“还笑话我，我都不知道该怎么做了，心里忐忑不安。”

“意思是你承认他是你男朋友了？”说着紫兰哈哈大笑。

齐梦涵皱皱眉，仔细斟酌起来，心中突然害怕起来，自己喜欢古彦清，可是快离开南城了，在她的意识里希音才是陪伴古彦清的最佳人选，又想到池女的故事，三个人的世界总是要一个人离开，想到这里心里坦然了点，庆幸自己没有感情用事答应古彦清任何事情。

紫兰叹了口气说：“你喜欢古彦清就留下，相信姐姐，爱情是自私的，你太善良了，想到希音，但是你想过古彦清和自己的感受吗？”

“希音会好好照顾他的，这点我相信。”

“古彦清喜欢的是你，不是希音，感情不是买卖，东西丢了可以买回来，可是人丢了就找不回来，你会后悔的。”

“如果我离开的话，古彦清一定会忘记我的，希音从小和他一起长大，在他痛苦和受伤的时候是她陪着他，他们从小的深情厚谊足以填充彼此的心。”齐梦涵没有告诉紫兰，在古彦清喝醉的时候，无意识拉着自己的手，可口中喊着的是希音。可见古彦清自己感觉不到什么，可是潜意识里，希音是多么的不可代替。准确点讲，这感情的斗争，是长久的友谊和爱情之间的抗争。古彦清和希音从小一起长大的深情厚谊，和无微不至的关怀，这种感情似乎超然于爱情而存在，彼此不相爱，但是心中彼此会怀念；而古彦清和齐梦涵的感情来自人最原始的本性，情爱的本性。

紫兰听齐梦涵这么说，明白一切无可挽回，事情似乎成了定局，她还想劝说，齐梦涵继续说道：“古彦清的父亲对齐家的商业造成这么大的伤害，我父亲会同意我和古彦清在一起吗？”

紫兰长叹，虽然这是事实，可她明白这不是齐梦涵的心里话，以齐梦涵做事的性格，如果决定了一件事情，谁又能阻挡呢，不过她给自己找了个冠冕堂皇的理由来说服自己，人有时候就是这样，总是给自己找个借口，欺骗自己，也仅仅是欺骗自己。

齐梦涵不再说什么，站在院子里发呆，庭院里巨大的古松在风中摆动着，发出呼呼的声音，仿佛在叹息，紫兰回到房间，从房间里拿了件衣服为齐梦涵披上，齐梦涵喃喃地说：“我应该怎么办呢？”

“你一定会后悔的，一定，你不明白什么是爱情。”

“或许吧，我或许真的会后悔，但是这也是无奈的选择，难道不是吗？”齐梦涵无奈地看着紫兰。

第 13 章　相顾无言

三天后的早晨，天空还是灰蒙蒙的，似乎什么事情都无法阻挡易风的离开，易风的母亲和朋友们集中在南城机场，易风一身行装，一切准备妥当，秦愈眼睛里布满了血丝，不知道是因为易风的离开哭了，还是昨天一夜没有合眼。

齐梦涵和希音面带笑容地和易风道别，古彦清上去拍着他的肩膀说："你到那边，要经常和我们联系，找到父亲以后尽快回来，我们还等着你呢。"说着看了看秦愈，易风会意地一笑。易风的母亲上前拍了拍儿子的肩膀，一切的托付昨夜已经说完，她强忍着离别前的伤感。

时不待人，易风独自走进机场，大家扶着秦愈，秦愈倒在希音的肩膀上小声地抽泣起来。易风走到门口的时候，又回头看了眼朋友，然后提着行李袋走了，不一会儿，飞机直插云霄。

"这个故事应该如何结尾呢？"古彦清自语道。

齐梦涵和希音扶着秦愈往回走，古彦清陪着易风的母亲苏婉。苏婉的眼睛里是坚毅的目光，她没有因为儿子的走而伤心泪下，这种心境源于对儿子的自信，她相信儿子能把丈夫找回来。她非常了解丈夫，况且这次的远行，并非易风一个人，南城政府为了平息这起恶劣的行贿事件，派了官方人员动之以情、晓之以理，动员易风把许岩找回来。只有许岩回来，这起案件才算真正地完结，挽回招商局的信誉。

易风的母亲苏婉也不是一般的女子，苏婉的父亲在战争年代立过功，战争结束后，苏婉的父亲回到南城做了市长。他父亲接近四十岁才娶妻，老年得女，苏婉成了掌上明珠，苏婉的父亲教育女儿并不在行，重担落到苏婉的母亲身上，苏婉母亲比苏婉父亲小十五岁，出自官宦之家，从小受外来文化的熏陶，又有到国外留学的经历，苏婉从小被灌输西方自由的思想，所以苏婉的思想比同时代的人开明而更崇尚自由。

许岩来自一个贫穷的人家，经过努力学习，许岩进入高中，并和苏婉相遇。苏婉在经济上救助过许岩，顶着家人的压力，两个人相爱了，后来社会大动荡，各种运动掀起，由于苏婉母亲出自大官僚的家庭，所以一家人受到连累，从高高的地位一下子成了阶下囚。苏婉母亲不堪忍受这样的侮辱，自杀而亡，从此苏婉和父亲相依为命，在苏婉一家落魄的时候，许岩没有遗弃苏婉，一直帮助和鼓励着苏婉。等运动结束，父亲得到平反，而苏婉和许岩成为患难之交，苏婉的父亲不再反对他们在一起。正因为这些，苏婉深知许岩并非无情的人，她深信儿子能把丈夫找回来。

古彦清陪着苏婉走在街道上，街道两旁的地摊不断地传出叫卖声，由于大家起得很早，所以都没来得及吃东西，而离别的情绪使人也没有胃口。南城这座城市还没有完全地苏醒，所以吃早点的人断断续续的，可锅里的开水已经翻滚，冒着白色的水雾，苏婉带着古彦清在一家小摊前坐下，摊主是位中年妇女，她身边站着她的小女儿，十三四岁的光景，她背着书包在一旁帮母亲洗着碗筷。

苏婉为古彦清和自己各要了碗汤圆，她看着摊主的女儿，联想到自己的儿子，苏婉有所感触地说："你孩子真听话懂事，这么早来帮你的忙。"

摊主笑着回答："她每天早上上课前都来帮我，减少了我很多工作。"女孩听到母亲夸奖她，羞涩地低下头。

苏婉点点头，贫困之家自有自己的幸福，而贫困和艰难成了展现幸福的一个舞台。摊主把目光转向古彦清对苏婉说："你孩子都这么大了，眉清目秀的！"

苏婉没有反驳，微微一笑说："是的，我的孩子。"然后看了看古彦清。

天渐渐明了，离上课的时间也近了，摊主的小女儿背起书包带上一个包子走了。苏婉突然想到什么似的说："秦愈是你好朋友，她还有多少时间？"

古彦清一下子被问得不知道如何回答，苏婉知道易风对秦愈情有独钟，可是这次她却说动易风找自己父亲，苏婉今天看到秦愈，秦愈气息微弱，仿佛是一只易碎的花瓶，害怕一不小心就摔碎了。

古彦清感伤地回答："不到一年！"

苏婉听了古彦清的话，终于明白秦愈的心境。从另一层意义上讲，秦愈希望易风避开这个死亡的时期，远行让易风忘记失去爱人的痛苦，等易风再次回到南城的时候，世间将减少一个吹笛的少女，而多了一座新墓，这个故事如果这样结局，那么倒也凄美。

苏婉继续问："她是秦也的孩子，这次秦也入狱，她也是受害者，应该好好照顾她。"

"我们都是受害者。"

"你知道了吧，后天法院审理这起案件。"

古彦清大惊，自己还被蒙在鼓里，这些天母亲萧函频繁到政府部门找亲人朋友，原来父亲的案件很快就要审理了，古彦清问："会是什么样的结果呢？"

苏婉叹了口气说："这起案件行贿金额巨大，引起了巨大的社会反响，法院一定会从严处理。"

"今天我们坐在这里，到时候我们将在法院上见。"古彦清伤感地说。

"这不是你的错，孩子，不要想太多。"苏婉安慰道。

两天后，天空下着雨，古彦清和母亲一起来到南城法院，法院门口已经停满了汽车，人们络绎不绝地来到法院大厅，今天正是古彦清父亲等人的审判日，这起案件影响之巨大，引起了社会各方面人士的关注，众多的记者集聚在法院大厅，大厅里却宁静而严肃，法官们坐在法庭的正中央，台下坐满了人群，大家都等待着审判的开始。

在法院观众席的角落，古彦清看到齐梦涵和齐百坐在一起，齐百作为受害者的身份出现，齐梦涵看到古彦清正看着她，忙闪避他的眼神。古彦清在另一个角落看到了希音，希音和母亲作为证人的身份出现在法庭上，希音看到古彦清，温和地笑了，似乎在安慰古彦清。

不一会儿，有关这起案件的一干人等都到了法庭上。古博出现在古彦清眼前的时候，古彦清突然感觉父亲老了许多。古博抬起头来，窥视了一眼人群，眼睛里流露着悔恨。在古彦清的眼中，父亲一直是引以为傲的榜样，可万万没有想到，多日的不见面，第一次见面竟然在这种场合。

秦也也出现在大家的视野里，让人吃惊的是秦也并不是以一个罪犯的身份出现，而是以证人的身份出现，着实令人震惊。作为古博的得力助手，他最后“背叛”了古博，大有大义灭亲的气概。

萧函看到秦也是证人，脸色大变，她心知肚明，这些年来古博的一举一动秦也了若指掌，他作为证人，那么自己的一切努力都将付诸东流，事情复杂到了超出了大家想象的地步。全部人到齐，法院正式开始审判。在审判中，古彦清了解了事情的原委，古博和许岩的交易本来做得天衣无缝，社会上的人也认为古博实业有能力接受齐家的投资，这一结果倒也名正言顺，可吐露实情的不是别人，正是古博的得力助手秦也。秦也本不想自己出面，而把资料提供给西琳，没想到事情超出了预期，给社会造成了巨大的影响，秦也不得不牵涉其中，许岩在案发前嗅到风吹草动，所以卷走巨款逃到了国外。

漫长的审判结束，古博等一干人得到应有的惩罚，判处有期徒刑十年，这十年的时间足够他去思考。至于许岩，由于没有捉拿归案，所以案件还没有到此结束。案件告一个段落，可是还剩下几个谜团让人百思不得其解，第一个谜团，秦也一直是忠心耿耿的人，为什么这次会“出卖”古博呢，两个人之间到底发生了什么事情？其二，这件行贿案件如此的天衣无缝，许岩是怎么先知道事情会败落仓皇而逃，谁把消息告诉了他？这些谜团都在案件之外，引人深思。

大家步出法庭，记者们围住齐百，齐百一言不发，带着沉郁的心情离开了法庭。人群渐渐散去，萧函似乎受到了巨大的重创，雨中失魂地上了车，古彦清没有随着母亲一起走，他站在法院的门口，不知道何去何从。

“你还好吧！”一个熟悉的声音从他的背后传来，原来是希音，希音也没有随着西琳一起走，她看到古彦清一个人无助地流落在人群中，上前来安慰他，她了解古彦清，知道古彦清一直处于痛苦之中，这也不是痛苦的结束，而是一个新的痛苦的开始。

“我们一起走吧！”希音为古彦清撑起了伞，古彦清茫然地随着希音一起走在大街上，偶尔汽车经过他们的身边，溅起水来，希音忙把古彦清拉到一边。古彦清看着希音，他心中对这从小一起长大的女孩充满了感激之情，这种感情如此的深厚。彼此已经不知道有没有爱情的成分在里面。可惜希音答应母亲西琳不把真相告诉任何人，包括古彦清，不然他们这种感情演变成亲情倒也恰如其分。

希音打着伞，两个人走在阴雨的世界中，道路两边的梧桐被雨打得哗哗作响，枯黄的叶片落满一地。仿佛向大地诉说着哀愁。

“这些日子谢谢你！”古彦清说。这句是心里话，童年的时候两人一起长大，那些时光，虽然很多时间在吵架，但回忆起来，心中却充满了温暖，在古彦清家庭发生“战争”的时候，陪伴在古彦清身边的是希音。今天，自己在痛苦中挣扎，在古彦清身边的依然是希音，“谢谢你”这三个字，虽然平常，但是最贴切不过。

希音温和地说：“我们是好朋友，不必说这些。”

古彦清寒冷的心感觉并不是太寒冷，他再一次看身边的希音，突然之间他发现这“小伙伴”似乎一下子变大了，一改以往男孩的打扮，深黑的眼睛，齐肩的长发，以及少女本身拥有的完美身材展现在古彦清眼里，古彦清心中一诧：“虽然我们一起长大，今天，我才发现你真的长大了。”

希音听古彦清这么说，脸顿时发红，毕竟她是少女，古彦清此时充满矛盾，他和希音的感情似乎没有爱情的因素，但是这种感情又非同友情，如果古彦清有个安静的环境的话，他会认真考虑这些，可是家庭的破碎，已经让他无暇顾及这么多。

希音问：“今后有什么打算？”

古彦清看着天空，远方的天空还是一片黑暗，在这起事件之后，古博实业面临着破产，公司已经是树倒猢狲散，公司的工作人员走的走，散的散，自己的双肩是否能担当重任，不，是一个伟大的理想，关于幸福的理想，花重锦城的理想。

傍晚时分，雨已经停了，希音和古彦清一路聊着，把古彦清送到家中。古彦清的奶奶站在门口，焦急地等待着古彦清，看见古彦清和希音一起回来，终于松了口气，古彦清奶奶说：“怪不得这么迟回家呢，原来有希音陪着呢，快进家，吃晚饭。”

希音也不推辞，跟在奶奶后面走进古彦清的家。古彦清的奶奶笑着说："彦清，今天家里来了一个特别的客人，你的朋友。"

"特别的客人，我朋友！"古彦清思索着，在脑海里寻着这个客人是谁。难道是齐梦涵，似乎不大可能。想着，一个熟悉的身影从房里走来，古彦清眼睛突然一亮，真是一个特别的客人。

来人一身少数民族打扮，正是花镇小茶。小茶满面的风尘，看到古彦清进来，高兴地上前握手说："好不容易按照你给的地址找到你家，真为难我这乡巴佬啊！"

"真难为小茶哥了！"古彦清淡淡一笑，看到桌面上已经摆满了饭菜，母亲萧函没有出现在大家的面前，或许她需要安静安静，或者忙于处理古博实业的事情，现在古博的公司群龙无首，这繁重的工作和任务全部压在萧函这位不问时事的家庭妇女身上，也确实无奈。

小茶刚到古彦清家，免不了有些拘束。古彦清的奶奶把大家安排坐定，古彦清给小茶和希音彼此引见。小茶很惊诧，前次和古彦清一起到花镇的是齐梦涵，而现在在眼前的却是希音，另一个特别的女孩。小茶本想向古彦清问一问齐梦涵，可觉得不合适，所以也只有作罢。希音听说小茶来自花镇很高兴，前次古彦清的花镇之行是一次神秘的旅行，可惜由于母亲的原因，没有实现到花镇的愿望，这次见到一个来自花镇的人，强烈的好奇心促使她追问花镇的民俗和神秘的故事，小茶是个热心肠的男子，当然满足希音的这些好奇心。

当谈到小茶这次来南城的目的时，小茶感慨地说，前次古彦清和齐梦涵离开花镇后，花镇又开始流传起花魂种子的传说，关于古、齐两家的故事，引发的花镇人的普遍争论，以花镇长老带头的一方依然坚持地认为，两家是花镇的流亡者，没有寻回花魂的种子，将永远受到诅咒，无法获得幸福，这是一个古老的传说。而以镇长为首的年轻一代认为，这些所谓的"流亡者"其实是花镇的先驱，他们是一群真正的开拓者，如果花镇人要寻到幸福，就应该像他们一样走出去。就这样，两派人开始争吵，谁也没有办法说服谁，而镇长是一位务实的人，在进行着舆论说服的同时，一边派小茶来南城找古彦清，希望得到古彦清的帮忙，挖掘花镇古老的种花技艺，开拓花镇的种植市场。

古彦清的奶奶听说小茶是为此而来，非常的兴奋，她兴奋的不是这个不可多得的商机，而是作为花镇的一个子孙，终于看到花镇人勇敢地走了出来，不再闭目塞听，开始勇敢地面对这个广阔的世界，这是多么难得的事情。

由于小茶刚刚到达南城，古彦清没有和他谈具体的事情，而是询问起花镇某些人的情况，尤其是景慧，古彦清偶尔会想起景慧，想到自己的遭遇和景慧的遭遇，虽然自己父母离婚，父亲进了监狱，可是两个亲人依然健康地活着，而景慧呢，这么小就失去了父母，想到这些，他对这个世界又开始充满了希望。

说到扎依的时候，小茶高兴地对大家说，扎依找到梦中人，很快就会结婚，这次小茶来到这里，另一个目的就是受妹妹扎依所托，希望古彦清和齐梦涵能出席扎依的婚礼。多日的相处，扎依对齐梦涵和古彦清产生了深厚的友情。古彦清听说扎依很快就要出嫁了，微笑着问："扎依还没有到出嫁的年龄吧。"

小茶说："这是花镇的民族风俗，政府并不对出嫁年龄加以限制，本来扎依早在我前面找到了恋人，可惜我们有风俗，妹妹必须在哥哥娶了以后再嫁。"

希音哈哈大笑说："这个风俗很好，这样家里不会因此而减少了劳动力。可是有个问题，如果哥哥一直不娶，难道妹妹一直不嫁了吗？"

小茶也哈哈大笑说："风俗是死的，人是活的啊！可以换婚。"

"换婚？"古彦清和希音异口同声地问。

这时候，古彦清的奶奶站起来给每个人碗中添饭说："你们不要只顾说话，赶快吃饭啊。"说完又给每个人的碗中夹了菜。

小茶回答："所谓的换婚就是把彼此的妹妹调换。"

"如何调换，真不懂。"

"打个比方说，我喜欢上了古彦清的妹妹，但是古彦清一直没有娶妻子，那么这时候，我把自己的妹妹嫁给他，古彦清把自己的妹妹嫁给我，这就是换婚。"

希音说："这多么的不公平，如果古彦清不喜欢你妹妹，这件事情怎么办？"

"很简单，给古彦清在村中介绍没有出嫁的人，直到找到他喜欢的人，然后把这人认作干妹妹，嫁过来。”

大家听了恍然大悟，的确是一个不错的风俗。

等吃完饭，希音虽然想听更多花镇的故事，可惜天色暗下来，快天黑了，她怕母亲担心自己，只好起身回家了。

为了满足希音的好奇，古彦清把夜语老人的《花镇印记》借给希音，希音一看是本奇特的书，带着书高兴地走了。古彦清把她送到门口，看着希音的身影消失在朦胧的夜色里，在他的心中又升起一种感动，这种感动使他的内心充满了前所未有的温暖。

小茶上来拍了拍他的肩膀说：“她真是个温和的女孩。”

“她和齐梦涵比较下，谁更好呢?”

小茶思考了会儿回答：“她们不是一种类型的女孩，没有办法比较，如果做女朋友的话当然是齐梦涵好，漂亮而丽智；如果要做妻子的话，希音比较好，温和而善良。”

“你怎么看出来的?”

“不是看出来，而是感觉出来的。”说着又拍了拍古彦清的肩膀。

第二天早晨，天空暂时放晴，应小茶的要求，古彦清带着小茶来到齐梦涵的花店。齐梦涵刚起床，看到小茶到来，很吃惊，寒暄了一番。引紫兰来见面，紫兰因为齐梦涵在花镇之行的讲述中多次提到小茶，像看奇异人一般，带着好奇的眼神看小茶，仿佛神秘花镇出来的人也很神秘。

小茶非常有心，从家乡特意带来了花丝带送给紫兰。这种花丝带采用了古老的编织技术，丝带有五米左右长、一厘米宽，丝带上绣满了花纹，它在花镇用来做女孩子的腰带用。紫兰得到礼物，如获珍宝，连声道谢。

因为花店里买花的人络绎不绝，古彦清、齐梦涵和小茶三个人转出花店，在花店前的石桌前坐下，紫兰给每个人上了杯菊花茶。

齐梦涵笑着说：“小茶这次来花镇，不是仅仅来看望我和古彦清的吧。”

小茶哈哈大笑说：“就是想两位了，所以特意来看望两位，不知道两位是否欢迎?”

齐梦涵故意说：“家有贤妻，还能想到朋友，不容易。”

“当然这次来，有两个目的，首先是花镇发展的问题；另一个就是祭拜景慧的父母亲；其三，扎依很快就结婚了，特意来请两位光临。”

齐梦涵对扎依记忆犹新，听说很快要结婚了，惊叹不已：“这么快就成家了，着实吃惊。似乎还没有到法定年龄。”

“这你就不知道了吧，没有到法定年龄，依然可以结婚啊，到法定年龄去领结婚证就可以了，一纸文书并不是很重要。”

这句话说到了古彦清的心头上，这个时代是离婚的时代，一纸文书有什么重要呢，重要的是承载在这张纸后面的感情和责任。一个追求爱情的时代，也是离婚率高涨的时代，的确让人捉摸不透。

小茶说着从口袋里掏出一张请帖递给齐梦涵。请帖带着淡淡紫罗兰的香味，从这股香味就可以知道，这位男子的家庭应该是种植紫罗兰的。

梦涵看完请帖，转进花店里，不一会儿，手中带着一件珍贵的礼物出来，一朵水晶制作的百合结，她把百合结递给小茶说：“我或许不能参加扎依的婚礼了，这百合结送给她作为结婚礼物，希望她百年好合。”

小茶收下礼物说：“这个也是意料之中的事情，可是扎依说这样重大的事情不通知两位，过意不去，等古彦清和你结婚的时候，她也会准备礼物送给两位。”

小茶的话说得很干脆，古彦清和齐梦涵被弄得非常尴尬。齐梦涵此时的心情像打翻了五味瓶，不知道是什么滋味，自己很快离开南城，她和古彦清的缘分也将随着她的离开而结束。她看了眼古彦清的眼睛，古彦清的眼里一片茫然，她心里非常的清楚，古彦清虽然喜欢和自己在一起，可是他还没有足够的力量来承担这份爱情，再加上希音，梦涵的大脑一片混乱。

小茶看两个人一下子像变了个人似的，很快岔开话题说：“梦涵，你的这家小店很热闹，我也希望能开一间你这样的小花店，然后平静地生活。”

“你大可以如此。”

古彦清说：“他不能，现在花镇人正需要走出来，正是需要小茶这样开拓者的时候，他怎么可以偏安一隅。”

小茶点点头说：“是的，花镇人必须找到自己的幸福之路。”

“这条幸福之路是什么呢?”齐梦涵问道。

幸福之路是什么？花镇一直称自己是花魂之子、幸福之神的后裔，他们心中的幸福是什么呢？古彦清从《花镇印记》里了解这段历史，数百年的时间里，花镇人在花镇里创造着自己的幸福，几乎与世隔绝，在那战乱的年代幸福是一种平安。今天，全社会变化了，花镇人幸福的概念也发生了变化，幸福是什么呢？幸福是生活得富足。想到那片黑色的土地和勤劳的花镇人，彼此帮助，晚上的聚会，温情脉脉的亲情，已经很幸福；如果有一天花镇人真的走了出来，花镇将失去这份单纯，人们的交往变得利益至上的时候，将打破这份平静的幸福。或许这个就是需要付出的幸福的代价。富足与开放是这历史的潮流，花镇人也不例外，巨大的社会趋势，人们已经没有时间去考虑这些问题。

“幸福之路就是花镇人更加的富裕，所以这次出来，我希望得到南城花商的支持，两位都是花族后裔，和我们交往的情分，希望得到你们的帮助。”

齐梦涵叹了口气，古彦清和小茶彼此相望，不明白齐梦涵为什么要叹气，原来齐梦涵知道父亲要离开南城，她想帮助也帮助不到，齐梦涵回答：“我父亲准备离开南城，所以我是爱莫能助了，不过有什么需要帮忙的，可以找紫兰。”

古彦清一听齐梦涵父亲要走，忙问道：“你也随着父亲一起离开南城吗？”

齐梦涵没有回答，而是看着四周的树木与过往的买花者。她又一次站起身来，为古彦清和小茶倒满茶。小茶看到古彦清和齐梦涵紧锁着眉头，感觉事情不对，对齐梦涵说：“我今天打算去祭祀景慧死去的父母亲，麻烦梦涵为我准备一束花。”

齐梦涵转进花店，不一会儿，手中捧着一束花出来了，小茶连忙道谢，齐梦涵说：“下次如果我不在花店，需要什么帮忙的，可以找紫兰，她做事很认真。”这句话不知道是说紫兰能干，还是暗示古彦清她会“不在”花店里，只有齐梦涵自己心里清楚。

小茶得了一束菊花，古彦清和小茶告别齐梦涵。齐梦涵以有事情作为托词，没有和两人一起祭拜景慧的父母亲。景慧的父母亲埋在医院后面的公墓里，这座公墓里埋葬的几乎都是在医院里死亡又回不到家乡的人，在古彦清的引领下，小茶带着花一路上山来。

小茶看着齐梦涵送的花说：“梦涵送的花和她人一样的漂亮，我本以为你会和她在一起，没想到现在她在逃避你。”

“逃避?”古彦清好奇地问，“我怎么没有感觉到。”

“你不懂女孩子，她就是逃避你，不是逃避，今天为什么没有来，不知道你们之间发生了什么事情，或许和昨晚一起吃饭的女孩子有关系。”

“你说希音，她一直是我的兄弟，这梦涵是知道的。”

“女孩子可不这么想。”说着咧嘴一笑。

古彦清不再说话，两个人一路上山来，路边落满了树叶，公墓两旁的坟墓由于很长时间没有人整理和打扫，长满了杂草，大大小小的坟墓使整个公墓富有节奏感，像死亡的音符，旋律里充满了忧伤的气息。不知道是为节约土地资源，还是特意的安排，景慧父母合葬在一起，小茶上去献上鲜花，祭拜说：“景慧已回花镇，你们在天之灵安息吧，我会把景慧抚养成人，你们在天之灵保佑景慧，每年我都会来看望你们，等景慧长大了，我会把他带来……”

小茶的悼词伤感不已，催人泪下，山风吹着两人，两人转过身去，面对的是南城，这繁荣的城市。

下山的时候古彦清说：“你今天经过的那条小巷叫西街古巷，有很多老房屋，你感觉到没有，它的建筑方式和花镇房屋建筑方式有很多相似的地方。”

小茶回忆了下，古铜色的瓦，以及进门时候看到门窗前面的图案，果然很多地方和花镇建筑有很多关系。

小茶问：“我们下一步到什么地方?”

“我们去看一位朋友，带你了解这座城市，至于花镇的事情，不是一两天能解决的，等我母亲处理好公司的事情后，我们再从长计议。”

古彦清所说这位朋友，正是秦愈，今天顺路，进去看看，自易风走后，古彦清一直忙碌家里的事情，没有来看看秦愈。带着小茶，古彦清来到秦愈的病房，看到秦愈面容憔悴地躺在病床上，身边陪伴着她是自己的母亲齐合，齐合看秦愈的朋友来看望秦愈，非常的高兴。虽然她知道古彦清是古博的孩子，可是这件事情和孩子无关，这些天陪伴着秦愈，秦愈总是提到这些朋友，所以齐合对易风、古彦清、希音这群孩子有了很深的了解，心中对这群孩子充满感激之情，秦愈没得到母爱，而父亲秦也一直忙着赚钱为秦愈治病，没有时间陪伴女儿，在女儿孤单无助的时候，正是这群好朋友一直支持着秦愈走到现在。

秦愈看古彦清还带了个民族衣装打扮的人，上身穿棕蓝色的短袖衣服，挂着银白色的装饰物，下穿宽松的大筒裤，脚踩千层底做的黑色布鞋。她不顾弱躯兴奋地说道："彦清，什么风把你吹来了，你身边这个是不是你的新朋友，打扮很有特点，是少数民族吧。"

古彦清给齐合问完好后，回答道："他是小茶，来自花镇，前次我们到花镇就住在他家里，今天他祭拜景慧的父母，正好经过这里，所以来看看你。"

小茶上前自我介绍后，秦愈高兴地笑着，很热情地请他吃桌子前的水果。

"你近来还好吧，是否有易风的消息？"古彦清关切地问道。秦愈点点头，齐合看古彦清和秦愈要谈感情方面的事情，觉得自己在这里不合适，借故说到外面透透气，离开了房间，小茶也说要看看外面的风景，跟着齐合一起出去了。

病房里，为秦愈和古彦清腾出了空间，秦愈从箱子里拿出一沓信纸，都是易风写来的。古彦清问："易风找到父亲没有，他什么时候回来？"

秦愈把一封信递给古彦清，古彦清展开一看，信里面记录了易风找父亲的过程，他说父亲虽然在南非，但非常的难找，南城政府也委托南非的驻华使馆帮助自己，依然没有音信，自己带的钱也快花光，他决定自己打工挣钱，直到把父亲找出来，把他带回来。

秦愈又把另外一封信给古彦清，信是易风的生活日记，上面写如何找父亲，以及对秦愈的思念。古彦清读完放下手中的信说："我想他会很快找到父亲的。"

"我也希望，我近来越来越多地感觉自己生命的时间不多，我对易风说，如果哪天我不再给他写信了，说明我已经离开了这个世界，要他忘记我，平静地面对这个世界。"

古彦清叹了口气说："这哪里是说忘记就忘记的。他会一辈子记得你的。”秦愈又把一封信给古彦清说：“不过我想他会忘记的，我也希望他别生活在我的阴影里，总会有人陪伴着他的。”

古彦清接过一看，易风在信里提到一个和他一起工作的女孩，是一个留学的大学生，也因为生活拮据所以打工完成学业，从信上来看并没有什么不妥，很正常的交往。

“你是不是多疑了，易风不会喜欢上其他女孩的。”

“我相信他，这是他认识的新朋友，在他困难时候在身边鼓励着他，支持着他，现在他心中只装着我，等我死去的那天，我希望易风能忘记我，爱上别人。”

这是一个非常矛盾的心理，一方面希望恋人永远记得自己，因为她心里爱着他，另一个方面又希望恋人忘记自己，也是因为她爱着他。

古彦清怕秦愈太伤感，岔开话题说：“听说齐家要把资金撤走，不知道是什么时候离开。”

秦愈笑了笑，她清楚，古彦清哪里管齐家把资金撤走，主要是打听齐梦涵是否能留下。秦愈说：“你舍不得齐梦涵走吧，那你给她一个坚强的理由留下来，这都看你了，是否有充分的理由把她留下来。”

“她什么时候离开，我会想办法的。”

“我可以问问我的母亲，她一定知道，你一定要准备好充分的理由啊!”

两个人正说着，齐合和小茶从外面回来，秦愈忙把信纸都收好了，怕被母亲知道。

齐合笑盈盈地进门说：“你们还谈得愉快吧?”

古彦清站起来说：“我看时间也不早了，秦愈也需要休息，今天就这样吧，下次再来看你。”

秦愈目送古彦清和小茶离开，一路上古彦清边走边问小茶：“你和合姨谈什么那么开心。”

“当然是谈花镇的发展，她说有可能的话，愿意支持花镇的发展。”

古彦清很惊奇地说：“如果能得到齐家的支持，以他家花卉上的实力，花镇必然有光明的前途，只可惜他们很快离开南城。”说完叹了口气。

说到这里，小茶也黯然神伤。傍晚时分，逛了一天的古彦清和小茶回到家里，天空又开始下雨，天气预报说，近来将一直下雨，真是一个糟糕的雨季，电视上不断地播着某些地区发生的洪涝灾害，很多人流离失所，幸好南城位于高原之上，不用担心发生洪涝灾害。

接着电视播报南城新闻，齐百出现在大家的视线里，宣布齐家的公司正式退出南城。对南城而言，这不是什么好消息，齐家撤走资金对南城的经济发展造成深远的影响。几家处于观望的大公司看到齐家撤走资金，也会退出南城市场。古彦清想到此，长叹一声，外面又是一声惊雷。

这一夜古彦清一夜不能入睡，齐家已经决定离开南城，他不知道是否能留住齐梦涵，此刻他确信自己深爱着齐梦涵，他想了许多的方法，都感觉理由不够充分。

第二天早晨七点，小茶还没有起床，古彦清被一阵电话铃声惊醒。电话的另一边是秦愈，秦愈连声道歉说："忘记帮你问齐梦涵的事情，昨天晚上我母亲突然说梦涵今天早上八点半将离开南城，机票已经订好。"

古彦清大惊，齐梦涵要不辞而别，到底是为了什么？他大脑一阵发蒙，没有时间去细想，也顾不了那么多，天空在下雨，他连雨伞都没有带，用最快的速度朝南城的机场跑去。

雨越下越大，古彦清来到南城机场，古彦清淋着雨看着齐梦涵随着齐百一起步入飞机场，古彦清大叫道："梦涵！"

齐梦涵回过头来，看古彦清站在雨中全身都淋透了，齐梦涵把手里的东西交给父亲，打着伞来到古彦清面前，为他遮住雨，古彦清看眼前的齐梦涵，正是首次见面时候的打扮，身穿水红的旗袍，头戴一朵百合花。

古彦清说："你要离开，为什么不告诉我？"

"我想一个人走，看朋友送别只会伤感。"

"你能不能不走？"

齐梦涵沉默了，没有回答。

古彦清说："我的生命中不能没有你。"

齐梦涵沉思了会儿回答："请相信我，我仅仅是你生命中的一个过客，我的离开，你很快就会把我淡忘，你生命的陪伴者是希音，希望你能珍惜她。"

“我喜欢的是你。”古彦清抱住齐梦涵说。

“这个是假象，我们不合适，你放开我。”齐梦涵生气地说，“我父亲要离开，姑姑已经不走了，难道我也留下，让他一个人离开，那我是什么女儿，值得你去爱吗？况且我不爱你。”说着齐梦涵的泪水混杂着雨水流下来。

古彦清松开手说：“你骗我！”

齐梦涵收起雨伞说：“再说一次，我不喜欢你。”说完，转身离开，从她的背影可以清楚地看到她抽泣的肩膀，她抹去泪水，转过身微笑着说：“好好珍惜希音，我祝福你们！”

古彦清看着齐梦涵消失在视野中，无可奈何，痛苦吞噬着古彦清，和齐梦涵在一起的日子一幕又一幕地在眼前演绎，幸福时光永远是那么的短暂，离别近在眼前。

不一会儿，听到飞机起飞的声音，齐梦涵真的就这样离开了南城，古彦清站在雨中，仿佛是一个木头人，越下越大的雨似乎要把他完全地吞没。一个熟悉的身影出现古彦清的眼前，她用伞为古彦清遮住大雨：“齐梦涵走了？没能留住她吗？她会遗憾的。”

古彦清抬头，看到举伞的是希音。希音为什么会出现在机场呢？原来，秦愈告诉古彦清齐梦涵要离开南城，知道古彦清一定会追到机场，她想到齐梦涵下决心要不辞而别，古彦清未必能留得住她，如果没有留住，古彦清必然痛苦难当，她怕古彦清出事情，所以又通知希音，希望希音照顾好已经是痛苦得失去方向的古彦清，希音也吃了一惊，她做梦也不会想到，齐梦涵离开得这么快。

古彦清蹲在雨中，这些日子发生了很多事情，父母离婚，父亲坐牢，现在齐梦涵离开，他悲痛地流下泪水，和雨混杂在一起，分不清楚是雨还是泪，希音不知道如何去安慰他，对古彦清而言，或许哭一哭会好。

在雨中过了一个小时，天空渐渐晴朗，等古彦清情绪有了好转，希音试探着问：“梦涵为什么要不辞而别？”

古彦清黯然地说：“或许因为柳泉池女的故事吧。”

“这是什么样的故事？”

古彦清把到花镇听到的池女与歌手的故事讲了一遍，希音是一个非常聪明的人，后悔不已，如果当时把自己和古彦清的关系一点不遗漏地讲给齐梦涵，或许就不会有今天这样的结局。而这个事实太不可思议，也难怪齐梦涵从来不相信希音说自己是古彦清姐姐这个事实。

希音真希望自己不是古彦清的姐姐，虽然她知道和古彦清的感情没有爱情的成分，但是她和古彦清从小到大的感情，使她有足够的勇气去承担这份感情，可惜非常遗憾，她是他的亲姐姐；她想此刻告诉古彦清她是他的亲姐姐，她又怕此时的古彦清接受不了这个现实。

古彦清失魂落魄地走在大街上，街道两旁的道路经过一天雨水的冲刷，变得非常的干净，空气中还隐隐约约夹杂着泥土的腥味。一只雨燕停留在屋顶上，用嘴小心地梳理着被风雨吹打后的羽毛。道路两边的树叶，滴答滴答地滴落在叶片上雨滴，古彦清和希音来到天桥上，面对这个开始忙碌的城市，古彦清深深吸了口气，他看了看身边的希音，还能说什么呢，每次自己悲伤的时候，在身边的一直是她，是天意弄人，还是世间的造化，或许他真应该珍惜和希音的感情。

古彦清说："我们走吧！"

"去哪里？"

"你想去哪里？"古彦清说。

"我们去砚台山吧！"希音望着远处的砚台山说。

雨后的砚台山，很宁静，石街被雨水冲刷得很干净，由于昨天的雨水，今天爬山的人特别的少。砚台山比较陡峭，有些地方，由于希音穿的不是运动鞋，所以爬起来特别的吃力，往常好强的希音从来不要别人帮她一把，可是今天，每当碰到这样的道路，古彦清总是拉她一把，外人看了仿佛是一对恋人，如果不是希音心知和古彦清的关系，她一定会做他的恋人。

好不容易爬上了砚台上的主峰，在主峰上往下看，南城尽收眼底，今天的能见度非常的好，高楼大厦非常的明晰。再往另一边看，山的更远处是朦胧的群山，在山的顶端还停留着雨后的白云，仿佛是神秘的仙界，太阳拨开云彩照在古彦清和希音的身上，暖洋洋的，雨后的阳光，带着一种幸福的感觉。

古彦清和希音坐在大石头上，看着群山，心胸顿时开阔，古彦清说：

“我们永远会像现在这样吗?”

希音不假思索地说:“我想会的,放心,痛苦的时候我会陪着你的。”

古彦清看着太阳问:“我们之间会存在爱情吗?”

希音平静地说:“我想不会的,因为我是你的亲姐姐。”

古彦清对希音说是他的亲姐姐也不以为意,以他的思维考虑,应该胜过了亲姐姐。

希音看古彦清没有反应,又说:“我是你的亲姐姐,希望你能够接受这样的现实,清楚了吗?我是你的亲姐姐。”

古彦清瞪大着眼睛看着希音,不明白她为什么会这样说。希音再解释说:“我们是同父异母的姐弟。”

古彦清听得呆若木鸡,可是没有看到古彦清伤心的神情,因为这个巨大的震惊,把其他的一切感情掩盖了。

古彦清过了好一会儿,才问道:“你能不能把事情讲清楚点?”

希音把整件事情毫无保留地告诉了古彦清,听完故事,古彦清大反常态,转悲为喜地说:“你是我的姐姐,虽然会有很多的遗憾,可是我以后再也不怕失去你了,因为你是我姐姐。”

希音苦笑着说:“我希望你能保守这个秘密,我怕你母亲和很多人接受不了。”

古彦清点点头,这次轮到希音伤感了,她转过头喃喃地说:“我为什么是你的姐姐呢?”

晚上,希音无精打采地回到家里,母亲正在看电视,依然像往常一样在家里等着她吃饭:“今天你一大早出去,现在才回来,真够让人担心的。”

希音说:“齐梦涵走了。”

西琳摸不着头脑,齐梦涵走了,那是理所当然的。

希音又说:“为什么我是古彦清的姐姐呢!”

西琳一听这句知道发生什么事情了,有苦难言。

希音再说道:“我心情很差,想到外面散散心,不知道爱心协会有什么活动。”

西琳在公文袋里找了找，由于她资助过爱心协会的活动，所以爱心协会时常把活动内容发给西琳。希音接过资料一看，原来南城周边的一个小镇，由于连续几天的下雨，山体滑坡，造成很多人伤亡，需要医疗志愿者参加救助。

希音说："我就去这里，明天去报名。"

西琳接过资料一看，马上反驳说："这件事情我不同意，我不能让你去，太危险了，我只有你这一个乖女儿，万一有什么闪失，你要我怎么办?"

"我是去救灾，怎么会有闪失？况且这是公益活动，谁家的孩子不是孩子，你看看这些照片，忍心吗?"说着在资料中掏出几张照片，照片上有几个受伤的孩子正在接受治疗。

西琳是个善良的人，看了这些照片心软了，但是她依然不同意女儿参加这次活动。

希音说："小时候你常教育我，要帮助那些痛苦中的人，现在就是需要我的时候，我应该去。"

"如果真要帮助他们，何必要我的宝贝女儿去，我捐钱帮助他们，这样也是帮助啊!"

"那是你的钱，又不是我的钱，我一定要靠自己的双手去帮助他们。"

"我的钱就是你的钱，我帮助了就是你帮助了。"

"我应该去锻炼锻炼。"

"不行，锻炼也不应该选在这样地方。"

"求你了，妈妈，我去做些有意义的事情，比在家里当你乖乖女好。"

西琳拗不过女儿，只有勉强答应下来，她依然很不放心女儿的活动。希音看母亲不再反驳了，上前吻了下母亲的脸颊，高兴地说："我就知道妈妈最好，我现在准备东西去。"

西琳看着女儿兴冲冲的样子，无奈地摇摇头，突然想到饭没有吃，她把女儿从房间拉出来说："忙什么啊，快吃饭。"

希音摸摸头说："我这一高兴，把这件重要的事情忘记了，民以食为天。"母女俩开始吃晚饭。

饭桌上的食物很丰盛，希音给母亲夹了块肉说："齐家这次离开南城，是否还能回来?"

西琳笑笑说："你们不是很相信那个关于花魂种子的幸福传说吗？如果你们相信这个传说，一定有答案了。"

一周后，希音准备妥当，她将离开南城前往灾区，她不会像齐梦涵一样不辞而别，这天傍晚，她独自来到古彦清家和古彦清道别。

古彦清知道希音是姐姐后，把以前那些特殊的感情全部转化为亲情来对待希音，看到希音来，把她迎进家里。由于古彦清没有把希音的身份告诉家里人，家里的奶奶和母亲都以为古彦清喜欢上希音，大家对她非常热情，希音又一次看到小茶，此时的小茶还没有离开南城，因为古彦清的母亲很支持小茶，决定开发花镇这个大市场。

希音在大厅前的沙发上坐定，古彦清的母亲很快给她上了杯茶，带着微笑看着希音，今天的希音已经不是以往男孩子打扮的希音，她呈现的是女孩的美丽和漂亮。显然，从家世还是人品来讲，希音作为古彦清的女朋友是没有半点的异议。

这样的热情和异样的眼神，使得希音很不自然，大家也看出来希音的拘束与羞涩，这情形使古彦清的母亲萧函更加喜欢这位儿子的"女朋友"。希音说明来意。大家听说希音要离开南城都很惊讶，不明白是为什么要离开南城，希音解释说要去受灾的地方做义务的援助，所以要离开南城，今天特意来道别。

除了古彦清外，大家都觉得古彦清找到希音这样漂亮而富有爱心的女朋友真是最合适不过了，古彦清的奶奶忙问会不会有什么危险，大家对她的安全很关切。在萧函和古彦清奶奶的心底，她们把希音当作自己家里的人一样看待，希音也深深感觉到这点，可想到和古彦清的关系暗暗叹息，连古彦清自己都觉得今天大家对待希音似乎不同于往常了。

小茶听说希音要离开南城到有危险的地方，他把身上携带的银色月桂送给希音。希音从《花镇印记》里知道这银色的月桂是代表平安的吉祥物。

希音问小茶什么时候回花镇，一直以来，希音对神秘的花镇充满向往之情，所以她非常希望能到这个古老的小镇看看。小茶给希音递上妹妹扎依的请帖邀请她去花镇参加妹妹扎依的婚礼，本来这次小茶来南城只准备了古彦清和齐梦涵的请帖，这张请帖是小茶昨天临时写的。

希音接过请帖很遗憾地摇摇头。表示下次有机会一定去花镇，希音和大家道完别，很有礼貌地告辞离开，大家又挽留她多待会儿，因为她还要去看秦愈，大家也不强留她。萧函要古彦清送希音一段路程。

古彦清穿起大衣，随希音离开家，大家看两个人关系很密切，俨然恋人。

在路上，希音说："我今天感觉你家人对待我很特别。"

"我也觉得，总感觉不对劲。"

希音和古彦清想了想，然后异口同声地说："她们一定以为我们是恋人。"说完两个人哈哈大笑起来。

等笑完了，希音有些伤感，站在路上不动了，古彦清也停下脚步，好奇地看着她。

希音突然说道："你能不能拥抱下姐姐?"

古彦清异样地注视希音，然后上前拥抱她，希音悄悄在古彦清的耳边说："知道吗？我真希望我们不是姐弟，这是我此生最遗憾的事情。"

古彦清也小声地在她的耳边说："我也是!"

说完，古彦清和希音松手，似乎什么事情也没发生过一样。

"我们会有自己的幸福。"希音说。

"可齐梦涵已经离开了。"

"我知道她会回来的。"希音看着远处人群神秘地回答。

"你是怎么知道的?"

"如果你相信花魂的传说，那么应该相信她会回来。"

"这个和花魂的传说有什么关系?"

"花魂的传说不是记载着，当这些流浪的人找到花魂的种子时候，他们会回到花镇，花魂种子不是还在云灵寺吗？所以我相信她会回来。"

这个解释很牵强，不过算一种美好的希望吧，古彦清心中非常清楚，齐梦涵是不会回来的。

希音看古彦清面有难色，知道他又想起齐梦涵，为了让古彦清不伤感，她不再说什么，而是高兴地朝秦愈住的医院走去。

八月的傍晚，天空的云特别的绚丽，医院里的病人每到这个时候，都到外面散步，整个医院平静而祥和，几只燕子在空中掠过，然后朝远方飞去。在医院外面的槐树下，传来一阵动听的笛声，闻声看去，原来秦愈正专心地吹奏笛子，一群人围坐在一起听秦愈表演，人群前面摆放着一个巨大的生日蛋糕，一个瘦弱的女孩拿着蜡烛站在人群中。

等秦愈表演结束，看到希音和古彦清也在人群中，忙上来拉住希音的手，高兴地甩着希音的手。自易风走后，秦愈显得更加的孤独，所以看到朋友来异常的高兴。滔滔不绝地和希音、古彦清讲，她看到有个女孩过生日，所以下来为她庆祝。顺便也来表演，祝福她生日快乐。

希音点点头，没有谁比秦愈更了解病人的寂寞，或许死亡的逼近，令人也更加明白生存的意义。这些是一个健康的人无法体会的，在这个特殊的群体里，没有了利益的冲突，反而显得彼此的感情更加的真诚。

不一会儿，女孩拿着一块大蛋糕递到秦愈的手中，秦愈高兴地边接过蛋糕，边说生日快乐，女孩害羞地一笑，赞美说："你的笛声真好，能不能再为我吹奏一曲？"

秦愈朝古彦清和希音笑了笑，然后拿起笛子，吹奏她最拿手的《快乐颂》，《快乐颂》是许易风为她填的词，她吹着吹着，微笑的眼神，流出了泪水，笛声更加的优美，大家沉醉在她的笛声中，等笛声结束，古彦清和希音才发现秦愈泪流满面。那过生日的女孩看到秦愈流泪，不知道发生什么事情，想上前安慰，又不知道怎么安慰，希音明白秦愈想起以前的事情，和易风在一起的日子对她来说是有生以来最快乐的日子，这不是忧伤的泪水，而是美丽回忆的泪水。

希音搂住秦愈，秦愈脆弱的感情得到些安慰。

古彦清问："今天你母亲没有陪你吗？"

秦愈抬起头来，温柔地一笑，回答道："因为齐家要把资金从南城撤走，所以我母亲回台北去处理这些事情了，还好找了个人来陪我。"说着指了指远处，古彦清和希音看去，看到紫兰朝他们走来。

紫兰看到古彦清和希音，很热情地和两人打招呼。古彦清看到紫兰，又想起了齐梦涵，齐家要把资金撤出南城，那么紫兰为什么不走呢？想法一闪而过。

希音问紫兰说："梦涵是否安全回到家了？"

紫兰摇摇头，这些日子来一直陪着秦愈，所以回答说："可能到了吧。"

“你不走吗?”

“我留下管理南城的这个小花店，毕竟这是齐家的老屋，齐家人怎么说也不会把老家卖了吧，况且，合姨为了女儿也要留下来，以后住在那里，从今以后合姨是这个花店的新主人了。”

古彦清和希音听了，心中感叹不已，像齐合这样叱咤商业的人物，今天放弃商场，平静地经营一家小店，让人无法想象，可事情正是这个样子，而这一切仅仅是一个原因，因为自己的女儿，伟大的母爱，有这种力量，还有什么奇迹创造不出来。

秦愈说：“你俩今天来看我，是不是带来什么惊喜?”说着伸出两个指头，意思说是否成为恋人。古彦清和希音在一边苦笑不已，沉默不语。

秦愈看两个人沉默不说话，以为默认了，高兴地说：“古彦清，应该庆祝庆祝，今天你来请客。”

“还是不要请了，今天是来辞别的。”希音说。

秦愈大笑说：“你现在就开始向着他了，那么以后还得了，不行，快请。”

古彦清苦笑着问：“庆祝什么啊，今天希音就要走了，特来向你辞行。”

“要到哪里? 你们要私奔了?”

希音一听皱皱眉头，忙解释说：“什么私奔啊，你什么时候也学得和我一样了，我要到灾区，去做些义务爱心活动，就像前次一样。”

秦愈好奇地说：“难道你们现在……”

“是的，她是我姐姐，没有什么可以怀疑的。”古彦清说。

“好了，这里没有你的事情，我和希音谈一谈。”

希音被秦愈拉到一边，古彦清和紫兰知趣地闪在一边，看众人为那个过生日的女孩庆祝。古彦清不时朝希音和秦愈说话的地方看去，只见秦愈双眉紧锁，过了一会儿，秦愈来到古彦清面前握着古彦清的手说：“虽然很遗憾，可是我祝贺你得到一个好姐姐，因为这个，今天晚上你应该请客!”

古彦清无话可说，紫兰没搞清楚到底是怎么一回事情，忙追问，秦愈笑着说：“这是个小秘密。”

天色渐渐暗了下来，古彦清和希音辞别秦愈和紫兰，秦愈看着两个人离开的背影，叹了口气，她明白齐梦涵离开古彦清的原因，她为了成全古彦清和希音，可结果根本无法成全，如果齐梦涵知道事情的真相，不知道是否还会离开？另外为古彦清无奈，似乎他有选择的机会，事实上他没有，整个故事也不是池女柳泉神话的历史重现。

紫兰看秦愈在冷风中出神：“秦愈姐姐，你在想什么，这里天气冷，我们还是回房间吧。”

秦愈问：“你觉得齐梦涵和古彦清在一起适合吗？”

紫兰不明白秦愈为什么要这样问，回答说：“适合！”

“那希音和古彦清呢？”

“也适合啊！”

秦愈微微一笑，命运弄人，齐梦涵现在又在什么地方呢？

第 14 章　再回花镇

第二天早晨，希音要离开南城前往灾区，前来送别的除了母亲西琳外，还有古彦清和小茶。小茶一直在南城等着古彦清，古彦清的母亲已经同意古彦清前往花镇。等古彦清处理完南城的事情后就随小茶到花镇，开发花镇的花卉。

送别的人群里，最伤感的当然是西琳，这次救灾活动不比前次，可能有生命的危险。希音依然像前次一样安慰了母亲一番，然后来到古彦清面前说："我知道你要去花镇，希望你能取得好的成绩，姐姐拭目以待。"说着拍了拍古彦清的肩膀，古彦清点点头，要她放心地去，希音和来送自己的朋友们一一道别后，又回到古彦清面前说："我昨天已经给梦涵写信了，我相信梦涵深爱着你，你耐心地等待着她回来。"

古彦清吃惊地看着姐姐，希音微笑着说："我怕你又找其他女孩，安心地等待齐梦涵回来，我相信她会回来，记住姐姐的话。"说完上车离开了南城，古彦清看着希音远去的背影，突然有一种失落的感觉。

送走希音，古彦清和小茶也往回走，在路上，古彦清对小茶说："或许我们也应该离开南城，前往花镇，你妹妹的婚期也接近了。"

小茶高兴地说："我等这天等了太久。"

"要走之前，先去看一个人。"

古彦清要看的人正是秦愈，此时的秦愈病情严重得不能下床了，她躺在病床上，眼睛看着窗外，窗外阳光明媚，她更多的时候是来回忆那些快乐的时光，上帝对自己不公平，从小受病情的困扰，跟外界接触得很少，快乐的回忆也很少很少，几乎每一段回忆都成了珍品。

她已经没有力气再握起笔来写信，遥远的易风，也失去了联系，易风最后一次通信说找到了父亲许岩，以后就失去了联系，秦愈也渐渐感觉自己的生命到了尽头。

古彦清和小茶走进病房，看到紫兰陪在秦愈的身边，秦愈安静地躺在床上，又一次进入昏迷的状态，医生正给她输液。紫兰看到古彦清和小茶前来，忙找个位子让古彦清和小茶坐下，古彦清问紫兰说："秦愈的病情怎么样?"

"刚才还醒着，现在又在昏迷之中，医生说她的病已经到了晚期，需要尽快地治疗，要人捐一个心脏，把她的心脏换了，可是几乎没有人愿意捐心脏。"

古彦清点点头，齐家有雄厚的经济实力，齐合不会眼睁睁看着女儿就这样死去。古彦清问："合姑什么时候能回来？似乎走了很久。"

"很快回来，这次她回台北也正是为了治疗女儿的病，要找一个最好的医生来为自己的女儿治疗，秦愈的病情不乐观啊。我真担心她昏睡下去就不醒过来。"

这个时候，秦愈在昏迷中喊着易风的名字，古彦清叹了口气，上前握住她的手，在古彦清的记忆里，秦愈昏睡的时候易风就这样握住秦愈的手。在昏迷中，秦愈脸上露出了微笑，或许古彦清的举动让她感觉易风回到自己的身边。

古彦清站起身来说："等秦愈醒过来的时候告诉她，我来看她了，我这次准备和小茶回到花镇开发花镇，我回来的时候再来看她。"

紫兰点点头，古彦清叹了口气往外走，到了门口又转回身说："希音也离开南城了，等秦愈醒过来告诉她，希音也来看过她了。"

小茶从口袋里掏出一朵银制的月桂递给紫兰说："麻烦你转交给秦愈，如果将来她病医治好了，欢迎你们到花镇来，我一定热情地款待你们。"

"一定!"紫兰看到小茶的热情和真诚，笑了。

古彦清和小茶离开医院，站在医院门口，古彦清又回头看了看病房，就在秦愈的病房里，当年在这里传出过和朋友们快乐的笑声，现在，走的走，散的散，正应了老话，有聚必有散，最后仅剩下苍老的松树站在园中，如果还有人肯去记忆，那么也是多少年后零碎的回忆。

三天后，古彦清带着母亲和朋友的希望，和小茶再一次踏上前往花镇的路程。第一次去花镇是为了送景慧和旅行的话，这次是办事情，一路上，他和小茶讨论花镇的风俗，古彦清越来越发现自己并不了解花镇。

同时，古彦清一直思考另一个问题，这次到花镇所面临的问题，一方面是资金的问题，经过父亲的事情，古家的商业受到巨大的打击，资金不是很充足；另一个方面花镇虽然有所开放，相比较也是一个封闭的世界，花镇的人是否能接受开发，又是一个问题。

小茶一路上看古彦清心事重重，以为他考虑近期发生的事情呢，小茶想着古彦清和齐梦涵分开，想着希音是古彦清姐姐的事实，还有古彦清的父亲进入监狱的事，短短几个月，发生这么多事情。

好不容易到达花镇，古彦清看到几个人站在道路旁边，他们看到古彦清和小茶，迎了上来，古彦清发现人群中有一个熟悉的身影疏香，原来疏香顺利毕业后便回到了花镇。

除了疏香，一个中年人上前和古彦清、小茶打招呼，小茶介绍说这中年人是花镇镇长丁忠。古彦清仔细端详这位带有传奇色彩的镇长，他身穿灰色的夹克大衣，身型微微发胖，黑色的脸颊同白色的牙齿形成鲜明的对比。

丁忠上前握住古彦清的手高兴地说："欢迎你回到花镇，今天我们要用花镇古老的欢迎仪式欢迎你到来。"

古彦清连忙道谢，他已经清楚地知道，花镇的欢迎仪式和酒有很大的联系，要推托又怕扫了对方的兴致。丁忠和古彦清客套了一番，介绍了一起来的几个乡亲，疏香也上来和古彦清握手，古彦清发现她似乎成熟了许多，虽然看上去身体很虚弱，她的美丽是柔弱之美，和秦愈的美丽有很多类似。

古彦清和大家沿着路往回走，当走过一片林木茂密的山林，大家停了下来，这里的树木很高大，一股清澈的山泉从山岭里流出来，众人赶路赶得口渴，又没有带盛水的工具，小茶等人用很大的一片叶子做成一个小小的"瓢"来盛水，大家就拿着叶瓢在泉水边喝水，泉水清凉甘甜。

小茶喝好水说："彦清，这里就是我和你说过的神脉。"

古彦清再一次打量眼前的这片森林，树木高大，宛如一片原始森林，保护得很好，没有半点的人为破坏，古彦清又一次好奇地问为什么叫神脉，小茶说这是一个传说，花镇的每一座山都有一个美丽的传说，这些传说没有书面记载，都是通过老人口述的方式一代代留传下来，经过许多代人的加工，可能这些传说早已经失去最原始的味道，却变得更加精彩。

镇长丁忠对古彦清说："我怕你对花镇了解比较少，碰到花镇古老风俗的问题，可以叫疏香帮你解答，她从小在花镇长大，知识也比村中其他人都多，所以她对花镇的认识比一般人深刻得多。"

疏香听丁忠这样夸奖自己，马上谦虚地说："忠叔谬赞了。"

古彦清问道："镇长，对于一个镇来说，要富裕先修路，今天要开发花镇，第一问题是修路。"

丁忠点点头，沉思了会儿说："这问题我们很早就意识到，但是里面有许多阻力，还涉及尊重民族信仰问题。"

"但是如果没有一条宽敞的路，根本无法谈发展和开发。"古彦清想把主要问题摆出来谈一谈，如果这个问题解决不了，其他的问题都是纸上谈兵。

镇长丁忠面有难色，作为一个镇长，他非常清楚这个问题，不过事情过于复杂，并不是三言两语能说清楚的。丁忠说："我们回去仔细讨论这个问题，不过我保证，无论多大的困难，这条路一定要修的。"古彦清听了他的话点点头，不愧为花镇的镇长，做事非常有魄力。

古彦清随着大家一起到达花镇，还是像前次一样，古彦清被安排在景慧奶奶家，景慧看到古彦清再次回到花镇非常的高兴，一直跟在古彦清的身后，景慧奶奶也很高兴古彦清的到来，可是没有见到齐梦涵，心中感觉缺了什么，听到古彦清说齐梦涵离开了南城，她对古彦清失去缘分遗憾不已。

古彦清受到镇长丁忠的热情款待，镇长为了表示对古彦清的热情，又把他灌醉了。古彦清自己都不知道怎么回到景慧奶奶家的，隐隐约约只记得有个人在身边照顾着他，模糊的身影，让他感觉像齐梦涵在自己身边一样，等古彦清醒过来已经是第二天早上。古彦清起床走出门外，只见扎依在楼下绣着花，正准备嫁衣，她对面坐着疏香，看到古彦清下来，扎依哈哈大笑，疏香在一旁不语，古彦清像丈二和尚摸不着头脑。这个时候小茶从门外走来，看到古彦清醒了，对古彦清说："镇长叫你今天过去仔细谈一谈公路的问题和如何开发花镇。"

古彦清点点头，随着小茶出了家门，在路上，古彦清悄悄地问："昨天我喝醉发生了什么事情，你妹妹笑话我，疏香神情怪异。"

小茶也笑了笑说："你喝醉了，因为我有事，所以让疏香和妹妹照顾你，结果你醉梦中抓住疏香的手。"古彦清听了对自己的醉后行为摇摇头，小茶接着说："其实没什么，我们花镇不像外面一样规矩多，男女都比较开放，抓了就抓了，也没什么，问题在于你拉着她的手，口中却喊着齐梦涵的名字，这太让人伤心了吧。"

古彦清窘了，这样的事情无法道歉，只有装做什么也不知道，小茶悄悄地说道："你觉得疏香妹妹怎么样！你心爱的人都走了，不能总是单身吧，我信任你，如果你觉得不错可以介绍给你。"

自齐梦涵走后，古彦清没有考虑过找个女朋友的问题，今天被小茶这么一说，如果仅仅从理智上考虑，疏香虽然没有齐梦涵漂亮，但是温柔善良，由于她从小失去父母，一个失去爱的人需要更多的关心，她给人一种想保护起来的感觉。古彦清对小茶笑了笑，他想起希音的话，希音要他等齐梦涵回来，他相信齐梦涵会回来。

小茶把古彦清带到一个小山坡上，丁忠站在两堆坟前沉思。丁忠看古彦清到来，看他精神依旧，没有因为昨天喝多精神不振，小茶对古彦清说："带你来这里是告诉你修路困难的原因，并商量一个对策。"

丁忠神色凝重，对古彦清说道："躺在这里的两个人是前两次修路死的，他们是村中最受尊重的人。"

古彦清暗想，可能是修路时候有人受伤死亡，导致了路没有修好，丁忠把整个故事的前因后果说了遍，古彦清才明白事情远没有那么简单。

当年，丁忠还没有进花镇，由另一个年轻的领导来管理花镇，他进村不久打算修建一条路，可是这条路必须经过花镇的神脉，这件事情被村中的长老们百般阻挠，年轻的镇长坚持要修，因为没有道路谈不上让花镇富裕起来，在准备动工修建路的当天，当时最受人们爱戴的两个长老挡在路中央，他们说神脉是花镇最神圣的地方，任何人都不准动神脉，如果镇长执意要修路，两个人就死在这里。当时镇长年少气盛下定决心把路修下去，最后两个长老恼羞成怒，撞死在路边的岩石上，这位年轻的镇长也因为这件事情被调离花镇，后来再也没有人提修公路的事情，修路也成了人们一个忌讳。

古彦清万万没有想到事情原来这般复杂，要修这条路的确需要先把思想工作做好了。古彦清说："要开发花镇路必须修，我母亲已经把修路的机械准备好了，只等着你这里答应，另外花镇现在种花规模需要扩大，这样才能够面向更大市场，我已经看过花镇的种花技术，的确很多种类的花卉是濒临灭绝。在修路的同时也准备把花卉种植做好，我们还应该签订协议，以及收益问题等都要尽快决定。"

丁忠点点头，他相信靠花镇古老的技艺、丰富的资源，不用多久花镇可以富裕起来。古彦清来不及欣赏花镇的美丽景色，他按照母亲的吩咐和丁忠商量花镇开发的具体问题，两个人商量得非常愉快，直到太阳落山了，古彦清才回到景慧奶奶家，景慧奶奶还在等他吃饭，古彦清虽然和丁忠吃过晚饭，又勉强吃了顿。

在饭桌上，古彦清看到疏香也和大家一起吃饭，和景慧坐在一起，两个人关系非常的融洽，景慧也喜欢这位姐姐。他突然才觉察到疏香似乎一直住在景慧奶奶家，再想到昨晚的事情，古彦清的心中有些惭愧。从景慧奶奶口中知道，不久前疏香唯一的亲人奶奶死了，她在村中便无依无靠，在景慧奶奶和小茶的安排下，住在了景慧奶奶家，本来毕业后她准备在外面工作，可是听说花镇要开发，所以从外面赶回来，她不希望奶奶传下来的茶花种植技术就这样被世界所遗忘，那样的话她对不起死去的奶奶，可是她没有想到这次开发的人是前一次看到的古彦清。

吃过晚饭，景慧问古彦清是否和自己到花园里看看，古彦清知道花镇风俗是不准外人到花园看的，因为这样有可能丢失花卉，是自我保护的需要。景慧完全不管这些，他拉着古彦清就朝花园里跑。

前次古彦清在花园里看到很多月季，而这次除了月季外，还有许多山茶，这些山茶大小不一，制作成盆景放在一起，走进花园，似乎走到一个奇异的地方。从花丛后闪现出疏香的身影，她正给花卉浇水。

古彦清惊异地说："想不到山茶花制作的盆景如此的漂亮。"

疏香回答说："这些盆景是我已故奶奶花了毕生心血制作的，还有些是奶奶前辈们留下的，那些新的盆景是我制作的。”

古彦清点点头，用一个生意人的眼睛来看这些盆景，估计最好的可以卖上万元，可是他也明白有些东西是绝对不会出卖，花卉对花镇来说不仅仅是财富，还是一种精神和信仰。

疏香说：“没有想到这次来开发花镇的会是你。”

古彦清回答：“有些事情已经注定，或许是缘分。”其实古彦清根本不相信缘分这些东西，但是缘分这个概念太模糊，只当作事情发生后的感慨罢了。

景慧奶奶也进花园里来。高兴地对古彦清说：“彦清，现在正好有时间，我把月季的种植技艺传授给你，奶奶我老了，景慧年纪还小，我怕带进坟墓，那就失传了。”

古彦清好奇地问：“为什么不把这门技巧传授给疏香呢？疏香对花卉的理解远远比我好多了。”

疏香听古彦清的话，站在一边笑了，她解释说：“知道为什么花镇人每一家只传授一种种花技艺吗？因为花卉除代表身份外，更重要的是每一种的花卉种植需要仔细地去研究，而人的精力毕竟有限，所以一家人只学一种技艺。”

景慧奶奶接着说：“每家种植一种花卉，彼此就可以比较，每年四月，花镇都有花卉种植比赛，看谁家的花卉种植得好。”

疏香专业地解释道：“花卉种植最好的，身份也最尊贵，花卉的种植好坏直接和在村中的地位相联系，这就是为什么一家种植一种花卉的根本原因。”

古彦清听完疏香的解释恍然大悟，这也是花镇花卉种植永远生机勃勃的原因。这样一个视花为身份地位的环境，每家的花卉种植技术变得越来越精湛，延续上百年而不衰，古彦清对花镇的祖先们的聪明才智叹服不已。

景慧奶奶又问：“你还没有告诉我愿不愿意学。”

古彦清高兴地说：“当然愿意了，很多人都希望有这样的机会，求之不得，哪里有不愿意学的道理呢。”

“那先传授你基础的种花技术，让疏香教你吧。”景慧奶奶又对疏香说，“疏香，从明天开始，麻烦你把花卉的种植技术基础教给彦清。”

疏香看了眼古彦清，微笑着点点头，疏香是一位温和柔弱的女孩，做事情非常仔细，古彦清看她教得很认真，自己也不敢马虎，认真地学习起来。当停下工作的时候，好奇的古彦清总是打听花镇的神话故事，偶尔疏香也会谈到自己的身世，都是些孤单而辛苦的日子，回忆中带着许多的辛酸，看着身体羸弱的疏香，让古彦清心中有要保护起对方的感觉，不知道这种感觉是对弱者的同情，还是人心中天生的怜悯。疏香问起齐梦涵，古彦清一口气把他的故事讲完，快乐与忧伤一股脑讲了出来，同时，也让他反思以前的生活，由于疏香特别的遭遇，所以古彦清心中的死结在疏香的倾听和理解中渐渐地清晰。

这段期间，丁忠忙着做花镇群众的思想工作，不时来找古彦清谈事情的进展和面临的问题，小茶忙于妹妹的结婚，扎依赶做嫁衣，落得古彦清和疏香整天待在花园里，让疏香教古彦清种植花卉的基础技术，景慧奶奶看两个孩子每天都边聊天边学习，也乐得在一边看，很少前来打扰。这又是古彦清一段平静的时光。

这天清晨，古彦清被一阵热闹的号声惊醒，只听到楼下隔壁人群吵闹的声音，古彦清起床站在楼上看楼下，只见扎依穿着挂满银饰物的嫁衣在众女子的簇拥下走出了闺房，四周的带有民族特点的乐器也响了起来，古彦清才想到今天是扎依出嫁的日子。

睡在古彦清隔壁的疏香也起床了，看到古彦清站在门外观看，走到他身边笑着说：“前次你见到小茶结婚，还没有看到过怎么嫁人吧。想不想去看看花镇有特色的嫁女儿。”这些日子的相处，古彦清和疏香也很熟悉了，古彦清心中的好奇心马上被激起，再看楼下面，扎依在姐妹的簇拥下走出了家门，疏香起身说：“走，我带你去看看吧，不过怕伤及无辜，我们只有远点看。”

“还没有洗脸呢？”

“我都还没洗呢，走吧，再迟就没时间了。”

古彦清只有跟在身后，疏香带着古彦清随着前面的人群，人群里不断传出欢歌笑语，鞭炮的声音，这下乐了村中孩子，好奇的孩子们更喜欢这快乐的氛围，都围在一起看。人群朝神庙走去，古彦清不知道人群为什么要前往神庙，只见扎依来到神像前跪倒，从头上取下发髻交给一个老者，老者接过发髻口中念念有词，一会儿又把发髻还给扎依，从身后拿出一个美丽的花环为扎依戴上，从远处看，扎依的头上仿佛开满了鲜花。花朵的枝条垂下来，遮住了新娘美丽的脸。

古彦清对花镇的风俗一知半解，幸好有疏香在身边，她不断地为古彦清解答心中的好奇和疑问，花魂是花镇人所信仰的神，所以一旦有大事情便到神庙乞求幸福安康，而发髻是花镇风俗的定情信物，就如同戒指一样，代表了女孩从此已经有归宿，而花环代表了一种祝福，它是用每家的花朵和叶子编织而成，拥有特别的编织技巧，可惜古彦清无法把它从扎依头上取下仔细研究，它的作用如同花盖，真正意义上的花盖。

奇特的风俗让古彦清看得眼花缭乱，二胡、三弦、号等所有能用得上的东西都在这里展示出来，半小时的工夫，只见新郎在一群青年人的簇拥下牵着一匹马出现在大家的视野里，他似乎不是太受“欢迎”，孩子们的口袋里早已经准备好了橄榄，像赶外人一样用橄榄“砸”新郎，新郎和他的青年朋友们勇敢地上前“抢”新娘，经过几个来回的“抢夺”，新娘终于在新娘姐妹手中被“抢”走，被“抢”的新娘“伤心泪下”，“挥泪”和父母、亲朋好友告别。一边喜庆，乐器的声音不断，一边伤感，对女方来说，女儿是“取”走了。

一场吵闹的仪式结束，满足了古彦清的好奇心，此时古彦清意识到还没有洗脸，古彦清和疏香只好往回走，路上疏香还不断地为古彦清讲述结婚过程中的礼节，古彦清听后感慨地说：“以后结婚我也要来花镇结。”

疏香被古彦清的话弄得笑了起来，随口说：“既然你这么喜欢，你就在花镇找个妻子好了。”

古彦清也随口接着说：“有道理，花镇的女孩的确不错，都像你一样温柔善良！”

疏香低头不语，古彦清此时才感觉到说得太随意了，联想到这些日子都是疏香教自己种花，解答花镇的风俗，说者无心，听者有意，另外“爱”这种东西，总是像种子一样，自己都不知道什么时候落在地面，等意识到它的存在时候，发现这颗种子已经长大，并开满了花朵，只等待你去欣赏，古彦清知道其中的奥秘，所以忙转开话题，另言其他，避过尴尬的境地。

古彦清和疏香回到景慧奶奶家，丁忠已经在家里等候。丁忠看到疏香和古彦清头发凌乱，从外面归来，哈哈大笑，疏香也不解释什么，低着头梳洗去了，古彦清好奇地问丁忠笑什么，丁忠低语道："你这个小子艳福不浅，这么快就把我们的疏香追到手了。"

古彦清不明白丁忠的意思，丁忠看古彦清迷惑的样子，以为害羞，忙说道："花镇虽然和外面接触很少，可是古老的民俗还是比较开放，你也不用害羞。"古彦清越听越莫名，不知道自己做错了什么。没想到丁忠问："你可要好好对疏香啊，如果要办喜事，疏香又没亲人，我可以做她的亲人给你们操办，你什么时候娶她？还是没有商量好？"

古彦清站在一边被搞蒙了，不知道发生什么事情。这时候疏香从楼上下来，看丁忠越说越没有谱，忙解释说："丁伯伯，你想到什么地方了，早上我和古彦清去看扎依结婚仪式，怕错过了时间，所以忘记梳洗。"

古彦清一听，立马明白了，原来丁忠看古彦清和疏香两人从外面归来，都没有梳洗，误认为自己带着疏香在外面过夜呢。丁忠一听，原来是自己误会了，他窘了，不过话都说到这田地，索性鼓起气来说："我看你俩都单身，男才女貌，比较合适的，既然我今天话都说出口了，你们商量商量看，如果合适，商定一个婚期，我替你们主办婚礼。"

这可把两个人说住了，丁忠是破罐子破摔，古彦清和疏香两个人面面相觑，不知道如何去回答。古彦清说："这……我……"

没想到丁忠说："什么这我的，好吧，你们自己商量去，我今天来是告诉你，今天晚上我组织了镇上开个大会，讨论修路的问题，放心我有办法说服那些老顽固们修路的，希望你也能来参加。"

古彦清看丁忠说话直率豪爽，哭笑不得，只有点头称是。丁忠看把两个人弄尴尬了，找了个借口趁早溜了。只留下古彦清尴尬地面对着疏香，疏香依然温和，像什么事情也没有发生过一样。彦清的心中突然闪过思绪，如果找个妻子，疏香正是人选啊，要不是希音走前告诉他等待着齐梦涵回来，自己真会考虑丁忠的提议。

古彦清换个话题问疏香说："今天花镇大会是否会顺利？"

"按照花镇的风俗，估计要用神的意志来做决定。"

“何谓神的意志?”

这个时候景慧奶奶和景慧进门，听到古彦清和疏香谈论神的意志，景慧奶奶解释说：“这些日子镇长游说各位长老，说服他们建设一条通往外面的道路，在镇长的努力下，长老们商量决定看神的意志。”

疏香说：“这是古老的习俗，到时候你就明白到底是怎么回事了，不过把花镇的未来交在神的手里，镇长怎么就会甘心呢?”

疏香说得没错，一个神怎么能挡得住丁忠要修路的决心。

古彦清说：“或许今天晚上我们也准备准备，帮助下镇长。”

“你要帮助镇长?你的意思是……”

“既帮助镇长，也可以解开我心中的困惑，不过我不能一个人唱独角戏。”

疏香说：“如果可以，我希望能和你唱好这台戏。”

景慧奶奶看着两个孩子，脸上露出了微笑。

这天晚上，大家围坐在神庙前的广场上，丁忠和干部、长老坐在前面的椅子上，背后是美丽的花魂的神像，古彦清随丁忠坐在身边，丁忠给镇上的人们介绍了古彦清，众人看着古彦清，丁忠要古彦清说几句，当古彦清说到自己是花镇人、流亡人的后裔，下面引起一片骚动。

一个长老站起来问道：“根据家谱上记载，花镇的流亡者，有一家正是古家，可是上面也记载如果流亡者不能找到丢失的花魂的种子就不能重回花镇。所以流亡的人是否能开发花镇值得大家考虑。”

长老说完话，下面又是一阵议论纷纷，镇长丁忠虽然不相信什么古老的传说，但是也为古彦清捏了把汗，古彦清的出现和古老的神话联系在一起，扑朔迷离，谁也没有想到那古怪的故事竟然是真的。

疏香说：“能不能把家谱拿出来看看?”

那长老继续说：“家谱正在这里，如果大家不相信可以让大家看一看。”他叫了几个年轻人转向神庙后，一会儿工夫，青年们陆续把神庙里的大石头搬到众人的眼前。

大家把目光都集中在石头上，几块被雕磨光滑的石头上刻满了密密麻麻的字，一个长老在大家面前解释说：“这就是记载着花镇所有传说故事的家谱，每件事情都记在上面，这几块石头上主要记载的就是流亡者的事情。”

大家议论纷纷，由于故事年代久远，有些花镇年轻人对这件事情了解并不是太清楚，长老用火把照着石碑，开始念上面的字，大约读了半刻钟，大体意思和古彦清听到的故事接近。

只见台下的人群把目光又集中在古彦清身上，镇长丁忠看到这种情形捏了把汗，他说道：“古彦清是我找来的投资商，他是否是古家的后人还值得商议，况且那古老的神话难辨真假。”

只见疏香站起来说道：“镇长，这个古老的神话是真的。”

此言一出，大家把目光又集中在疏香身上，这位花镇最富有知识的人都认为这个神话是真的，那么还有什么可说的呢？

丁忠看了眼古彦清，再看看疏香，不知道两个人是什么打算，古彦清自信地向他点点头。

古彦清站起来说：“我果真是花镇的后人，这次回到花镇也正是神的旨意。”

台下又是一阵议论，没想眼前这个人成了神的信使。

一个人站起来说：“既然你说是神的旨意，那么有什么证明？”

人群出现骚动，纷纷说：“你有什么证明？”

丁忠等人为古彦清捏了把汗，古彦清不慌不忙，从怀里拿出一颗绿色的玉豆子，古彦清说道：“这就是证明，花魂的种子。”

大家注视着古彦清手中绿色的豆子，不知道他手中的这颗“花魂的种子”是真还是假的。有人嚷道：“我们都没有见过花魂的种子，谁知道是真还是假。”

一个长老站起来说：“要辨清真假很容易，谁去取一罐水来？”

不一会儿，一个人端着一瓷罐水上来，长老从古彦清手中取过“花魂种子”放在水中，端到月光下，众人看水中，在月光下整盆水放着绿光。长老向众人宣布说：“按照石碑上记载，花魂种子会在月光下放绿光。”

尽管和记载相似，但是花魂种子丢失太久，谁也没见过花魂种子，所以无法确定这就是真的花魂种子，但也不能反对说它不是。疏香看大家将信将疑，说道：“今天，我们向神询问意志，来证明古彦清说的是不是真的。”长老们明白其中的意思，古彦清开发花镇第一件事情就是修路，看神的意志和他说的是否吻合，如果吻合那就是最好的证明。

丁忠看长老要用这来证明，脸上露出了笑容，只见一个长老在花魂的供桌前取下签，在众人面前念念有词，大家目不转睛地看着长老，等待着结果，不一会儿，掉出三支签，每支签都放在长老面前仔细解读，人们期待的消息终于得出，三支都是上上签，“神”主张修路，同时也证明了古彦清来开发花镇是神的意志。

本来非常困难的事情就这样顺利地结束，全村人没有一个再反对修路和开发的事情。连丁忠自己也不相信事情会这样的顺利。

花镇的会议结束，古彦清和疏香回到景慧奶奶家，古彦清回到住处，独自一个人坐在楼上，疏香看古彦清心中有事，来到古彦清的身边，她带着快乐的语气说：“今天应该高兴啊，想不到事情这样的顺利，你那颗花魂种子是哪里拿来的?”

古彦清看着天上月亮，叹了口气说：“我只撒了一个谎。”古彦清淡淡一笑，花魂种子其实还在云灵寺，他这次撒了个弥天大谎。这个谎言还需从《花镇印记》说起，当年秦愈的老师夜语在花镇神庙石碑上读到了花魂种子在月光下会呈现绿光的记载，所以古彦清到花镇之前，特意找了工匠，制作了一颗和记载有一样功效的“花魂种子”，今日果然如意料般起了巨大功效。

疏香笑着说：“许多年后大家会发现你说的是谎话，可是到那时候大家都能明白你为什么说谎话，善意的谎言，你无须自责，如果不是这样，估计花镇修路的事情需要耽搁更多的时间呢。”

古彦清想了想，疏香说得也对，他心中暗暗佩服眼前这位女孩，疏香接着说道：“真佩服你能想到这样的办法，镇长也真够厉害，不知道用什么办法把祭祀用的竹篓都放了上上签，那群老顽固做梦也不会想到，这个幕后的神人是我们的镇长。”

古彦清听疏香快乐的口吻也笑道：“自从认识你，从来没有见你像今天这么开心过。”

“是吗?”疏香一愣，“开心的日子，就看看星空吧。”

古彦清看着远方，想到希音，不知道她现在如何了，花镇这里晴空万里，希音或许面对的是暴风骤雨，不得不担心啊。疏香看古彦清心事重重，轻声问道："是不是想家了，还是想梦涵妹妹了？"

古彦清摇摇头，虽然古彦清和疏香关系越来越密切，但古彦清很少提起齐梦涵和希音的事情，古彦清回答说："梦涵离开南城了，说到根源，你要为她的离开负些责任。"

疏香听糊涂了，自己和齐梦涵、古彦清才认识不久，为什么齐梦涵的离开和自己有关系。古彦清说道："是你给她讲池女的神话故事吧，她真学池女了，要成全我和希音。"

疏香大吃一惊，当时一个随意的故事在齐梦涵心中产生这样大的影响，转念一想说："既然她成全你和希音，那不是挺好的。"

古彦清叹了口气说："可希音是我同父异母的姐姐。所以说你对梦涵的走有一定的责任。"

疏香点点头，这样说来的确和自己还有一定的关联，是天意弄人，还是世间的造化，没想到走了一圈，两个女孩都离开古彦清，现在陪在古彦清身边的却是自己，既不是古彦清心爱的人，也不是爱古彦清的人。

古彦清不再说话，花镇的事情暂时可以告一段落，因为今天的事情，自己到花镇已经加上了花魂的神谕，以后开发花镇的阻力会少了许多，他最担心的是资金不够，如果不够，也可以考虑让西琳帮忙。可两家是竞争对手，估计有些困难，不过到时候希音会支持自己，毕竟是自己姐姐，还有紫兰，不知道齐家的人是否愿意。

他考虑累了，坐在楼梯上不知不觉睡着，疏香一直说着话，发现古彦清没有回答，扭头一看，他安静地睡着了，疏香怕他感冒，忙摇醒他，古彦清蒙眬中睁开眼睛，他的眼睛里闪动着泪光。

疏香温和地问："做梦了？"

古彦清点点头说："我看到希音被困在路上了，山路上落下一块石头，正好压在她乘坐的车上。"

"你太累，去休息吧。"蒙眬中疏香把古彦清扶回房里，古彦清又倒下睡着了，疏香为他拉上被子。

第二天早上，古彦清没能大早起来，疏香看古彦清没有起床。忙进房间一看，古彦清依然昏睡着，嘴里说着胡话，疏香摸摸古彦清的头，正发着烧。疏香吓了一跳，忙找家人，找花镇的医生，不一会儿丁忠带着花镇的医生来了，经过诊断，原来古彦清因为水土气候的原因，再加上连日的劳累、心中的困惑，昨天又感了风寒，所以病倒了，医生说休息几日就可以好转，大家这才松了口气。医生为古彦清抓了药，丁忠在离开的时候吩咐疏香仔细照看古彦清的病，在花镇开发时刻，可不能有半点闪失。

时过中午，古彦清才醒了，看到疏香陪在自己身边，很抱歉地说："没想到病了，多谢你照顾我，真是麻烦你了。"

"醒了就好，你这是哪里的话，等你好了，还需要教你种花呢，花镇的事情不用担心，有丁伯处理着，我听丁伯说，你爸爸的得力助手秦也很快就到花镇了。"

古彦清点点头，如果有秦也在的话，自然可以轻松很多，不过他对秦也"出卖"自己父亲的事情耿耿于怀，可这也怪不了别人，都怪父亲心术不正，但经过了这么多事情，母亲为什么依然把秦也留在公司，这让他不能理解了。

疏香小心地照看着古彦清的病，几日工夫，古彦清的身体完全康复，秦也也带着建筑工人们到来了。丁忠动员花镇的老老少少们，配合着施工队伍，开始开挖花镇的道路。因为这是花魂的意志，所以村中的长老们也相信开挖这条道路是必然的事情，没有阻挠，只有古彦清等少数人知道其中的内幕，或许有一天花镇人会知道古彦清和丁忠欺骗了他们，但是到时候他们会感谢这种欺骗。

秦也的到来，让古彦清决定回一次南城，多日离家，开始思念母亲，在这个特别的时期，母亲也让古彦清担心。

为此，古彦清吃过晚饭，邀秦也出来走一走，夕阳最后的余晖温暖地洒在大地上，在阳光下，高大的推土机、挖路机摆在施工的道路上，工人们都休息去了。

秦也和古彦清一前一后走在花镇的田埂小道上，秦也停下脚步说："花镇是一个巨大的宝库，不仅仅是花卉，还包括文化。"

"秦叔叔，我今天和你不是来谈花镇文化的。"古彦清说道。

秦也顿了顿说："我们还是谈文化比较好。"

"我不是孩子了，有些事情我应该知道，关于你和我父亲，虽然说是我父亲咎由自取，可是你作为他的助手，你为什么要作为证人，我实在想不通。”

“你真的想知道？”

“是的！”

秦也想了想，似乎做一个痛苦的决定，最后他抬起头说：“你母亲要我保守秘密，这个秘密已经二十多年了，今天就告诉你。”

“什么秘密？”

“古博不是你亲生父亲！”

古彦清心中咯噔一下，退了几步，事情来得太快，二十年来的亲生父亲，说不是就不是了，那自己的亲生父亲是谁呢？

“那谁是我亲生父亲？”古彦清瞪大着眼睛问。

秦也看着悄悄落入山后的夕阳，二十年前也正是这样一个傍晚，当年自己无依无靠回到南城找自己的妻子，没想到妻子已经离开了花镇，他落魄地流落在了街头，而自己的女儿秦愈也因为旅途的劳累病倒了。无奈之下他投到了当时南城著名的商人萧家做仆人，凭自己在商业上的才华在萧家获得一席之地，成为萧家新一代商人中的佼佼者。

在一次聚会中，他认识了萧家的大小姐萧函，当时自己女儿秦愈正好两岁，由于自己忙着处理萧家的商业，所以没时间照顾秦愈，而这位大小姐特别喜欢孩子，所以经常带着秦愈玩，生病的时候为秦愈治病，日子久了，早已经对感情失望的秦也因为萧家大小姐照顾自己的女儿而产生了好感，并渐渐转化为爱意，而萧家大小姐对这位勤劳能干重感情的秦也产生了爱慕之心。

好景不长，萧家为了得到古家的种花技巧，而古家为了借助萧家的经济实力，约定了婚事，这是一起经济利益的联姻，萧家大小姐成了牺牲品，当她知道父母的决定以后，伤心泪下。

在萧函出嫁前的一天晚上，萧函以还秦愈的名义找来了秦也，此时秦愈已经安静地睡下，萧函悄悄准备了酒菜，秦也虽然知道萧函对自己有爱慕之心，但是仅仅在眉目之间，今天萧函要请自己喝酒，无法拒绝，几盅酒下去，萧函平静的脸终于流露出痛苦的神情。她倒在秦也的怀中抽泣，那是一个温柔如水的夜晚，第二天早晨，萧函倒在他的怀中安静地睡着，他悄悄起床把女儿领出了萧函的闺房，没有人知道那天发生了什么事情，但是他永远无法忘记。

萧函最终嫁给了古博，秦也虽然尽量避开萧函，但是再没有离开萧家的想法，并决定悄悄照顾萧函，不让她受到欺负，这些年来默默地在古博手下工作，得到古博的重用，十几年来，古博和萧函虽然有争吵，但是家庭还能维持。可近年来，古博越来越花心，并在外面有了女人，最终导致了家庭的破裂，秦也怎么能看着自己爱过的女人受伤害，一气之下把古博行贿一案完全曝光出来，外人看来都认为自己得到了西琳的好处，别人哪里想到会有这样大的内幕。

古彦清听秦也讲完，他惊讶得说不出话来，这样的事情做梦也不会想到，那么眼前这个男人是自己亲生父亲，他实在无法接受这样的现实，扑通一下跪倒在地面高喊："天啊！"

古彦清魂不守舍地回到住处，开始收拾自己的东西，他准备回家向母亲问个清楚，这么大的事情必须问个清楚，至于花镇的事情暂时让秦也打理。

疏香不知道什么时候站在了门口，看着古彦清整理东西，她好奇地问："你要离开花镇了，花镇的路还没有修好，你的种花技巧也没有完全地学到。"

古彦清回头看着疏香，这些日子相处，两个人已经了解很深，古彦清停下手中的事情说："我必须回一次南城，有非常重要的事情需要我去办。"

疏香问："难道现在还有比开发花镇的事情还重要的事情吗？"

古彦清把秦也对自己说的事情和疏香说了一遍，疏香听了也像天方夜谭一般，实在不能相信秦也是古彦清父亲这个事实，疏香定了定神，帮助古彦清收拾东西，她边为古彦清整理衣服边说："其实这件事情如果是真的话，你应该感到高兴。"

古彦清看着疏香，不明白她为什么突然冒出了这样的话，疏香看古彦清的神情，她解释说："你不是说齐梦涵成全你和希音吗，如果古博不是你的父亲，那么你和希音就不是姐弟，那么你们就能在一起。"

古彦清看疏香说话的神情，眼睛里闪动着泪花。古彦清问："你怎么了？”

疏香转过身去说：“没什么，不知道为什么，听说你要离开所以鼻子发酸。”

古彦清暗想：“女孩子就是这样，相处久了，感情深厚，当然容易掉泪了。”

只听到门外传来一个声音：“谁像你这样的铁石心肠，我们的疏香可是温柔善良的女子。”古彦清循声看去，原来是丁忠。

丁忠说道：“听说你要走，所以我特意来看看，有什么需要帮忙的？”

“家里出事情，必须回去一趟，花镇的事情暂时交给秦也来处理，我去去就回。”

丁忠点点头说：“你快去快回，花镇的开发正处关键阶段，这里不能少了你。”

“我明白！”古彦清握住丁忠的手。

丁忠走的时候，古彦清把他送到门外，古彦清看着他离开的背影，再看看花镇古老的建筑，他知道自己会回来，因为这里是根的所在，梦想的所在。

在离开花镇的最后一夜，古彦清在梦中再次见到希音满身是血。古彦清从梦中惊醒，看窗外，东方被黑色的乌云笼罩着，似乎阳光永远没有办法升起来。门开了，只见疏香点着灯站在门外看着他问：“怎么了，是不是又做噩梦？”

古彦清抱着头回答：“我看到希音全身是血站在我面前。”

“放心吧，没事情的，你可能太思念她了。”

“你认为秦也说的是真的吗？”

“我想他不会开这么大的玩笑，希音不是你亲姐姐，你这次回到南城就能和她在一起，永远也不分开，我衷心地祝福你们！”

古彦清看着站在门口的疏香，借着昏黄的烛光，他看到疏香的眼角闪着泪光，古彦清叹了口气，他知道这位女孩已经爱上了自己。

疏香道了晚安后，她揩去眼角的泪水转身回自己的房间去了，想到自己的感情遭遇，当年和小茶失之交臂，而今天又将和古彦清失之交臂，生活总是这么无可奈何。

第 15 章　诀别的歌

在回南城的路上，古彦清心中隐隐感觉到不安，想起晚上的噩梦，他心中又一阵地寒战，他没有心情欣赏路边的湖光山色。

古彦清到达南城，母亲萧函已经在车站等候，多日不见，萧函消瘦了许多，眼角上显现着清晰的鱼尾纹，母亲老了，古彦清暗暗对自己说。

回家的路上，萧函一路心事重重，古彦清想问清秦也是否真是自己的父亲，但又感觉不妥。

萧函沉不住气，说："想告诉你一件事情，希望你做好心理准备。"

古彦清点点头，他想母亲可能要把秦也是他亲生父亲的事情告诉自己了吧，自己早做好了心理准备。

萧函想了想说："希音受了重伤，现在躺在医院里，生命垂危。"

"什么?"古彦清惊呼，想到昨夜的梦境，难道现在也在做梦，他看看四周，的确是在现实之中，不是做梦。

"她现在躺在医院里，我想你们现在是恋人了吧，孩子，不要悲伤，去看看她吧。"

古彦清捶胸长叹道："如果我们不是姐弟，她也不会因为要躲避现实而离开南城，也不会有今天这样的结果。"

萧函不能理解古彦清的话，也不明白希音为什么要躲避现实。在她的眼里，两个孩子是一对幸福的恋人。事到如今，古彦清也不打算再保守这个秘密，他把希音母亲西琳和父亲古博的事情向萧函从头到尾讲了一遍。萧函边听古彦清说，边潸然泪下，她曾经也听说古博在结婚之前有一位恋人，没想到她是西琳，更没想到自己一直以为是古彦清恋人的希音竟然是古彦清的姐姐。

“或许我也应该把事情真相告诉你，你们就不用承担这样大的痛苦。”萧函说。

“我的父亲是秦也。”

萧函惊呆了，她想不到古彦清会知道这件事情。顿了一会儿，才回过神来说：“是秦也把一切告诉你了吧。希望我们的错误不要在你们这一代上继续，你和希音可以在一起。”

古彦清失神地看着远处，或许这一切都已经不重要，重要的是希音是否能康复。他只想用最快的速度到达医院，看到这位最关心自己的人，古彦清叫停一辆的士，萧函也同古彦清一起上了车，两人在车上沉默着，看着窗外，古彦清忐忑不安地想着希音受伤状况，祈祷上天能保佑这位善良的女孩。

此时，希音昏迷不醒地躺在床上，她被救护人员从救灾现场运送回南城医院，西琳流着泪站在手术室外面。过了数小时，天灰灰发亮，手术师从手术室里走出来，西琳着急地上前去问：“我女儿怎么样了?”

“唉！你进去陪陪她吧。”手术师叹了口气走了。

西琳听到这个消息如晴天霹雳，心中不断地懊悔，早知道今天，就不让女儿参加这次的救灾活动。

她走进病房，看到希音因为麻醉依然在昏迷之中，她流着眼泪安静地坐在房中，等待女儿醒来。

太阳温暖地洒进病房，照在希音的身上，希音终于醒来，看着母亲红肿着眼睛坐在她的身边，她伸过手去摸着母亲的手说：“妈妈，对不起，又让你操心了，是女儿不好。”

西琳揩去眼睛上的泪水说：“怎么会呢，这些年来我生病不都是你在我身边吗?”

“还记得前次我生日时候你病了，还给我过生日。”

“是啊！今年生日也买一个大的蛋糕。”

“要草莓味的那种，前次蛋糕师弄错了，给了苹果味的。”

“这次我一定仔细，不再出错了。”西琳说着说着又流下眼泪。

希音把手伸到西琳的脸上说：“对不起，妈妈，我又让你难过。”

“乖孩子，怎么会呢，我只是感动哭了。”

“妈妈，麻烦你把我行李里面的日记给我。”

西琳跑到外面向医生询问，一会儿，只见爱心志愿者们拿着希音的行李来到医院，都站在门外静静地等候。西琳把日记本拿到希音的面前，希音颤抖着手，握着笔在日记本上记录下今天的日记。这时候秦愈颤抖着走进希音的病房，看到希音重伤躺在病床上，心中一阵难受，马上又昏倒在病房里，被医生拉去抢救。

“妈妈，把我日志给古彦清，把我的心给秦愈吧。”希音吃力地说着把日记递给母亲，西琳已经说不出话来，她接过日记点点头。希音微笑着，像孩子一般摸着西琳的手。

这时候，古彦清和萧函来到医院，古彦清匆忙地走进希音的病房，看希音面色苍白地躺在病床上，气息微弱。他来到床边，握住希音的手，希音又从昏迷中惊醒，看着悲伤的古彦清，微笑着说：“知道吗？我在等你，我知道你一定会回来看我的。”

“答应我，无论如何，我们永远不分开好吗？”

“好遗憾啊，我是你的姐姐。”希音的眼角又流下泪来。

“不，你不是我的姐姐，我的父亲不是古博。”

“真的吗？”

“你可以问我母亲。”

希音朝萧函看去，萧函在悲痛中轻轻地点点头。

“彦……清！”希音紧紧握着古彦清的手，用尽全身的力量说：“原来，我们……可以……在……一起。”古彦清看希音的手渐渐松下去，她眼角全是泪水。

古彦清和西琳趴在床边痛哭，在医院的所有人，低沉着脸，似乎全世界开始沉沦。

希音下葬那天，天空特别的晴朗，万里无云，漫山开着洁白的山茶花，优美的景色和西琳的心情形成鲜明的对比，参加葬礼的人并不多，主要是西琳的亲人和爱心协会的负责人，齐合与紫兰等人也出席了葬礼，葬礼很简短，没有华丽的追悼词，人们陆续地到来然后陆续散去，没有人追问躺在这里的人是如何死去，也没有人提起她曾经做过什么感人的事迹，最后只剩下母亲西琳拿着女儿的日记站在坟墓前，久久没有离开。

古彦清一直陪伴在西琳的身边，两个人失神地站在墓碑旁边，似乎墓碑也木然地看着古彦清。古彦清伤感地看着墓碑，只有风吹着花圈沙沙作响，仿佛在回忆，也仿佛在悼念。西琳听了，眼泪又流下来。古彦清内心极其复杂，是的，他们可以在一起，可是一切已经迟了，死者已去，生者应该更坚强地生活下去。

古彦清来到西琳面前安慰说："希音的离去，我也和琳姨一样的悲痛，您要保重。"

西琳抬头看着古彦清，从希音的遗物里拿出日记，递给古彦清。古彦清接过厚厚的日记，翻开一看，一张书签从中落下，原来是她曾经从古彦清手中骗走的凤尾蝶标签，古彦清拾起了标签，标签上用黑色的墨水写着："要永恒只有逝去生命，作为标本。"

古彦清翻开日记，日记上记录了希音这次活动中的遭遇。古彦清从里面知道了事情发生的大概。八月初希音离开南城，前往地震灾区，这些地方远离城市，交通和通信不发达，再加上连日的暴雨，要把外面的物资运送到灾区苦难重重，地震后加上泥石流，使得灾情更加严重，很多人失去了自己的房屋，更多的人失去了亲人，有些人在灾难中受到了身体和心灵的双重创伤。

希音和许多爱心协会的人员在一个不知名的山村里停下前进的步伐，政府临时在这个地方建设了帐篷，暂时接纳旁边小村落的灾民。这里住着灾区搬迁出来的一群灾民，其中有十几个在地震中受了不同程度的伤，需要医生照看，希音和两个同来的女护士留在这里看护这些病人。当地村民讲，这地方叫风之谷，三面环山，山前是一条奔腾的河流，沿着险峻的山峰往南而去，它地处喜马拉雅山火山地震带，所以地震不断，滑坡和泥石流常发生。本来村民都居住在风之谷的谷中，因为地震，山体滑坡，谷地已经被山石填盖，死伤无数，幸存者们离开了风之谷，搬到了山上。

希音和两个同来的朋友一起在临时搭建的医院医治受伤的群众。这天早上，天空下着绵绵细雨，风之谷完全被浓雾笼罩，希音的临时医院接到消息，风之谷旁边的一个小村庄发生山体下滑，村中的许多人遇难，要求医院的所有人员前去援助。

风之谷有一辆临时救护车和一辆吉普车，在院长的带领下，希音和大家一起前往受灾地，一路上，车开得很缓慢，这些地段都是毛路，道路狭窄，再加上下过雨，所以危险性也很大。希音坐在车上抬头看，头顶是巨大的山石，摇摇欲坠，山路下巨大的深谷，稍不留心，就可能车毁人亡。

还没有到达受灾地，一路上看到村中的灾民零星地往风之谷方向走，向他们打听，知道还有一些人不知道去向。带着急切的心情到达小村落，山上的小村落已经消失，可以看到零星破损的房屋在山坡上，村民已经离开，有些村民被埋在山石下，已经无法把他们挖出来。希音和其他人员在破损的村落里四处寻找，希望能找到幸存者，在一间被埋葬的小屋里，希音听到轻微的孩子的哭声，希音和大家一起动手，发现一个两岁左右的小女孩在被埋得只剩下屋顶的房屋里哭，大家一起把小女孩救了出来，再往深一点的地方挖，人们又发现了一双女人的手，是小女孩的母亲，她已经完全被土埋葬了，大家很惊讶这个小女孩为什么能活过来，后来才知道，当这个母亲看到泥石流要把自己埋了，就把自己的小女儿举到头顶，小女孩活了下来，可是母亲已经死去。大家把这个伟大的母亲挖了出来，又发现这个母亲身下是一个男人，他是小女孩的父亲，他把自己的妻子举在肩膀上，然后妻子把女儿举到头顶。

大家被这个场面感动，大家都没说话，默默地埋葬了小女孩的父亲和母亲，然后带着小女孩回到了医院。小女孩虽然受到惊吓，半夜总是哭喊着找妈妈，希音照顾着这个小孩子，希音喜欢小孩子，而且懂得照顾孩子，所以慢慢地孩子和她相处熟悉了，很少再哭喊着找妈妈，这可怜的孩子，因为太小，根本不知道悲伤为何物。

各界的物资源源不断地运送到灾区来，政府在空旷的土地上新建了楼房，不久后，人们又住进了新的家。灾难过去，希音和志愿者们一批批撤离了风之谷，希音回家的日子也渐渐逼近，可希音因为带着这两岁的小女孩，需要托付给这里的人们，希音等人四处寻找，终于找到善良的人家，他家孩子也在这次灾难中死去，家里没有了孩子。希音把孩子托付给他们，她终于松了口气，终于可以回到南城，离开家太久，对母亲也异常地思念。

就要离开时，她接到消息，一个村落因为再次发生泥石流，又有很多人遇难，需要希音等人去救援。像前一次一样，希音又一次前往受灾地，可是很不幸运，在回来的途中，山体滑坡，一块巨大的岩石从山上滑落，正好砸在了希音乘坐的车上，司机在事故中死去，希音重伤，风之谷条件简陋，没办法做手术，希音被连夜送回到南城，可一切已经迟了，回天无术。

古彦清在悲伤中叹了口气，继续翻看日记，在日记最后一页，上面写着五个字："祝你们幸福！"

古彦清紧紧地握着希音的日记，他想知道希音给他日记的原因是什么，最后的日记仅仅是祝福的话，那么希音的花溪行的日记，还有这次的救灾活动，上面记录了许多感人的事迹，她在诠释花魂种子幸福的含义，古彦清回头对伤心的西琳说："琳姨，希音离开了我们，以后我做您的儿子。"

西琳握着古彦清的手热泪纵横，古彦清牵着西琳，一步步走下山来，山下是医院，浓密的树荫，秦愈的心脏手术正在进行，她将拥有一颗希音的心。

齐合焦急地等待在手术室的门口，虽然她找来了最好的手术师，但是依然不放心，西琳和古彦清出现在医院里，看到齐合焦急地在手术室外面等待。齐合上前紧握西琳的手说："感谢你，还有你的女儿。"

"这是我女儿希音的意思，秦愈一直是希音的好朋友。"说到女儿，西琳的泪水又流了下来。

齐合作为一流的商人，在整个生意场上只有永恒的利益，没有永恒的朋友，她现在终于明白为什么齐梦涵念念不忘南城的朋友，因为这里只有友情，而不是利益的冲突，或许有一天这一切都会消逝，可是却永远值得回首。

"不过我有个小小的希望，希望你们齐家回到南城，树高千丈，落叶归根，这里的发展也需要你们。"

齐合点点头说："我不会离开这里，至于投资问题，我会和哥哥商量，我也希望他能回到南城。"

古彦清问："梦涵是否会回到了南城？"

齐合回答："她订婚了，会去日本。"

“订婚了？去日本?”古彦清的眼睛里流露着失望，人生如此，风云多变，当时在一起的希音和齐梦涵，就都这样都远去了，

“那我和古彦清先走了，等你女儿病好了来看她。”西琳和古彦清离开医院，西琳的步调是沉重的，古彦清把她送回家中，到了门口，古彦清把希音的日记递给她，他知道希音虽然把日记送给了自己，但是西琳更需要这日记。

西琳接过日记说：“希音和你讲了吧，你们是同父异母的姐弟。”

古彦清回答：“以前我们都认为是姐弟，所以希音为了逃避我离开南城。等秦也告诉我事情的真相，一切已经迟了。”

“如果希音早知道这个事实，我想就不会有今天这样的结果，她也不会因为你是她弟弟这件事情苦苦地思索，可是一切都晚了，等她知道这个消息，已经天各一方。”

遗憾的何止希音呢，不过希音经历了这么多事情，一定感悟很多，不然不会写下最后祝福的话语。

古彦清问：“今后有什么打算，如果琳姨愿意，我们一起开发花镇，完成希音未完成的心愿。”

说到花镇，一切又回到原点，西琳问：“是不是再让世界多一座南城。”

“我们的梦想是只要有苦难的地方就有花魂的种子，有花魂的花朵，这就是我花重锦城的梦想。”这是一个永远无法实现的关于幸福的梦想，也是开拓者们永远的关于幸福的追求。古彦清又想到了齐梦涵，希音说她一定会回来，但怎么就订婚了呢?

第16章　遥远的期望

这还得从几个月之前说起，当日齐梦涵为了成全古彦清和希音狠着心离开古彦清，她失神地回到台北。

下午时分，她穿着睡衣站在窗台看着西边，想南城的好朋友们，以及花镇美丽的回忆，离开时候古彦清痛苦的神情，依然还历历在目，仿佛发生在昨天，她心中一痛，想到在以后的日子里希音会照顾古彦清，心里又非常矛盾。

齐合走进房间，看见齐梦涵一个人站在窗台边发呆，她悄悄走到齐梦涵身后。齐梦涵因为神思在千里之外，没有发觉齐合的到来，齐合也因为处理齐家撤走资金的事情才回到了台北，她把女儿交给紫兰。虽然她很放心紫兰的能力，可是思念女儿的感情依然很深，这些年来一直把齐梦涵当作女儿一样看待，所以想到齐梦涵，过来看看齐梦涵。

齐合走到齐梦涵的身边说："还没有睡觉啊，是不是有心事，我们离开台北有好长时间了，明天，你父亲准备到你母亲的坟墓去祭祀你的母亲，你做好准备。"

齐梦涵问齐合说："你是不是很想秦愈，你好不容易找到女儿，还没有和她很好地相处就离开她。"

齐合端了杯茶站在阳台说："这些年来，我把你当作自己的女儿一样，现在找到自己的女儿，我处理好这些事情，将过去陪她，以后你父亲的身边只有你一个人了，所以你要多照顾你的父亲。"

"其实我们可以不离开南城，这样大家不是可以团聚了吗？"

"离开南城是无奈的举动，你父亲并不仅仅从南城把资金撤了出来，而是撤出整个亚洲的资金。”

齐梦涵不明白发生了什么，瞪着眼睛问这件事情为什么这样。

“你离开南城到花镇的日子以来，整个亚洲暴发了金融风暴，你父亲为了避免更多的损失，所以不得不撤走资金，虽然南城是我们的故乡，可是不要忘记我们是商人。”

“我们是否还会回到南城？我说的是等这次风波过了以后。”

“或许吧，你南城的朋友很值得你回忆，你很想回去吗？”

齐梦涵不知道如何回答，她思念古彦清，以及南城的朋友，可是她已经决定离开，纵然回去，如何去面对古彦清和希音呢？只会打乱他们的宁静生活，齐梦涵感觉自己已经不属于南城的人，在她记忆深处，那里有个永远值得回忆的男子。花镇和南城的每一段经历都非常值得她去回忆，她也小心地珍藏起这些美好的回忆，生怕打碎了。此时此刻希音是不是和古彦清在一起呢？她相信希音会照顾好古彦清，因为这些年来希音都很好地陪伴在古彦清身边，现在也应该是。

“如果你愿意回去的话，等我回南城的时候同我一起去吧。”齐合说。

“可是我走了谁来照顾我父亲呢？到时候他一个人孤单单的。为什么不把秦愈接来这里，那么我们一家人就可以团聚了。”

齐合不是没有考虑过这个问题，也同秦愈商量过，秦愈说从小在南城长大，对一个将离开这个世界的人来说，能死在出生的故乡也是件幸福的事情，况且秦愈的父亲在南城，秦也的亲人和事业都在南城，他绝对不会离开的，所以秦愈也找不到更充足的理由离开自己的父亲，毕竟这些年来，是父亲一直照顾着她，相比较母亲的感情在心中要重许多。齐合知道这些原因后，也不再过多地要求秦愈同自己一起离开，这些年来，她欠孩子的太多，所以她决定放弃一切在南城经营那间祖屋的小花店，和女儿度过最后的时光。

齐梦涵把头靠在齐合肩上说：“我们这次从南城回来，我们家将面临分开，这些年来，家中无论发生什么事情，遇到多么大的困难，我们都在一起生活着，可是这次似乎一切没办法挽回。”

“不要这样伤感，我相信我们一家人还能在一起的，后面的路很长，如果你相信花魂的神话，你就要相信我们还会回到故乡，忘记这些事情吧，继续快乐地生活，在这里你还有朋友，你回来了，应该去拜见这些好朋友。”

“我的好朋友？你说李翼？”

齐合点点头说：“你好久没见到他了吧，应该去看看老朋友了。”

说到老朋友，齐梦涵想到自己的舅舅辽远。多日不见，不知道舅舅是否还好，齐梦涵心事重重，没有办法继续睡觉，她站在阳台上，看着远处的海面，海很平静，几只海鸟自由地在天空中翱翔，似乎在告诉人们，这又是一个平静的傍晚。

第二天早上，齐梦涵很早起床，她走下楼，看到父亲坐在楼下的椅子上读着报纸。这是齐百的习惯，每天早上都会翻看报纸，看世界发生了什么事情，对一个生意人来说，政治、民生和军事是必须了解的，不了解这些，生意就有可能失败。

齐梦涵来到父亲的身边。父亲看到她下楼问：“还早，可以多睡一会。”

齐梦涵在父亲的身边坐下，也像父亲一样拿起一张报纸读起来。

齐百说：“整个亚洲的金融体系都存在崩溃的可能，你看看这个昨天香港的股市，一直下滑。”

齐梦涵接过报纸一看，果然整个股市都在下滑，这又将是一次大的金融风暴，她问：“这次齐家损失了多少？”

齐百端起茶杯说：“由于早些预见了今天情况，公司很快撤走资金，损失并不大。真希望你是学经济学，那么以后你就能很好地预测这些风险。”

齐梦涵听父亲这么说，原来自己悄悄背着父亲学法律的事情他早已经知道，齐梦涵小声地问：“这件事情你早已经知道了，我连合姑都没有告诉，你是怎么知道的？”

齐百笑了笑说：“你是我孩子，这些我当然知道了。你喜欢什么就学什么吧，我也不勉强你，毕竟以后需要你自己独自地生活，要相信自己的选择。”

齐梦涵上前靠在父亲的怀里，想不到一直希望自己学经济学的父亲这么开明。齐百一直希望女儿学经济学来接管齐家的巨大的商业，可这次回到南城，经过同易风与秦愈的交谈，他开始转变做父亲的一些态度，尽管自己一直深爱女儿，可是没有把这种爱很好地表现出来，渐渐地他也不再把自己的意志加在女儿的身上，而是以一个单纯的父亲的身份来处理和女儿的感情。

齐百说：“你看这则消息，南城周围的一个城镇发生了较大的地震，死伤了很多人。”

齐梦涵接过报纸一看，果然在南城旁边发生了一次大地震。她突然想到希音，不知道希音是否会像前次一样参加抗震救灾的活动呢？

齐梦涵问：“父亲是不是还惦念着南城，我们是否会回去呢？”

齐百点点头，齐梦涵母亲月祈死的时候给齐百留下话，要齐百把自己埋在故乡，南城一个叫花溪的小山村，当时由于历史的原因，没能够把月祈运回故乡埋葬，这次齐百回到南城，顺便调查到了月祈父母亲的陵墓，他想完成月祈留下的遗愿。月祈有一个弟弟和妹妹，弟弟同自己来到台北，可是妹妹依然留在花溪，前次齐合到花溪，月祈的妹妹已经在矿难中死去，留下一个六七岁的男孩，他必须把这位小男孩接过来。齐梦涵从小很难听到父亲谈自己的母亲，家里上下似乎都忌谈论月祈，或许怕勾起齐百对妻子的怀念，所以齐梦涵对生母知道得甚少。月祈的弟弟名叫辽远，成年后参加了军队，有所建树，现在是个上校。由于是军人的缘故，辽远对待人很严肃，可是对齐梦涵，他很随和，带着齐梦涵的时候，完全看不出他是个军人的样子。或许辽远从小和姐姐月祈一起长大，对姐姐充满感情，从而对小侄女特别的关爱，另一个方面，齐梦涵太像月祈，让人无意识中想到月祈，所以亲情变得非常的浓重。

“你的意思是要把母亲的坟墓移回去？”齐梦涵说。

“我已经买好了墓地，新年后，我就把你母亲的坟墓移回去。”

“你亲自去吗？”

“你舅舅回去，怎么，你也想回去？”

齐梦涵没有回答，她对南城很眷恋，对古彦清和南城的朋友很思念。齐百看着女儿问：“那天在飞机场看到的男孩是谁？”

“爸！你别问这个。”齐梦涵有点生气地说。

“好好，我以后不问了，婚姻的事情，你可要慎重，我还等着女婿来掌管我们家的产业呢。”

“正因为我家的大产业，我都不知道谁是真心对我的，还是冲着我家的大产业来的。”齐梦涵喃喃地说。对一个富家女，或许永远也不会缺少吃穿，但是她很难获得单纯的友谊，因为很难分清楚对方为什么目的而来。

齐百哈哈大笑，这正是自己的困扰，所谓商场无父子，朋友众多，分辨不出谁是真正的朋友、谁是真正的敌人，这才是真正的寂寞。

突然，从外面传来一个声音：“你们两父女大清早就这么开心啊，看来我来得正是时候。”

齐百和齐梦涵循声看去，来人正是辽远，他全身军服打扮，面庞坚毅，目光有力，他后面还带着三个人，一个年纪五十左右，是父亲的合作商李究，后面带着的是他的孩子，男的李翼，女的李晴。

辽远走进来说：“你们可回来了，知道你们回来，所以我和李究大早赶过来，一切还顺利吧。”齐百和齐梦涵从椅子上站起来，齐百和大家寒暄起来。李晴上来牵住齐梦涵的手说：“梦涵，好久不见，变得越来越漂亮了。”

“你也是啊!”齐梦涵说着看了眼旁边的李翼，李翼笑着看着两个女孩在一边讲话，齐梦涵和李翼是在日本认识的，当时齐梦涵在日本读书，李翼比齐梦涵大两级，从看到齐梦涵就开始喜欢她，并一直以学长的身份照看她。齐梦涵是一个自立性很强的人，这样的照顾恰恰适得其反，弄得关系越来越疏远。李晴和齐梦涵同一级，两个人关系还不错，当然表面上关系不错，关于内心的事情，齐梦涵从来不敢向她透露，如果她和她哥哥知道自己的个人事情，一起联手，齐梦涵可就痛苦了。当然齐梦涵还有一个不喜欢李翼的原因，李翼一直在日本长大，从而缺少了很多共同语言。很多观念很难达成共识。所以几年下来，李翼和齐梦涵的关系没有什么质的突破。

齐百设了宴邀请李究父子和辽远几人，大家在宽敞的客厅坐下，大家分宾主而坐。齐百坐在主席，面南而坐，齐梦涵、辽远和李家父子相对而坐，齐合也下楼和齐梦涵坐在一起，齐百在席间和大家客套了一番。

在席间，有意无意间，李翼斜眼看坐在桌对面的齐梦涵，李究把儿子的举动都看在眼底，李究对齐百说："齐兄，梦涵侄女变得越来越漂亮，这次我来这里的目的，除了我们两家的生意之外，打算为自己的小儿提亲。"

齐百是极其聪明的人，明白李究这句话的用意。他和李究有上千万元生意来往，如果处理不妥当，明摆告诉齐家和李家的生意有可能达不成协议，齐百哈哈大笑说："李兄，我们老人就谈生意，至于感情的事情让孩子们自己处理吧，这个年代已经不是我们那个时代了。"

李究也是商场过来的人，齐百的意思很明白，纵然要用生意来要挟他也没有用，感情的事情他以一种随孩子自己去的态度，李究也是知趣的人，也哈哈大笑道："齐兄说的极是，来，我敬你一杯。"

两个人数句话，暗藏着无数的锋芒。齐梦涵在一边低头不语。李翼索性抬起眼睛，直视齐梦涵。齐合看齐梦涵处在这样尴尬的环境，缓解气氛说："李总，你真是个有福的人啊，女儿和儿子都很懂事。"

李究虽然知道这是奉承的话，但是听着很受用，谦虚地说："我这个女儿被我惯坏了，还需要你多多指点。"

齐梦涵不喜欢这样的场面，很快吃完饭，就起身准备离开，她很有礼貌地和大家告辞，然后离开席位。李翼看着齐梦涵站起身来准备离开，想随着同去，可是又没有合理的借口。

李晴看哥哥矛盾的神情，也站起来，对齐梦涵说："齐梦涵姐姐，你家周围环境很优美，能不能带我去外面看看？"

齐梦涵很爽快地答应下来，李晴拉着齐梦涵往外走。

两个人一直朝家外的海滩走，正是中午，海滩上走满了旅行观光的人，大海平和地掀动着浪花。

齐梦涵和李晴走在岸边，看着过往的行人，李晴问："梦涵姐，还记得在日本的时候一起去海边旅行的日子。"

"或许那里是你的家，所以你的记忆也特别深刻吧。"人总是有一种归属感，像李究是台北直接长大的商人，所以归属感来自台北，而李晴在日本随着母亲长大，所以对母亲所在的国度有很深刻的记忆。也正因为这点齐梦涵和李家兄妹心中有隔阂。

"听说你回到南城了，据说那里比较落后，而且常有饿死人的现象。"

齐梦涵说："我们有时候都被媒体欺骗了。还记得当年我们碰到的中国留学的学长吗？他和我讲的故事和媒体里说的根本不是一回事情。媒体在误导我们。"

"是吗？"

齐梦涵不想再解释什么，因为这样的误导是经常见到的。古彦清曾经和她讲了一个故事，有一次，一个上海人来到南城，并在随身的行李中携带着很多的蚊香，在这个上海人的思想中，南城是一个落后的地方，落后到蚊香都需要从上海带过来的程度。在中国国内民众之间都有这样的观念，要一个从来没有到过南城的人明白南城也是一个文明的城市似乎并不是件容易的事情。齐梦涵莞尔，既然解释不清，她就直接描述说："南城这个地方都是原始森林，人们的交通也很不方便，大家的交通工具是大象，上学的孩子都是骑着大象去的。"

被齐梦涵这样描述，李晴睁大了眼睛，好奇冲击着神经，这个世界显然要比她看到的工业化的世界好多了。

"似乎你很留恋那个城市。"

齐梦涵的心中感觉突然被击了一下，人有时候就是这样，会因为一个人记忆一座城市，也会因为一个人而忘记一座城市，或许和古彦清在一起时候的记忆太美好，所以她没有办法忘记南城，但也因为古彦清的原因她也试图去忘记这座城市。

"你在想什么？"李晴问，"你是否准备回南城？"

"或许不会回去了吧。"

"那你会不会回日本继续念书？"

齐梦涵没有回答，虽然在日本念书三年，但是在她的记忆里，她仅仅是一个过客，宛如一个旅行者，或许还会回去。再次回去回忆曾经的旅行。

"我希望你能去，我和哥哥都欢迎你。"

齐梦涵点点头，她知道李晴正帮哥哥，站在她的角度看看，李翼的确是个不错的人，和李晴这个妹妹的关系处理得非常的融洽。

李晴笑着说："其实我们这次来这里的主要目的是……"

齐梦涵不等她说完，打断她的话说："看这平静的海，真希望能驾驶着风帆自由地在海面漂荡。我是不是太天真了？”

说者无心，听者有意。李晴笑着说：“其实这个理想容易实现。只要你愿意。”

两个人正在说话，李翼也随着两个人来到海边，天空中飞翔着一只海鸥，自由自在无拘无束，可是当海鸥疲倦了，要找个落脚的地方的时候，应该在什么地方落脚呢？

李翼就是这样一只海鸥，身边绝对不会缺少女孩，可是多少年后感到疲惫想找一个地方落脚，此时发现世界中到处是蓝色的海面，没有一块礁石，这让他想到齐梦涵。齐梦涵给他的感觉，态度温和，宛如一朵高贵的牡丹，高贵而不敢侵犯，李翼这样风流的公子哥也不得不退让三分。

阳光很温和地洒在沙滩上，李翼看到两个女孩提着鞋子漫步在海边。在海风下，齐梦涵的长发飘逸，齐梦涵美丽单纯的外貌和景色连在一起，引来过往行人惊羡的目光。

李翼看妹妹也和齐梦涵走在一起，也没有什么忌惮，走上来和两个女孩走在一起。齐梦涵看到李翼心中非常的不自然，在她的心中，这次李翼来台北的目的不是因为商业，而只为了亲事。齐梦涵没有直视过李翼，她抬起头来，用很快的速度扫了一眼李翼，当年在学校里，李翼的名声很大，很多女孩喜欢他，一方面家里有钱，另一个方面确实英俊潇洒，传闻，李翼和许多女孩关系暧昧，这是齐梦涵不喜欢李翼的根本原因。

她联想到古彦清，或许是因为社会的原因，在古彦清的身上可以找到真实的感情，他和希音的感情真挚而让人羡慕，和秦愈的交情像对待自己的姐姐一样，单纯而善良。齐梦涵一直在外面，家中的富裕生活，使得她看不清楚谁是她真正的朋友、谁又是真正在乎她的人，她在古彦清身上找到了她所失去的东西，如果让她在李翼和古彦清之间选择，她也会选择并没有李翼般风流潇洒的古彦清。

齐梦涵心中暗暗叫苦，她总是希望忘记古彦清，可是总是在不知不觉中把他拿出来和别人对比。如果真正对比，暂时谁能取代古彦清在她心中的地位呢，李翼不过是一个曾经喜欢自己，并被自己拒绝的风流公子。

李翼和李晴看梦涵总是走神，心事重重的样子，两个人认为因为早上李究向齐百提婚事，所以她内心不安，两个人更不会想到齐梦涵正想念一个远方的人。

李晴指着远方的帆船对李翼说："哥哥，如果我们也能驾驶一艘帆船，那是多么愉快的一件事情，梦涵喜欢帆船。"

李翼明白妹妹的意思，他转过身去拿出手机，齐梦涵看李翼和手机对讲了一会儿，不知道说什么。

一会儿，李翼对两个女孩说："稍等一会儿。"三个人继续在海边散步。过了半个小时左右，一个人驶着一艘帆船向三人驶来，帆船停在三人面前。李翼说："不是说喜欢帆船吗，大家上船吧。"

齐梦涵惊讶地看着李翼，这是一艘古老的帆船，估计是旅游时候用的，木制的桅杆和白色的风帆。半个小时内弄来这样一艘帆船，齐梦涵不得不惊讶李翼的经济实力。从另一个方面来说，李翼就想告诉齐梦涵李家的经济实力雄厚，我李翼自然配得上你齐梦涵，你喜欢帆船，我就给你弄一条帆船，可是李翼恰恰错了，齐梦涵是个不喜欢商业的人。她心想，纵使你李翼有万贯家财，经济实力雄厚，与我何干。这样随性花钱也是齐梦涵所不齿的，齐家今天发达了，可是在教育孩子的时候，依然提倡节俭，李翼的行为让齐梦涵感到恶心。

齐梦涵虽然心中不齿，可依然微笑着拒绝说："我很喜欢帆船，可是今天身体不适，下次吧，我看出来也有些时间了，我们回去吧。"说完转身朝家走去，把李家兄妹甩在一边。

李翼当然明白齐梦涵不是身体不适，而是不愿意，不过他觉得这也很正常，毕竟女孩比较矜持，也没有把这事情放在心上，齐梦涵的想法他做梦也不会想到的。

李晴有些不愉快，齐梦涵说喜欢帆船，而现在哥哥把帆船弄来了，她却摆大小姐的架子，分明是不给面子。况且这个提议是自己提出来的，她虽然心中很不愉快，也没有办法，毕竟是哥哥喜欢的人，以后可能成为嫂子，更长的日子需要相处。

李晴看齐梦涵走了，一言不发上了帆船，这下轮到李翼为难了，是随着齐梦涵走，还是和妹妹一起走？他心里希望和齐梦涵一起走，可齐梦涵一副拒人千里之外的样子，实在没有理由，跟着妹妹，那是自然的事情，可是又不甘心，所以只能呆立当场，看着齐梦涵和妹妹离开。

齐梦涵不管李家兄妹，回到家，看到父亲和舅舅谈着事情，齐梦涵和舅舅的感情很好，只听到父亲对辽远说：“你姐姐的骨灰需要你移回她故乡花溪，今天终于能实现你姐姐的遗言。”

齐梦涵好奇地问：“舅舅，你要去南城?”

辽远笑着说：“把你母亲的骨灰移送回花溪去，也就是我从小长大的故乡，顺便到南城看你合姑的女儿。”

“把母亲的骨灰移回去，在这里不是挺好的吗?”

“事情是这样的，你母亲临终前交代要我们把她葬在故乡，因为客观的原因所以没能实现这个愿望，现在条件成熟了。你是不是也随着舅舅去，去你母亲的故乡?”

齐梦涵很想去但又怕见到古彦清，咬咬牙说：“我想想，想好了告诉你。”

“下个月走，你想好了提前告诉我。有梦涵做伴，我想路程会轻松许多。”

齐梦涵做了个鬼脸，辽远大笑说：“梦涵在我面前可能永远也长不大了。”

“才不是呢!”

“也是啊，怎么说都有来提亲的人了。我看那李家的孩子人挺帅的，你好好考虑。”说完，辽远又哈哈大笑。

齐梦涵假装生气地撒娇道：“舅舅，你就忍心把我嫁出去啊。”说完撇撇手，转身朝楼上走，辽远在楼下笑得更欢了。

等李究父子和辽远离开齐梦涵家的时候，已经是傍晚，李翼离开时恋恋不舍的神情，还有李晴疲惫的眼神，都被齐梦涵看在眼里。

李究和父亲齐百的生意似乎谈得非常融洽，离开的时候都非常愉快。齐百一家三人把客人送到门口，在回家里的时候，齐百问齐梦涵：“梦涵，这次你李究大伯主要是为帮儿子说亲而来的，我看李翼那孩子还不错，对市场有很深刻的认识，我挺喜欢的。”

齐梦涵顶了句：“你喜欢就收来做干儿子吧。”说完愤愤地往楼上走。齐百脸色大变，女儿大了又不方便生气。

齐合在一边说：“哥哥，或许孩子的事情我们做大人不要太多地插手，还记得我们年轻时候吧。”

齐百听齐合这样说，心平气和起来，当年为了妻子月祈，自己不仅不听父母，还离家出走，今天齐梦涵生气完全可以理解。

齐合知道哥哥希望找一个在商业上能独当一面的人，而李翼就是这样的人选，可齐梦涵天生不喜欢商业，李翼在这方面的优势完全无用。

齐百说：“合妹，今天的事情太唐突，梦涵那边需要你好好地和她谈一谈。”

齐合点点头，她明白哥哥默许了这婚事，难怪生意谈得很顺利，可她又不能去强迫齐梦涵，逼得急了，恐怕齐梦涵也学当年的齐百一样离家出走，那是她不愿意看到的。

齐合上楼走进齐梦涵的房间，齐梦涵躺在床上，眼睛漠然地看着天花板，齐合来到齐梦涵的床边坐下。她并不和齐梦涵谈李翼的事情，而是转个方向说：“梦涵啊，下个月你的生日快到了，你希望怎么过你二十三岁的生日？”

齐梦涵的眼睛从看天花板转到齐合的身上说：“合姑，你和我一起过吧。”

“我知道你喜欢安静，可是我希望热闹一点，好久都没热闹过了。”

“那就听合姑你的吧，你是不是又要邀请商业界的名流？”

齐合笑了说：“你就别骗合姑了，你的想法我自然知道，说吧，希望怎么过！”

“你就陪我去看日出吧。”

齐合当然不清楚齐梦涵要去看日出的内情，在南城秦愈过生日的时候，古彦清、希音、易风大家一起到砚台山看日出，那个日子是她一辈子没有办法忘记的。

她从上衣里拿出一朵银制的桂花，这是离开花镇时候扎依送的礼物，想到还有一模一样的另外一朵桂花在古彦清手中，她嘴角轻轻地微笑着。

齐合从齐梦涵手中拿过桂花说：“这是谁送的桂花，和我们的银百合制作工艺似乎是一样的，根据家谱记载，代表爱情的信物。”

“梦涵啊，是不是有喜欢的人了？”

齐梦涵翻了个身背对着齐合说：“哪里有！”

“还狡辩，转过来看着我。”说着拉了拉齐梦涵的肩膀。

齐梦涵转过来脸红着说：“我说没有就没有。”

“没有还这么脸红，告诉合姑，我帮你。”

“就是没有嘛！”

“是不是古彦清，那天你离开时候淋着雨来看你，我看着他淋在雨中，怪可怜的。”

齐梦涵想到那时候的情景，眼泪感觉要夺眶而出，明明自己喜欢他，为什么要狠心地拒绝他，而且还那么的绝情，没有任何挽回的余地。

越想越伤心，索性趴在齐合的肩膀上哭了起来，齐合抚摩着齐梦涵乌黑的头发说：“别哭，我相信那个男孩也喜欢我们的梦涵，和我一起回南城找他吧。”

齐梦涵没有说话，趴在齐合身上不断地抽泣，在齐合的记忆里齐梦涵从来没有哭过，今天使得她这么伤心，多半是悔恨交加，当失去的时候才发现对方对自己是多么重要。

齐合安慰说：“没关系，我们一起回南城吧。”

“可是我伤害了他，无法再见他，我想有希音陪着他，他一定能找到自己的幸福，希音是一个好女孩，而且他们从小一起长大，她比我适合他。”齐梦涵也安慰自己说，她觉得这个理由已经足够充分地说服自己，可是她依然痛苦难过，这就是感情，最冠冕堂皇的理由也无法说服自己，减轻内心深处的痛苦。

“我们的梦涵长大了，需要去承受感情，慢慢就好，那些以为不会遗忘的东西总是在不知不觉中被遗忘。”

齐合说的正是自己和秦也的爱恨情仇，有什么不能被遗忘的呢，需要的仅仅是遗忘的时间，当痛苦接近麻木的时候，就等待着时间把痛苦洗礼干净，或许这就是人生。

齐梦涵哭累了，趴在齐合的肩膀上安静地睡着了，齐合把齐梦涵小心地放在床上。盖好被子，悄悄离开房间。齐梦涵开始做一个漫长的梦。

第二天清晨，齐梦涵被楼下说话的声音吵醒，齐梦涵仔细一听，原来是李翼的声音，他和父亲正在楼下聊天，这时齐合走进来坐在齐梦涵的床头。齐梦涵好奇地注视着齐合，不明白她这么早起床做什么。

齐合说："你知道这么早谁来了。"

齐梦涵故意问："谁这么早来吵醒我睡觉。"

"你父亲把李翼叫来了。"

"叫来做什么，不关我的事情。"

"昨天你父亲和李究谈到李翼，李究要求让他儿子在你父亲这里工作，锻炼些日子。"

齐梦涵起床缩成一团，用被子裹住自己，叹了口气说："司马昭之心路人皆知，李家那么大的公司，不在自己公司工作来我们家工作做什么。"

齐合笑了笑，李家做的这一切都是为了李翼和齐梦涵之间婚事，大家心知肚明。齐合说："大家都知道为什么，也说明李家很尽心，也很有诚意。"

"合姑也希望我嫁给李翼吗？"

"我希望你能幸福，无论从什么角度讲，李翼的确是符合做齐家的女婿，也符合你父亲的要求，从理智方面来说，是不错。"齐合加了"理智"两个字，她更清楚感情的事情并不是靠"理智"两个字所能说清楚的，如果真全靠理智能说清楚的话，世界上也不会有那么多的感情纠纷了。

齐梦涵没有说话，现在除了自己，家里的人似乎都喜欢李翼这个人，包括最了解自己的合姑。

齐梦涵起床，梳洗完毕，走到楼下的大厅，看到李翼和父亲坐在大厅外面的草地上谈得非常愉快，不时传来父亲开怀的笑声，齐梦涵叹了口气，李翼的确征服了她的全家，尤其是父亲，两个人一老一少，这样下去非成忘年之交不可。

齐合也随着齐梦涵走下楼来，然后拉着齐梦涵走出客厅，齐百看到齐梦涵出来，说道："梦涵，起床了，准备准备，今天吃过早饭，我们一起去祭拜你的母亲。"齐梦涵点点头。

齐百转过头问李翼说："你今天有没有时间，如果有空的话，和我们一起去，年轻人在一起活跃。"

李翼求之不得，这么好的机会和齐梦涵在一起，纵然没有时间也得抽出时间来。齐梦涵在一边咬牙，心里很不爽快，虽然自己没见过生母，可是还轮不到一个陌生人一起祭拜母亲，齐梦涵说：“我们是祭拜母亲，生人去了不大好吧。”

齐百说：“怎么是生人呢，我没有把翼儿当陌生人。”说着笑了笑，这明摆对齐梦涵说，我觉得李翼这个人不错，做齐家的女婿相当不错。

可是齐梦涵是一个非常倔强的女孩，这样恰恰适得其反。她本来仅仅是不喜欢李翼，这一弄，心中恨了起来。脸色变得非常难看。齐合把一切看在眼里，忙说：“哥哥，今天公司里还有一个重要的会议等着你呢，估计需要换个时间才能祭拜大嫂了。”

齐百一看齐梦涵和齐合的脸色，突然发现自己不妥，忙拍拍脑袋说：“哦，老了老了，把这重要的会议忘记了，那只有换一天时间了。”

齐梦涵和齐合才松了松眉头，站在一边的李翼看着三人的表演，峰回路转，不清楚到底发生了什么，几分钟的时间内，把预先做的计划全盘否定，不知道三人葫芦里卖着什么药。

齐百转过身对李翼说：“由于我需要出席一个重要的会议，所以祭拜梦涵母亲的事情需要推后。”

李翼也没什么办法，只能点头称是，他感觉自己在齐家已经待得太久，起身告辞，齐合要求他留下吃中午饭，李翼有礼貌地找了个借口推托。

齐百对齐梦涵说：“梦涵，你就送你李翼大哥到门外吧。”

齐梦涵虽然一百个不愿意，但是也不愿意违背父亲的话，况且，礼节还必须做到的，虽然自己不喜欢李翼，可李翼对自己还算真诚。

齐梦涵把李翼送到门外，目送李翼上车。李翼上了车，透过车窗看着齐梦涵，他似乎有什么话要说，但不知道从何说起，齐梦涵看他可怜的样子，故意问：“你是不是把东西忘记在我家里，我去帮你取来。”

李翼一听，这是下逐客令啊，暗示他没有东西忘记你就快走吧。李翼毕竟也是风流人物，鼓起勇气说：“不知道齐梦涵什么时候有时间，我想请你吃个饭。”

齐梦涵很有礼貌地回答：“谢谢，等有时间再说吧。”这个回答模棱两可，如果我不想去，那当然永远也没有时间，等我想去的时候，自然有时间了。

李翼懂得齐梦涵的话，他笑着把车开走了，他越来越觉得眼前这个女孩把他深深吸引了，多少年来，对他这个富家公子哥来说，女人是唾手可得，可齐梦涵这样的女人，他从来没有碰到过，虽然碰了一鼻子的灰，反而坚定了他要娶到齐梦涵的决心，或许这就是人性，越是不容易得到的东西越觉得珍贵。

齐梦涵看李翼走了，终于松了口气，在国外留学时候，碰到追自己的男孩多了，她总是很容易把事情解决，可是今天这个事情似乎没那么顺利，也是没有办法的事情，这个男的实在太厉害，不知道用什么办法收买了自己身边亲人的心，堡垒都是从内部被攻破的，这句话说得实在太有道理。

齐合看齐梦涵回来，愉快地说："现在心满意足了吧，终于把他打发走了。"

齐百在一边听着不是滋味，怎么说李翼也是自己叫来家里的，似乎家里的两个亲人都不喜欢他。

齐梦涵叹了口气说："是啊！终于走了。希望以后就不要来了。"

这是齐梦涵天真的想法，她的噩梦才刚刚开始。

李翼三天两头来家里约齐梦涵，齐梦涵能推托的推托，不能推托的只好硬着头皮去应酬，李翼和齐合以及家里仆人们也越来越熟悉，李翼实在太会收买人心了，他有意无意之间给仆人们塞小费，仆人也乐得和他交往，把他当作未来女婿看待，李翼和齐百在商业上的看法有些惊人的相似，所以齐百每天被逗得乐呵呵的，最后甚至到了李翼进出家门畅通无阻，像在自己家里一样。

齐梦涵觉得这个家实在没有办法待下去了，有时候大早起来一个人往海滨溜达，可是李翼总是能非常"意外"地碰到她。在李翼强烈的追求下，齐梦涵毕竟是一个善良的人，慢慢地不像开始那样讨厌他，偶尔随着他一起出去外面闲逛。

这天下午，李究再一次带着儿子和礼品来齐梦涵家里，为儿子向齐百提亲。齐百看近来女儿和李翼关系也渐渐亲密，所以把礼品收了下来，至于结婚的时间再慢慢和齐梦涵商量。等齐梦涵回来时候，李究已经带着李翼离开了，齐百坐在大厅里等待着齐梦涵，齐梦涵进门看到客厅里许多礼品，好奇地问这些礼品是什么地方来的，齐百回答是李究送的，齐梦涵马上明白发生了什么事情，忙问："那你是不是已经收下来了？"

齐百看着女儿的脸色阴沉，没有回答这个问题，转而说："你仔细考虑考虑，毕竟这是终身大事，父亲不会难为你的。"

齐梦涵突然变得非常的平静，什么也没有说，一个人上楼了。吃饭的时候，一直没有下楼，齐百坐在饭桌上，他也没有吃任何东西，齐梦涵一直没有来吃饭，而齐合去处理事情还没有回来，这样一直等到夜黑了，女佣们把饭菜重热了数回，饭菜依然安静地摆在桌子上。

齐合很晚才回家，进家后，看到齐百独自坐在饭桌前，客厅里的礼品已经被女佣收拾干净。在齐合的记忆中，只有公司出了大的问题，齐百才会食不下咽，可她从公司回来，公司并没发生大事件。

她来到餐着前，叫女佣把桌面上的菜热了热，便把齐梦涵叫下来一起吃饭，齐百看到齐合回来，像看到救星一样，忙叫齐合坐下，商场上的风风雨雨经历了太多，自己都独自走过来，可对齐梦涵的婚姻他束手无策。

"哥哥发生什么事情了，我们先吃饭吧，梦涵呢，怎么不下来吃饭。"齐合没看到齐梦涵坐在桌前，以为又和哥哥吵架了。

齐百说："你觉得李翼这个孩子怎么样？"

经哥哥这样一问，齐合清楚哥哥和齐梦涵之间发生了什么事情。齐合把一块肉夹到哥哥的碗中说："哥哥，你是过来人，知道感情这种事情不可以勉强，有时候并不是靠理智去分析，尤其像梦涵，她还是个孩子，不成熟，不知道其中的利害。"

齐百点点头，所谓的利害，就是齐家和李家是合作已经很久的商人，如果齐家断然拒绝了这门婚姻的话，恐怕将失去李家这个合作商，意味着上千万的资金损失。

齐合问："如果梦涵不愿意，哥哥准备怎么做呢？"

齐百考虑会儿说："我今天考虑的就是这个问题，如果梦涵不愿意出嫁，我不会难为自己的女儿，毕竟我只有这么一个女儿，即使公司因此倒闭了，也不能影响到女儿未来的幸福。"

齐合点点头，齐百平时似乎不怎么关爱自己的女儿，但事实上比齐合爱得还深，毕竟是齐梦涵的亲生父亲。

齐梦涵刚好从楼上下来，把齐合和齐百的讲话都听到。她恍然大悟，世界没有像自己想象的那样的单纯，现在面前这个追求自己的人，除了自己对他没有感觉外，似乎其他的事情都已经水到渠成。

齐梦涵来到座位前坐下。齐合笑了笑对齐梦涵说："梦涵，我过几天就要离开这里，回到南城，恐怕不能给你过生日，陪你看日出了。"

"没关系的合姑，秦愈需要你，你尽快回去。"

"昨天得到消息，秦愈的病加重了，我得赶回去。"

齐梦涵点点头，齐合又接着说："我要离开这里，至于你和李翼的感情问题，你尽快做出决定，目前的情况你也清楚，你父亲需要一个答案回复他们。"

齐梦涵的大脑中像电影一般闪过无数的画面，很多是和古彦清在一起的快乐时光，最后又落到希音的身影上，或许古彦清在她的记忆中仅仅是一段消失的美好回忆，她似乎把事情想通了，所以回答："我听父亲的就是了。"

齐合所担心的一切终于有了个满意的答案，这个答案皆大欢喜。只有齐梦涵自己才明白她心中依然有一个阴影。

从这天晚上后，齐梦涵和李翼开始以恋人的身份相处，李翼对齐梦涵依然像以往一样的热情，几天后，齐合离开台北，陪在齐梦涵身边的当然是李翼。李翼全家商量着两人的婚期，大家商定在齐梦涵生日那天，李翼和齐梦涵一起回日本选结婚的嫁衣。

在齐梦涵生日前的晚上，齐梦涵的舅舅来到齐梦涵家，齐梦涵好久没有见到舅舅辽远，想到自己马上要出嫁了，或许以后看到舅舅的机会也少了。

舅舅依然像以前那样喜欢对齐梦涵开玩笑说："梦涵，你随舅舅回花溪吗？明天是你的生日也是你母亲的忌日，我决定明天动土，把你母亲的骨灰移回花溪。"

齐梦涵站在一边一言不发，因为明天她就要和李翼到日本选购结婚的嫁妆，辽远打趣说："当然，我们的梦涵长大了要出嫁了，不会随舅舅去了，唉！女大不中留啊！"说完哈哈大笑。

齐梦涵一生气，独自转回自己的房间里，隐隐约约听到父亲和舅舅在下面的谈话，父亲似乎已经把一切安排妥当。

突然，有人敲齐梦涵的房间，一个女佣进来，手中抱着一只可爱的大熊猫的布娃娃。齐梦涵好奇地问女佣谁送来的。女佣回答中午邮递员送过来的，是送齐梦涵的生日礼物，齐梦涵想可能是李翼为了给自己一个惊喜吧。

她接过生日礼物，发现生日礼物上还有一封信，看完信她百感交集，这时刚好听到舅舅要走向父亲辞行的声音，齐梦涵冲出门去叫住舅舅说："舅舅，我决定陪你一起把母亲的骨灰送回花溪。"

辽远惊异地看着齐梦涵问："你不是要和李翼到日本选购嫁妆吗?"

"不，在我出嫁前先决定把母亲的心愿做完，这个也是做女儿的一个心愿。"

辽远和齐百听了，觉得齐梦涵真是有孝心，没有理由去反对。齐梦涵笑了笑，她转过身看了手中的信，在她的心中这才是真正的理由。

第 17 章　天若有情

齐梦涵告别父亲准备和辽远回花溪，李翼无奈地看着齐梦涵取消前往日本的计划，强烈地要求和齐梦涵同回花溪，齐梦涵坚决反对，李翼无奈之下只好顺从着齐梦涵。齐梦涵随着舅舅辽远带着母亲月祈的骨灰坐上了北飞的飞机，再次回到南城，齐合与紫兰听说辽远要回南城，早已经在机场等待。

齐梦涵从飞机上下来，此时正是傍晚时分，南城中路灯在夜色中亮了起来，似乎是黑夜的守护者，在冬天的风中毅然挺立，齐梦涵再次看到这座熟悉的城市，没想到自己还会回到这里。

辽远和齐梦涵下了飞机，齐梦涵看到机场上等候的是齐合和紫兰，却没有希音，也没有古彦清，她有些失望。她依然微笑着和两位亲人交谈，隐藏着内心的不愉快。

辽远多少年后再次踏上这片故土，说不清的熟悉感和亲切感，多少年来，他都等待着再次踏上这片熟悉又陌生的土地，现在终于如愿以偿。

齐合看到齐梦涵同辽远再次回到南城，非常吃惊。早先得到的消息是辽远一个人回到南城，而齐梦涵随李翼到日本选取嫁妆，没想到齐梦涵竟然再次回到南城。

齐合拉着齐梦涵的手问：“梦涵，听说你订婚了，真想不到你会回到南城，你回来真好。”

齐梦涵对齐合微笑着说：“我也尽一份女儿的心。把母亲的骨灰安葬好。”

“恐怕不是吧！”紫兰上前握住齐梦涵另一只手说，打量着齐梦涵，她和齐梦涵彼此诡异地笑了笑，齐梦涵的心思紫兰最清楚。

齐合把齐梦涵和辽远接到百合居，来到百合居，齐梦涵看着庭院里的石桌，还有高大的树木，想到和古彦清、希音、易风在一起的日子，是多么的令人回味。现在已经到初冬，庭院的银杏树叶已经落尽，仿佛是繁茂的夏季之后，进入萧瑟的秋季，现在到了死寂的冬天，就如齐梦涵的感情遭遇，触景伤情，齐梦涵对着庭院悄悄地发呆。

天渐渐黑了下来，南城的冬天虽然不是太寒冷，但是依然带着一丝寒意，齐梦涵不禁打了个冷战，紫兰拿了一件大衣从房间里出来给齐梦涵披上，齐梦涵微笑着看着紫兰，似乎有无尽的话要对她说。

紫兰说："千万别感冒了，你近来还好吧？"

齐梦涵不知道如何回答紫兰的问话，生活一直无所忧虑，但是情感上不是太好。李翼虽然是自己的未婚夫，但是自己并不是真心喜欢他，或许为了父亲，或许为了其他，但是今天回到南城，是因为她知道南城还有一份感情，一份值得珍惜的感情等待着她回来。

"我想你这次不会走了吧。"紫兰又问。

"或许我要一个留下来的坚强的理由。"

紫兰知道齐梦涵已经有理由，不然今天不会回到南城。齐梦涵从衣袋里掏出一封信给紫兰，紫兰接过打开一看，原来是希音写给齐梦涵的，上面清楚地解释了她和古彦清的兄妹关系，再看写信的日期，这封信是在希音离开南城前往灾区时候寄出去的。紫兰看完信叹了口气说："古彦清和希音其实不是兄妹。"

齐梦涵惊讶地说："难道她骗我回来？"

"不，她没有骗你。"紫兰把古彦清和希音的事情详细和齐梦涵说了一遍，齐梦涵听完紫兰的解释，她有一种喘不过气来的感觉，想不到古彦清和希音的故事这么复杂。

齐梦涵问："古彦清和希音现在还好吧，既然他们不是兄妹，就可以在一起了。"说着齐梦涵叹了口气，不知道是暗叹命运，还是在哀叹自己的无奈。

紫兰双目失神地说："迟了，他们永远无法在一起。"

"为什么？"

"因为希音永远离开了。"

齐梦涵心中一颤，离开了？那么去了哪里，紫兰痛苦地说希音死了，齐梦涵当场惊呆，她不敢相信，半年前希音还是一个健康的人，这次回来，说离开了就离开了，她知道紫兰绝对不会开这样的玩笑。

紫兰和齐梦涵站在风中，沉默不语。希音的死，对齐梦涵来说是一个沉重的打击，这些日子的相处，虽然希音是自己的"情敌"，但是她的善良温和都让人深深地印在脑海里，上天为什么这么不公平，要夺走希音的生命。

齐梦涵顿时流下泪水，紫兰像对待孩子一样拥住齐梦涵，她知道齐梦涵是一个极其重感情的人，紫兰安慰说："希音虽然离去，但是在她离开的时候，把自己的心脏给了秦愈妹妹，所以秦愈妹妹将健康地活下来。不用几日，我们就可以看到她出院了。"

"明天陪我去看看希音的坟墓。"

"明天要把你母亲的骨灰送回花溪，不用担心，我们有时间，今天早点休息吧。"紫兰把齐梦涵扶回房间，把齐梦涵安顿好了。离开房间，在黑夜中，齐梦涵睁大着眼睛，她已经无法入睡。

直到半夜，齐梦涵才迷迷糊糊地睡去。齐梦涵看到自己坐在咖啡店里，在桌子对面坐着古彦清和希音，希音握起古彦清的手放在齐梦涵的手中，然后笑着看着齐梦涵说："帮我好好照顾他。"希音说完站起来，独自离开了咖啡店，齐梦涵想拉住她，叫住她，但是都没有用，她消失在齐梦涵的视野中。

齐梦涵突然惊醒，原来自己做了一个梦，她拉开灯想，难道希音灵魂托梦要自己照顾古彦清？她再也无法合上眼睛，直到听到街道上人群走过的声音，齐梦涵才蒙眬睡着了。直到紫兰把齐梦涵从沉睡中叫醒，齐梦涵感觉大脑有些发昏，紫兰看齐梦涵眼睛发红，已经猜到昨夜她又没有能安稳地睡觉了。

大家吃过早饭，留下紫兰照看花店，齐合带着梦涵和辽远前往花溪村。经过一路的颠簸和劳累，傍晚时分，齐合一干人来到了花溪村。因为前次齐合已经到过花溪，所以对花溪的道路很熟悉。沿着小路，齐合带着大家走进村子，村子里引来一阵狗吠，几只高大的狗冲出主人家，围着齐合等人狂吠，村中的村民看陌生人出现在花溪村，走出家门，防止自己的狗伤到陌生人。

辽远看着久别的故乡，村前清澈的花溪，他老泪纵横。这些年来，在睡梦中多次回到故乡的花溪，在花溪里游泳捉鲤鱼，三十年过去了，故乡的一草一木依然那么的亲切，再看身边的这些乡亲们，似乎都不相识，当然也没有人能记得起这孩子离开家乡的时候。

齐合等人来到小鲤鱼奶奶家，小鲤鱼的爷爷奶奶正坐在天井里收着晒干的稻谷，看到齐合，很高兴地迎上来。辽远看到两个老人，他还能记得这两位老人，因为少年时代他常跟着这位老人到花溪捉鱼。当然，那时候老人并没有老，三十多年过去了，现在辽远也不是当年的孩子了，老人也变得白发苍苍。

辽远上前握住两位老人的手说："大伯大妈，你们还记得我吗？我是辽远啊！"

两个老人看着眼前这位热泪满眶的中年人，他们隐隐约约还能记得辽远，激动地说："原来是小辽回来了啊，快，进来，家里坐。"

"是啊，我是小辽，好多年不见了，你们还好吧？"

"我们还好，可是你妹妹和妹夫在去年矿难中死去。"说着两个老人都流下泪来，此时小鲤鱼跑进家来，抱着爷爷的腿，睁大着眼睛注视着辽远。

"我已经知道了。"辽远想到妹妹已经热泪盈眶。

老人把小鲤鱼拉到辽远面前说："这是你妹妹的孩子。"

"好孩子！"辽远看着眼前这位长得有些发黑的天真的孩子。

两位老人对小鲤鱼说："叫舅舅，这是你亲舅舅。"

"舅舅。"小鲤鱼边叫着边向爷爷靠去，似乎怕陌生人。

"这个孩子自从父母死后，就变了个人，可怜的孩子。"老人说。

辽远走到小鲤鱼面前，蹲下来，端详着小鲤鱼说："孩子，没事的。"小鲤鱼又向后躲。在场的所有人看到这样的情景，都忍不住感动起来。齐梦涵已经在一边悄悄地抹着眼泪，不知是被小鲤鱼的不幸感动，还是被这位从远方回来的辽远真情感动。

这时候村长也来到小鲤鱼家里，他看到齐合，正是前次来花溪的人，邻居从家里搬了两张大桌子和椅子，在庭院里坐下开始谈月祈骨灰安葬的问题，最后大家决定就安葬在溪岭之上，然后又谈小鲤鱼的安置事情，两位老人依然像前次一样，不愿意离开花溪，但是小鲤鱼由辽远带走，小鲤鱼听说自己要被陌生的舅舅带走，又躲在李因老师的身边。

齐梦涵走过去对小鲤鱼说："别怕，姐姐会照顾你的。"

小鲤鱼看着眼前这位漂亮的大姐姐，心中的恐惧似乎减少了许多，他缓缓地说："真的吗？"

齐梦涵摸着小鲤鱼的头说："姐姐不会说谎的。"

李因老师看着美丽的齐梦涵，和蔼地说："梦涵姑娘，这些日子以来，小鲤鱼最信任的人除了我就是一个叫希音的女孩。他似乎怕陌生人，但似乎愿意接受你。"

"希音吗？"

"前些日子，因为我丈夫到外面筹集建筑学校的资金，有个叫希音的志愿者来到花溪帮我的忙，她是个不错的女孩。"

齐梦涵点点头，她本想告诉李因老师希音已经离开人世，但是又怕他们伤心。

小鲤鱼说："希音姐姐答应我明年还会到花溪抓鲤鱼的，如果我走了，谁帮她抓鲤鱼，所以我不走。"

李因老师摸着小鲤鱼的头说："希音姐姐会自己抓，你能帮到什么，听大人的话。"

"她真的会吗？那我不用等她了。"小鲤鱼转着眼珠问。

齐梦涵听着小鲤鱼和李因老师的对话，鼻子一阵发酸，她忙转过头去，幸好此时天色已经暗下来，李因老师和小鲤鱼没看清楚齐梦涵眼中的泪水。

天空中群星已经洒满了黑幕般的夜空，大地开始沉静下来，李因老师还有村长都陆续离开了小鲤鱼家，最后小鲤鱼爷爷奶奶一家人和齐合等人坐在桌子边，大家带着好奇的心情听辽远谈论这些年传奇般的遭遇。

只有齐梦涵一个人静静地站在一边，看着远处的黑夜中的群山，猜想希音为什么会到花溪来，而且和小鲤鱼这么熟悉，如果把希音已经离开人世的事情告知他们，他们是否会非常的悲伤，或许永远不让他们知道这个消息，也是件好事情。齐合来到齐梦涵的身边，齐合看齐梦涵自从回到南城以来，一直心事重重，猜不透她内心在想什么。

齐合说：“花溪是你母亲出生的地方，你觉得怎么样？”

齐梦涵看着远处的溪水，此时月光已经从山后升了起来，月色在静谧的气氛中像轻纱一般在树梢飘动，竹子在溪水边投下斑驳的黑影，在清澈的花溪里闪动着光辉，仿佛是一条银光闪烁的丝带，不断向远处延伸，围绕住远处朦胧的田野。

“很美丽的山村！想不到我的母亲就在这里长大，我也在花溪住上一段日子吧。”

“你舅舅也说要在故乡住上一段时间，你就随着他吧，我明天埋葬好你母亲骨灰就走，秦愈现在正是恢复的阶段，她需要我。”

说到秦愈，齐梦涵想到易风，齐梦涵问：“易风现在回到南城没有？似乎已经走了半年多了，应该很快回到南城了？”

齐合摇摇头，这些日子以来，易风一直音信全无，很多未知无法猜测，或许碰到麻烦，也或许移情别恋，这也是很正常的事情，更何况易风面对的是一个朝不保夕的秦愈。

“等秦愈的病完全康复了，秦愈是否会一直等下去呢？”

“我想会的，她一定会等到最后，直到得出一个结果。”

齐梦涵不再说什么，或许这是秦愈的天性，纵然希望很渺茫，但依然会坚持下去，就如当年易风一样，虽然知道秦愈不久于人世，依然那么爱着秦愈。对这样真挚的爱情，齐梦涵心中感觉隐隐不安，或许这种不安来自嫉妒。

“合姑，你回到南城，顺便帮我向秦愈问好，等我回到南城，我会去看她的。”当然，还有希音的坟墓，这一切都是齐梦涵没有完成的心愿，同样，她也希望在她回到南城的时候见到古彦清，虽然她不知道如何面对他。

对齐梦涵而言，这是一段生活平静而内心不安的日子，这天晚上她又很晚才能入睡，村中公鸡的报晓声把她从梦中惊醒，她打开窗户看着花溪村，整个村子被包裹在沉淀的晨雾中，远处的树木在朦胧中轻轻摆动着婆娑的舞姿，公鸡的叫声接连在不远的地方响起，齐梦涵听着窗外的声音，想到了和古彦清在花镇的日子，那一段时光也像今天这样宁静平和，古彦清的身影又一次占据了她的脑海，使她更加思念他。

阳光从山后爬起来，照射着清晨的晨雾。晨雾渐渐散去，在齐梦涵面前展现的是一条清澈的溪水。在溪水旁边几条水牛悠闲地吃着河边的青草，它们挥动着尾巴，一副悠然自得的样子，家里的鸭子也纷纷从家里跑出来，跳到小溪里，梳洗着身上的羽毛，仿佛是一位清晨刚起床的少女，对着镜子梳妆打扮。

齐梦涵起床走到户外，伸了伸腰，深深吸了口早晨的空气，清新的空气冲进大脑，让人的大脑清晰明快。

辽远也起床了，看到齐梦涵站在门口，说："梦涵，起得这么早啊。"

"是啊，清晨的花溪很宁静，享受这样的宁静。"

"好久没有享受这样的宁静。"这是事实，现在的大都市都是不夜城，昼夜喧哗，最缺少的就是宁静。

"你要在这里享受多久，合姑说处理完事情就回去。"

"这次回到故乡，想多住些时日，如果你不想待了，可以和你姑姑先走。"

齐梦涵看着这宁静的山村，宁静的日子并不多，还是决定和舅舅在花溪多待一段时间，毕竟这里是母亲的故乡，更重要的是她应该和小鲤鱼搞好关系，方便把他带走。

远处传来一阵说话的声音，齐梦涵和辽远朝不远处看去，在花溪边出现了李因老师和村长带着几个年轻力壮的青年，他们按照昨天的约定找人帮助辽远把月祈的骨灰埋葬在溪岭，齐合等人带上月祈的骨灰，沿着花溪一直往上走，在村长带领下来到溪岭，溪岭是花溪的水源头，溪岭被浓密的植被覆盖，随着海拔的变化，溪岭的植被不断地变化，走过浓密的阔叶林，往上走，是针叶林。

在溪岭下的一处比较平坦的地方，一行人停下脚步，齐梦涵看到两个土堆和两棵松树，村长说那就是月祈父母的坟墓。齐梦涵此时才想到这是坟墓，连墓碑也没有，坟墓上长满了绿色的青草，还开着几朵野花，如果不是村长提醒，她一定想不到这是坟墓。

村长带来的青年们在坟墓旁边挖了一个坑，然后把月祈的骨灰小心地安葬起来，同样弄了一个土堆，青年们在山上找青草，在坟墓上种上青草和一棵小小的松树，据说这是花溪村一种古老的埋葬方式，他们有一种信念，认为人最开始是一堆土，经过磨难之后，最后也应该回归到黄土，所以在埋葬的时候要么盖上草，要么种下青松，这样才算回归自然、回归大地。

齐梦涵并不懂得这些古老风俗，好奇地向李因老师打听，李因老师给好奇的齐梦涵解释这些民族传统，李因老师解释完了说："你让我想到希音，希音和你一样总是那么的好奇。"

"是吗?"齐梦涵问。

"她和我一起教书教了一段时间，她很会带孩子。"

"我想我也会在花溪住上一段，如果可以，我也来帮你吧，我可以教音乐绘画。"

"那不是大材小用了，你可是高才生。不过，我和丈夫很快离开这里了。正需要一个人来帮忙。"

"离开？我觉得花溪挺好的地方。"

"为了自己的孩子，不得不走。"

李因老师想起希音在花溪时候说的话，为了自己孩子的将来，她和丈夫不得不考虑离开花溪，前往丈夫的故乡。虽然她知道故乡需要自己，可是她不得不做这样的选择，李因老师觉得本来是伟大的母爱，突然显得自私和狭隘。

"我想我在花溪会待一段日子，如果需要帮忙，我正好过来帮忙。"齐梦涵说。

"我替孩子们谢谢你。"

齐梦涵觉得李因老师是个开朗的人，而且总是带着愉快的神情，一位单纯淳朴的乡村老师，齐梦涵心中对她充满尊重的情感。两人越聊越有话题。

在村长帮助下，辽远和齐合看着青年们把月祈的骨灰安葬好后，松了口气，总算完成一件压在心头很久的事情。不过想到连一块墓碑都没有，是否太简陋。齐合把自己的想法告诉辽远。辽远觉得当年姐姐月祈要把自己的骨灰带回故乡，必然也希望按照故乡的安葬方式进行安葬。不过齐合更担心的是这样一来，如果齐百准备上坟的时候需要千里迢迢到花溪祭奠月祈，太多的不方便。她隐隐感觉到哥哥齐百会再次回到南城，把死去妻子的坟墓都迁移回来，他没有理由不回来，到时候一家人又可以团聚了。

花溪的事情几乎处理完毕，按照齐合计划的一样，齐梦涵陪着辽远在花溪住上一段时间，齐合自己先回到南城。

齐合匆匆赶回南城，她心里一直记挂着秦愈，秦愈的手术很成功，但是康复需要一段时间，在齐合和紫兰的精心照顾下，秦愈已经能下床走路。

齐合到达医院，紫兰和秦愈坐在病床上开心地交谈。秦愈看到母亲从花溪回来，很愉快地问起齐梦涵是否回到了南城。原来是紫兰告诉秦愈，齐梦涵已经回到南城，秦愈多日不见齐梦涵，很牵挂她，想到这次她回来，或许可以留下来，她非常希望齐梦涵能留下来。

齐合到秦愈的身边坐下，看到女儿康复得很快，心中轻松了许多。齐合向秦愈解释齐梦涵需要在花溪待一段日子才能回到南城，然后讲了这次花溪行的遭遇，三个人在医院里谈得兴致很高。

“谈得这么兴奋啊！”一个声音从门口传来。

秦愈听到声音，更加的兴奋，这个声音是如此的熟悉而久违，来人不是别人，正是古彦清。

“你回来了。”秦愈开心地说。

“已经到了年关，我已经嗅到鞭炮的味道了，怎么能不回来呢。”

“你一个人吗？老爸呢。”

“秦叔叔过些日子就回来。”虽然古彦清知道秦也是自己亲生父亲，但是一直称为叔叔。他接着说，“今天我是来宣告一件重要的事情，大家先猜一猜什么事情。”

“什么事情？花镇的公路要修通了？”秦愈说。

“快修通了，但我要说的好消息不是这个。”古彦清说。

“还是你找到女朋友了？”紫兰调侃道。

“我立志单身了！”古彦清无奈地看着紫兰和秦愈说，“这件事情和我无关，和秦愈有关。”

“别卖关子，快说。”紫兰不耐烦地说。

“好吧，秦愈姐姐思念的人将很快回到南城。”

“什么？你说易风要回来了？你是不是骗我高兴。”秦愈不相信地说。

“没有骗你，昨天我到了易风家，易风母亲说易风找到了父亲，并劝动了他父亲回国自首，不出意外他们将很快回到南城。”

“易风要回来了！他真的要回来了！”秦愈有些激动，高兴地趴在紫兰的肩膀上哭起来。

齐合笑着说：“这个丫头，易风要回来，看她高兴的。”

“他回来我要去接他。”秦愈满怀期望地说。

“不行，医生说你还不能离开医院太远。”齐合表示不同意。

“易风回到后，我马上叫他来看你。”紫兰宽慰说。

“可总算要回来啦!”大家和秦愈一样，沉浸在易风将回到南城的喜悦之中。

一月之后，许岩从南非回国投案自首的消息占据了新闻媒体的头条。这天，记者们准备了“长枪短炮”纷纷前往南城飞机场，机场挤满了人，古彦清、紫兰和苏婉站在机场外耐心地等待。

飞机降落的声音划过天空，机场上的记者把镜头对准了出口，只等许岩的出现。最焦急的是苏婉，思念已久的丈夫和儿子回到南城怎能不激动。不一会儿，在警察的押解下，许岩出现在大家的视野里。这一次再见，他精神不佳，头发花白，似乎苍老消瘦了不少。记者纷纷围了上去，押解许岩的警察很快疏通了拥挤的记者，把许岩押上了早停在机场外面的警车。

同时，易风也跟在后面出现在大家的视野里，原来很胖的易风，也消瘦了很多，但身体变得结实有力，皮肤晒得黝黑。记者把他围在中心，问他是如何把父亲找回来的，易风面对众多的记者，不知道如何是好。看到母亲和古彦清站在记者身后，易风努力地挤出一条路，母子相见，大家都很感动，诉不尽的思念之情。紫兰和易风看这里不是说话的地方，把易风和苏婉叫上车。

在车上，易风想问秦愈的事情，但是他却没有勇气，因为他怕自己无法接受秦愈离开自己的事实。易风又想到希音，便问道：“为什么没有见到希音呢?”

车里的人没有一个回答易风的问话,易风又问了一遍,古彦清拍了拍易风的肩膀说:“我带你去看看她吧,顺便让你看看你朝思暮想的人。”

汽车朝医院驶去,古彦清没有把易风带到医院,而是直接朝医院的后山而去,易风看着眼前一排排的坟墓,他已经想到可能要让自己前去看死去的秦愈。他再看古彦清,古彦清一言不发。

这时候在山上响起一阵悠扬的笛声,这个笛声偶尔婉转,偶尔豪迈。易风仔细倾听着,这是久违的笛声啊,一年前他一直处在悠扬的笛声之中,他拍了拍自己的脑袋,证明这不是幻觉。他加快速度朝山上跑去,看到一个熟悉的身影站在一块墓碑前吹奏着笛声,这熟悉的身影在易风的梦中多次地出现,她就是秦愈。

秦愈看到易风出现在自己的眼前,停下手中的笛子,热泪满眶,她终于等到易风回来了,易风走近秦愈握着她的手说:“你还活着,我相信上天不会辜负一个有爱的人。”说着热泪盈眶。

秦愈也看着易风,易风消瘦了许多,显然这些日子来吃了许多苦头,秦愈说:“你能回来就好,我担心这辈子见不到你了。”

“傻瓜,我不是回到你身边了吗?以后我永远不会离开你。”秦愈已经感动得哭了,古彦清和众人在远处看着这感人的场面,大家等待这一刻已经很久。

“你的病治好了?”易风仔细打量着秦愈。

“希音临死前把心脏给了我,我的心是希音的。”

“希音死了?”易风大惊看着秦愈,秦愈指了指身边的坟墓,易风看去,看到墓碑上赫然写着“爱女沈希音之墓”。易风顿时悲喜交加,喜是因为秦愈活了下来,悲的是希音死了,易风想其中一定发生了很多事情。易风和秦愈在希音面前拜了数拜,感谢希音把心脏给了秦愈,成全了易风和秦愈的爱情。

易风牵着秦愈的手走下山来,许久没有见面,他们有许多话需要讲,易风的遭遇像一个谜,他是如何找到父亲又如何说服父亲。对大家来说,都怀着许多新奇。但是大家只有忍耐这些好奇,因为易风刚从远方归来,南城又发生了这么多事情,他需要做短暂的休息,虽然秦愈很舍不得易风，但是疲惫的易风不得不随母亲苏婉回家。

古彦清看着劳顿离去的易风，南城政府已经做出了通知，过些日子法院要重新审理许岩案件，易风需要做好心理准备，毕竟父亲是易风自己找回来的。同时，他也从齐合那里得到齐梦涵回到南城的消息，当然，还外加了齐梦涵和李翼订婚的消息。

十多天后，涉及这起案件的人员都接到法院的通知按时归来。各大媒体报纸重新对一年前的这起事件进行了报道，对许岩做了采访，许岩又一次成为了焦点人物，南城的报纸描写了易风找寻父亲的过程，这些描写不尽相同，估计很多是杜撰的，而事件后面的故事更加的扑朔迷离。还有一个更大的消息是最大的受害者齐百也再次回到了南城，他将出席许岩案件的审理。齐百的归来又引起了一次不小的议论，他们猜测齐百是否会再次对南城进行投资。

这天，法院开始审理许岩的案件，南城人的目光再一次投在这起案件上，许岩能回来投案自首本身已经是一个传奇。法院外被记者围得水泄不通，古彦清和母亲萧函一起出现在法院门口，有关人员都陆续到场，在人群里，古彦清看到易风和母亲苏婉首先进入法院，他们之后是齐家的人，在人群里古彦清再次看到齐梦涵，齐梦涵变得成熟了许多，她也刚刚从花溪赶回到南城。齐梦涵在法院看到古彦清，淡淡一笑，遥遥相视无语。

法庭里，易风扶着母亲苏婉来到古彦清身边坐下，古彦清坐到了易风的旁边。

易风压低声音对古彦清说："梦涵回来了，你们的故事我已经知道了。"

"我明白。等事情结束了再说。"两人把目光再次移动到法官席位上。

法院开庭，古彦清再次看到父亲古博，一年时间，父亲似乎一下子变老了许多，但精神状态有所好转，祥和了许多，大约在监狱里反思得不错吧。许岩站在被告席上，一下大家的目光都集中在他的身上。

审判持续了两个多小时，大家都等待着法院做出最后的判决。因为这起案件大家高度重视，法院充分考虑许岩是投案自首，贪污的钱物都如数上缴，他最后被判处有期徒刑十五年。得到最后的判决，苏婉忍不住哭了，许岩低下了头。被法警押下法院的时候，许岩再一次回头看了看妻子，然后后悔地转身离去。

这起贿赂案总算尘埃落定，古彦清的心思却完全不在案件中。在审判过程中，他不时望坐在不远处的齐梦涵，而齐梦涵就像故意要避开他一样，并没有朝他看，古彦清心中隐隐失望。

审判结束，古彦清和许易风一起走出法院，看到齐梦涵跟着齐百走到法院门口停车场中正准备离开。

“她要走了！”许易风看着齐梦涵对古彦清说。

“梦涵！”古彦清鼓起勇气朝着齐梦涵的背影喊。

刚打开车门准备上车的齐梦涵停下脚步，回头看了一眼古彦清。她关了车门，走到古彦清面前，露出浅浅的微笑：“易风、彦清，好久不见了！”

“近来你还好吗？”古彦清盯着她的眼睛问。

“挺好！”齐梦涵低下眼眸。

“听说你订婚了！”古彦清鼓起勇气问。

“是的。”齐梦涵小心翼翼地回答。

“祝福你！”古彦清含着泪，转过身，不想让齐梦涵看到他的表情。

“彦清！”齐梦涵走到了古彦清身边。等古彦清再回过头来，齐梦涵温香的吻已经到了唇边，这是一个充满了勇气的吻……

许岩贿赂案结束后，转眼到了春光明媚的三月，南城的花节。南城再一次处于热闹的气氛中，易风和秦愈忙着准备在花节表演的节目，易风决定把交响乐《花魂》重新搬上戏台，而秦愈身体也恢复了健康，她和许易风一起继续完成师父夜语老人的遗愿，把民族音乐发扬光大。

而齐家因为种种原因，决定再回南城投资。西琳的公司和古博实业重组，成为南城最大的花卉供应商，西琳还以希音的名义筹资成立了“希音爱心资金”，专门为灾区人群捐助。西琳把自己的公司交给古彦清，自己全身心投入“希音爱心资金”的运转。古彦清不负大家的重托，不仅挖通了花镇的公路，还凭借花族丰富的种花绝技，在短短三年的时间，让花镇一跃成为西南首屈一指的花卉种植基地，他总算能一步步实现自己花重锦城的愿望。

至于齐梦涵和李翼的婚姻，因为巨大的商业利益，李家没有和齐家拉下面子，两家约定的婚姻只好作罢。齐梦涵为了避开李翼，她按照父亲齐百的吩咐，到花镇重新修缮扩大了花镇神庙。在神庙竣工那天，齐家隆重地把藏在云灵寺的花魂花种重新送到神庙中供奉起来，不过因为前一次古彦清已经带回了“花魂花种”，所以这次齐家带来的是“大理国佛骨舍利”。无数年后，“花魂花种”“大理国佛骨舍利”一起成为花族镇山之宝，与花镇花卉产业一起被称为花族三绝。

图书在版编目（CIP）数据

锦上花 / 秋古墨 著. -- 北京：作家出版社，2016. 3
（中国多民族文学丛书）
ISBN 978-7-5063-8803-0

Ⅰ. ①锦… Ⅱ. ①秋… Ⅲ. ①长篇小说 - 中国 - 当代
Ⅳ. ①I247.5

中国版本图书馆CIP数据核字（2016）第051575号

锦上花

作　　者：秋古墨
责任编辑：李亚梓
特约编辑：赵　飞
装帧设计：曹全弘
出版发行：作家出版社
社　　址：北京农展馆南里10号　　**邮　　编**：100125
电话传真：86-10-65930756（出版发行部）
86-10-65004079（总编室）
86-10-65015116（邮购部）
E-mail:zuojia@zuojia.net.cn
http://www.haozuojia.com（作家在线）
印　　刷：三河市北燕印装有限公司
成品尺寸：170×240
字　　数：229千
印　　张：15.25
版　　次：2016年4月第1版
印　　次：2016年4月第1次印刷
ISBN 978-7-5063-8803-0
定　　价：28.00元
